令和中野学校

松岡圭祐

角川文庫
24620

目次

本書の舞台となる、一種の青少年向け特別教育養成機関は、名称はちがえど実在する。

警察官にとっての教場（警察学校におけるクラス）と同様である。公調（公安調査庁）では、霞《かすみ》が関《せき》の官僚や職員とは別に、各現場での調査や活動を担う専任部署が機能している。そうした部署の詳細は非公開だが、人材確保と育成が絶えず必要とされてきた。

そのための教育課程について、政府筋からの情報をもとに、活動をシミュレーションしたのが本書である。奔放な青春行動小説として発想を膨らませているが、日本の国家安全保障に関する諸事情は、非現実的なように思えても、けっして絵空事ではない。

なお本書の台詞《せりふ》は現役の官僚から東大生まで当事者にチェックしてもらった。東大受験生の割には稚拙な思考というわけではない。人はみなさほど変わらない。多感な十代が現代の困難に挑まねばならない、その葛藤《かっとう》を描いた。

1

二十八歳の漆間《うるま》玲子《れいこ》は、日産セレナの助手席に座るにあたり、いわゆるマタニティシートベルトを締めていた。

通販で買った補助ベルトとの組み合わせで、大きく膨らんだ腹部を圧迫しない。押さえつけられるのは胸もとと両太腿《もも》のあたり、二か所だけになる。妊娠六か月めの玲子にはありがたかった。

とはいえ後ろを振りかえるのには難儀する。走行中だからシートベルトは外せない。それでもなんとか後部座席に視線を向けた。

ふたつ並んだチャイルドシート。やけに静かだったせいで、五歳と三歳の娘は、きっと寝ているのだろうと思っていた。ところがそうではなかった。長女の彩春《いろは》は、由《ゆ》比ヶ浜《いがはま》で拾った小さな貝殻を、飽きもせずにいじっていた。

彩春は母親の玲子と目が合うと、手もとの貝殻をかざし、控えめに微笑んだ。「きょうの宝物」

隣の次女がぐずりだした。「悠亜《ゆあ》も宝物ほしい」

運転席でハンドルを握るのは玲子の夫、由岐也《ゆきや》だった。子煩悩で幼い娘たちの面倒もよくみてくれる。由岐也は前方を眺めたまま顔をほころばせた。「悠亜には次のサービスエリアで、なにか買ってあげよう」

ずるい、と彩春が憤慨するのではと思ったが、そうはならなかった。彩春は成長している。このところ妹への気遣いを欠かさない。悠亜のほうも、一瞬は嬉《うれ》しそうに笑いかけたものの、姉に配慮してか黙ってうつむいている。

仲のいい子供たちのようすを、夫もバックミラーで確認したようだ。由岐也はちらと玲子を見た。玲子も由岐也を見かえした。夫婦どちらの顔にも、自然に笑みが浮かんだ。

運転中の由岐也の目は、むろんすぐに前方へと戻った。玲子も夫に倣ってフロントウィンドウに向き直る。

八月下旬の横浜横須賀《よこはまよこすか》道路。照りつける陽射しはいくらか脆《もろ》くなり、秋の気配が漂いだしていた。走行車両は多くない。盆もとっくに過ぎ、いまさらレジャーでもないのか、周りは業者らしきトラックやバンがめだつ。

腹部をさすりながら玲子はささやいた。「この子も、彩春と悠亜みたいにいい子になるかな」

「そりゃ、やんちゃだったら困るよ」由岐也が苦笑ぎみにぼやいた。「静かなドライブも期待できなくなる」

「いいじゃない。それでも幸せだと思う」

長女の彩春が物心ついてからは、夫を由岐也さんではなく、パパと呼ぶようになった。由岐也も娘たちの前では、妻をママと呼ぶ。玲子はいった。「ねえパパ。きょうの夕ご飯、どうする？」

「サービスエリアで食べるには、まだ早いからなぁ」

「買ってあった野菜がまだ冷蔵庫にあるから、それ使おっか。ポトフとか」

娘ふたりが笑いながらブーイングした。玲子もまた思わず笑わざるをえなかった。わざとポトフという言葉を口にしてみた。大きく切って煮ただけのニンジンやレンコンが、娘たちに不評だったのは承知済みだ。後部座席をふたたび振りかえると、幼い姉妹が膨れっ面をしていた。つくづく子供はふしぎだと感じる。ふたりの童顔にそれぞれ、夫婦の特徴が半々混ざりあったうえで、大きくつぶらな瞳《ひとみ》が星のように輝いている。

由岐也が忠告した。「あまり身体をひねってると、お腹の子に悪いよ」

玲子は夫の助言にしたがい、前方に向き直りかけたものの、ふと身体が凍りついた。後部座席の娘たちの頭上、リアウィンドウ越しに、後方が視界に入ったからだ。

ダンプカーが追いあげてくる。それも片側二車線いっぱいに蛇行を繰りかえしていた。走行車線から追い越し車線へと、巨体を振ったかと思えば、また走行車線へ戻ってくる。

危なっかしく思ったのか、併走するクルマは一台もなく、みな揃って速度を落とし後続に下がっている。問題はダンプカーの前方に位置する、玲子たちの乗ったこのクルマだ。さっきまで空《す》いていた道路が、横浜に近づいてきたからか、行く手は二車線とも詰まりだしている。加速して後方のダンプカーとの距離をひろげることはできない。

玲子はダンプカーから目を離せずにいた。煽《あお》っているのだろうか。

由岐也もバックミラーを通じ、後方の脅威を視認したらしい。表情を曇らせつつ由岐也がつぶやいた。「なんだ……？」

「先に行かせたほうが……」

「そうだな」由岐也はずっと左車線を走っていたが、いっそう左に寄せた。先に行くようダンプカーをうながす気だろう。

ところがダンプカーは蛇行をやめない。追い越そうともせず、ひたすら左右に巨体を振りつづける。車間距離がどんどん詰まってくる。ダンプカーのフロント部分がリアウィンドウを埋め尽くす。

由岐也が唸《うな》った。「煽ってるんじゃないな。たぶん酔っ払いだ」

酔っ払い運転。……本当に？　玲子は固唾《かたず》を呑《の》んだ。二車線を大きくふらつく運転など尋常ではない。

母の不安を察したのだろう、ふたりの娘も後方を振りかえった。悠亜が怯《おび》えた顔で前に向き直った。「ママ、怖いよ……」

彩春も青ざめている。幼い姉妹が小さな手を握りあった。玲子はふたりを抱き締めたかったが、いまはそうもいかない。きちんと前を向いて座り直すしかなかった。

「だいじょうぶ」玲子はうわずった自分の声をきいた。「パパがちゃんと運転してるから」

脈搏《みゃくはく》が異常なほど亢進《こうしん》していく。ダンプカーを引き離したくても、行く手の混雑はいっこうに解消されない。

由岐也がバックミラーを一瞥《いちべつ》し、ふいに顔をこわばらせた。「あっ、なにを⁉」

その叫びがなにを意味するのか、玲子は次の瞬間に知ることになった。激しい衝突音が耳をつんざいた。車体のフレームが歪《ゆが》み、天井に幾重もの皺《しわ》が寄ると同時に、フロントウィンドウの全面に亀裂が走った。日産セレナは前方へと弾《はじ》き飛ばされた。夫がハンドルを大きく切ったのを見てとった。行く手のクルマに追突するのを防ぐためだ。そのため車体がスピンし始めた。はっと気づいたときには、目の前に道路側面のフェンスが迫っていた。

この世の終わりに等しい衝撃が車体を貫く。なんらかの物体がいきなり視界を覆い、瞬時に顔にぶつかった。意識が遠のきそうになったものの、花火のようなにおいが鼻を突き、ふと我にかえる。エアバッグがしぼんでいくのを目にした。マタニティシートベルトが胸と両太腿に食いこむほど、力強く引きとめたのもわかった。クルマは急停車していた。というよりフェンスに激突したうえで停まっていた。

車内に立ちこめる煙は、エアバッグを展開した火薬のせいだろうか。それにしては霧のようにどんどん濃くなる。玲子はむせて咳《せ》きこんだ。

夫は自分のシートベルトを外さないまま、玲子の身体を自由にしようと、必死に両手を伸ばしてきた。マタニティシートベルトの留め具を探りあて、ボタンを押して解除する。由岐也が怒鳴った。「先に降りろ!」

「だけど……」玲子は由岐也を見つめた。夫はまだシートベルトを外せていない。

「俺ならだいじょうぶだ。子供たちは俺が連れだす。早くでろ！」

ママ。きこえた声は彩春だった。悠亜の声もすぐに、ママ、そう不安げにうったえた。運転席と助手席の隙間から、後部座席へ身を乗りだせない。妊娠中の身重では無理だ。彩春はドアに手をかけているが、チャイルドロックがかかっている。解除しなければ。それ以前に、ふたりの娘はチャイルドシートにおさまったまま、シートベルトに締め付けられている。

ぐずぐずはしていられない。チャイルドロックも外からは開くはずだ。玲子は歪んだドアを押し開け、車外に転がりでた。路上につんのめったものの、すぐに身体を起こした。

周りの状況が目に入った。フェンスに激突した日産セレナは、前後にひしゃげていて、全長が半分近くに縮んでいた。その車体後部にダンプカーが突っこんでいる。ダンプカーのフロントバンパーも損傷していたが、それ以外にはさしてダメージを受けたようすはない。事故は二車線を完全に塞《ふさ》ぎ、後続のクルマがすべて停車していた。わらわらと人々が降りてくる。

玲子はセレナを振りかえった。開いた助手席のドアから黒煙が、まるで煙突のごとく噴きだしている。夫がシートベルトを外し、必死に後方座席へと身を乗りだすのが見えた。子供たちを助けようとしている……。

慄然《りつぜん》とする光景が玲子のすぐ眼前にあった。車体の下部から赤い炎が帯状に噴出している。焦げたゴムのにおいが濃厚に漂う。とてつもない熱気が肌を焼く。

「パ……パパ」玲子は駆け寄った。「由岐也さん！　彩春、悠亜！」

後部ドアの把《と》っ手をつかんだ。だが猛烈な熱さに思わず悲鳴をあげ、てのひらをひっこめた。火傷《やけど》に皮膚が一瞬にして剝《む》けた。レバーを引けない。ドアを開けられない。

「ママ！」サイドウィンドウのなか、濃霧のような煙のなかで、彩春と悠亜が泣きじゃくっていた。叫んだのは彩春だった。「助けて！　熱いよぉー！」

夫の手は悠亜のシートベルトを外しにかかっていた。ところがそのとき、車内で真っ赤な火球が膨張し、家族三人を呑みこんだ。轟音《ごうおん》とともに前後左右のウィンドウガラスを吹き飛ばす。強烈な衝撃波を受け、玲子は後方に飛ばされた。

アスファルトに背中から叩《たた》きつけられ、激痛に意識が朦朧《もうろう》とし始める。玲子は上半身を起こしたが、尻餅《しりもち》をついたまま立ちあがれない。

車体のあらゆる側面から火柱があがっていた。耳をつんざいたのは夫の絶叫だった。次いで娘ふたりの悲痛な叫び声が響き渡った。しかしいずれも数秒で途絶えた。もはや車内は燃え盛る火炎地獄と化している。

玲子は自分の悲鳴をきいた。ようやく腰を浮かせたものの、炎の勢いはすさまじく、クルマには一歩たりとも近づけない。ガソリンタンクに引火したのか、さらなる爆発が起きた。火の粉が降り注いでくる。

「誰か!」玲子は周りに呼びかけた。「誰か助けて。家族がクルマのなかに……」

後続の車両から降りてきた人々が遠巻きに群がっている。だが駆け寄ってくる者はひとりもいなかった。救助の動きどころか、通報を試みる姿さえ見あたらない。みなスマホのレンズを事故現場に向けている。

視界がぼやけだしたのは涙のせいか、それとも火勢に生じる陽炎《かげろう》ゆえか。揺らぎつづける光景のなかで、ダンプカーの運転席側のドアが開いた。車内から空き缶がいくつも転げ落ちた。大量のビール缶が路上に跳ねて散らばり、虚《うつ》ろな音とともに横たわる。

ダンプカーのドライバーが飛び下りた。中年っぽい男に見える。黒のTシャツにジーパン姿だった。二の腕が太い。顔はよく見えなかった。玲子は目を凝らしたものの、陽炎に揺らぐ人影はおぼろげで、ひどく不明瞭《ふめいりょう》だった。男もこちらを注視しなかった。ただちに身を翻すと、ドライバーはひとり逃走していった。

捕まえて、そう呼びかけたかった。しかし声がでなかった。無意味だと悟ったからかもしれない。誰もがスマホカメラで火災を、あるいは玲子のへたりこむ姿を撮影するばかりだった。ダンプカーのドライバーが逃げていく事実を、みな意に介さない。その姿を誰ひとり動画に記録しようとしない。

玲子は立ちあがれずにいた。セレナが激しい炎に包まれ、無残な黒い残骸《ざんがい》と化していくのを眺めた。遠くでサイレンが湧いている。いまごろ消防車が駆けつけたところで、いったいなにができるのだろう。

雪のような火の粉が無数に舞い散る。涙にあらゆる色彩が滲《にじ》みだし、さまざまな光が波打ちだす。ぼやけたいろや発光のすべてが、恨めしいほど綺麗《きれい》に感じられる。玲子はその場に泣き崩れた。アスファルトに突っ伏し、ただ嗚咽《おえつ》するしかなかった。

なぜこんなことになってしまったのだろう。ついさっきまで、夫とふたりの娘と一緒にいた。幸せな未来を思い描いていたのに。

2

三月の東京に雪解けの冷たい風が吹く。寒空の下、薄い午前の陽射しが、都会の一角をほんのりと照らしていた。

十八歳、高校三年生の燈田華南《とうだかな》は、ひとり本郷《ほんごう》三丁目駅の出口から地上にでた。

華南はロングコートにマフラーを巻いている。コートの下はセーターとスカートだが、特によそ行きの服装というわけでもない。きょうばかりはお洒落《しゃれ》に気を遣ってはいられなかった。

三月上旬の日曜日。東京大学の合格発表はウェブサイトでも確認できるものの、やはり現地に足を運びたかった。朝十時までスマホを握りしめ、家でじっとしてはいられない。

同世代の男女がぞろぞろと赤門に吸いこまれていく。華南の歩調は緩んだ。緊張のあまり足が重くなってくる。過去に何度か訪れたのに、いまはそびえる赤門の荘厳さに畏怖《いふ》せざるをえない。

合格発表は午前十時。腕時計を見ると九時五十分だった。大学構内に延びる石畳に歩を進めつつ、胸に渦巻くあらゆる感情を、半ば無理やり抑えこもうとする。期待と不安が喉《のど》の奥に詰まって息苦しい。

あえてなにも考えないようにし、ひたすら歩きつづける。掲示板の前に黒山の人だかりがあった。親子連れもいれば友達どうし、あるいは華南と同じように、ひとりで来たらしき姿も目についた。みなそれぞれの想いを胸に抱き、貼りだされる紙をじっと見つめる。華南は群衆のなかに立ちどまった。息が荒くなっていることを自覚し、とりあえず深呼吸してみる。

自分の受験番号はあえて確認するまでもない。もう頭に刻みこんである。A20543。

Aにつづく五桁《けた》の数列が整然と並んでいる。A20520。A20530。A20540と、A20550のあいだ……。自分の番号を見つけようと目を凝らす。

……ない。

胸の奥にぽっかり大きな穴が空き、微風が虚《むな》しく吹き抜ける、そんな気分だった。まちがいではないかと何度も見かえした。けれどもA20543、華南の番号はどこにもない。

ダメだった……。経済学部に進学するための文科二類。もちろん東大の偏差値はどこも高いが、そのなかでは偏差値六十五でも合格の可能性のある、経済学部が唯一の狙い目だった。

合格したあかつきにはどんなことを学ぶのか、金融学の参考書を古本で買って、この半年間は興味津々に読んでいた。受験勉強のみに明け暮れていたのでは、大学に入ったのちに戸惑う、誰かのブログにそう書いてあったからだ。けれども取らぬ狸の皮算用だった。宝くじを買っただけの段階で、海外旅行のパンフレットを集めるようなものだったか。

華南はその場に立ち尽くしていた。無音に思えていた周りの音が、しだいに戻ってくる、そう感じた。近くで母娘《おやこ》らしきふたりが、歓声をあげながら抱きあっていた。

心の奥底から悔しさと情けなさがこみあげてくる。華南は声なくつぶやいた。「なんでわたしじゃないの……」

シングルマザーの母と、弟と三人暮らし。家庭の貧しさを思えば、私立の滑りどめは最初からありえなかった。学費が高すぎる。東大合格にすべてを賭《か》けていた。それが敗北に終わった。二度めのチャンスはない。浪人して再受験できるほどの経済的余裕もない。

悲喜こもごもの受験生らで賑《にぎ》わう掲示板前を離れた。周りの会話が耳に入ってくる。

「赤門どっちだっけ?」「あっちだよ」

そういいながら帰路に就く受験生たちの流れに加わる。華南は半ば放心状態で歩きだした。構内をでるまでの道のりは、来たときよりも長く感じられる。延々と歩きつづけても、まだ赤門が見えてこない。

しだいに周りを歩く受験生が減っていった。気づけばひとりだけで構内の私道を進んでいた。ようやくさっきとはちがうルートだと悟った。どこだかわからない。赤門はこちらだと誰かがいっていた、それにしたがっただけなのに、構内で迷子になってしまうとは。ついてない。もう一刻も早くここから抜けだしたい。

やがて赤門とは別の出入口が見えてきた。東大本郷キャンパスの門は、どれも凝った造りになっているはずが、ここだけはやけにシンプルだった。二本のコンクリート柱のあいだ、鉄製の門扉が開放されているにすぎない。スマホのコンパス機能で方角を確認してみる。北だった。ここは北門か。

通行人も少ない北門を抜け、華南はただぼんやりと歩いていった。駅はどちらだろう。街路樹はクスノキだった。常緑樹のため、この季節でも葉をつけている。木漏れ日の陽光が視界にちらつく。春の訪れを告げるような、暖かな空気を頬に感じても、心は冷えたままだった。

門をでてからは、ほとんど一本道の狭い路地だった。受験生らしき私服の男子ふたりが坂を下っていく。華南は自然に歩調を合わせていた。細身でカジュアルな服装、イケメンっぽいふたりだった。彼らは合格したのだろうか。どうでもいいと華南は思い直した。他人のことは関係ない。

いつしか閑静な住宅街を歩いていた。むかしながらの風情を残す戸建てと、現代的なマンションやアパートが混在している。狭い路地には往来する人やクルマも皆無だった。とにかくやたら坂が多い。

来たことのない場所だ。駅かバス停か、なんでもいいから公共交通機関の世話になりたい。華南はため息とともに立ちどまり、スマホをとりだした。ナビで現在地を確認しようと、画面をタップする。

そのときふいに、若い男のささやく声をきいた。「急げ」

華南は顔をあげた。声は近くの民家の敷地内からきこえた。そちらに目を向けたとき、思わずぎょっとした。

古びた民家を囲むブロック塀の上。黒ずくめの男がよじ登っている。目出し帽をかぶり、顔を隠していた。

いましがた「急げ」と声を発したのは、この男ではないようだ。すでに塀のなかにいる、もうひとりの仲間らしい。声質はかなり若かった。塀に登った男は敷地内に飛び下り、姿が見えなくなった。路地にいる華南には気づかなかったようだ。

なんだろう……。たちまち猜疑心《さいぎしん》がこみあげてくる。するといきなり、硬い物どうしを乱暴に打ちつけあうような騒音が、ガンガンと響きだした。

華南はひるんですくみあがった。立ち去ろうかと思ったものの、ブロック塀の最下段、通気孔のあいたブロックが目にとまった。なにをしているのか、どうにも気になる。腰が引けながらも華南は塀に歩み寄り、路上に四《よ》つん這《ば》いになると、うずくまる姿勢で通気孔をのぞいた。

目出し帽の黒ずくめは四人もいた。勝手口のドアを破るべく、バールをそれぞれ振りあげては、繰りかえし把《と》っ手付近に叩《たた》きつけている。

思わず恐怖に震える。華南が息を呑《の》んで見つめるうち、やがて金属音が響き渡った。錠が壊れたらしい。ドアが開いた。四人が威嚇するような怒声とともに、土足のまま踏みこんでいく。

台所に立つ作務衣《さむえ》姿の老人がちらと見えた。湯飲みを手にしている。痩《や》せ細った身体つき、禿《は》げ頭《あたま》の側面に白髪をわずかに残していた。奥目で白い髭《ひげ》を生やしている。皺《しわ》だらけの顔は表情に乏しかったが、きっと驚愕《きょうがく》しているにちがいない。四人のうち最後のひとりが後ろ手にドアを閉めた。なおも騒音が宅内から反響しつづける。

華南は身体を起こし、憂いとともに路地を見まわした。誰もいない。さっき一緒に坂を下ったふたりの男子受験生らしき姿もない。目出し帽らはあの男子たちとはちがう。四人のうちふたりは三十代ぐらい、残るふたりはもっと若く、十代半ばのように思えた。

これは闇バイトの実行役による、民家押しこみ強盗というやつでは……。華南は激しく動揺した。通報しなきゃ。

震える手でスマホを操作にかかる。だが慌てるあまりスマホを落としてしまった。悪いことに、道端のU字溝を覆うグレーチングの隙間に、スマホが滑りこんだ。華南のスマホはドブのなかに横たわった。グレーチングを持ちあげようとしたがびくともしない。

「もう」思わず声を発し、直後に両手で口を覆う。強盗たちに気づかれたらまずい。また通気孔をのぞく。勝手口のドアが開くことはなかった。なかからの騒音はいつしか途絶えている。

華南は尻餅《しりもち》をついたまま後ずさった。きょうは日曜だ。付近の住民は不在なのだろうか。でかけているのかもしれない。なんとか立ちあがるや、逃げだすべく坂を下りだした。

ふと足がとまった。さっきのおじいさんの姿が目の前をちらつく。無防備にひとりたたずんでいた。ほうっておけない。でもなにができるだろう。

ブロック塀を振りかえった。鼓動のせわしなさに心臓が張り裂けそうになる。ほとんど衝動的に、華南は塀に駆け寄るや、跳躍とともによじ登った。アスリートではないが運動は得意なほうだ。とはいえ塀を乗り越える際、早くも膝《ひざ》を擦り剝《む》いてしまった。狭い庭先へと、転落も同然に飛び下りた直後、今度は足首をひねった。華南は仰《あお》向《む》けに倒れ、痛みを堪《こら》えながらじたばたした。

情けないありさまだったが、ごく軽い負傷だとわかった。なんとか立ちあがってみる。歩くのに支障はなかった。

ドアに近づいた。騒音や怒号にまたも及び腰になる。しかしもうあとには退《ひ》けない。

華南はドアを開け放った。台所の調理台の前、四人の黒ずくめの背があった。その向こうにいるおじいさんがどうなったか、ここからでは見えない。なんにせよ静観している場合ではない。華南は調理台の上にあったフライパンをひっつかむと、四人に怒鳴った。「まって！　乱暴なことはやめて！」

目出し帽の四人が揃って振りかえった。全員が血走った眼《まなこ》を剝いている。四人ともバールを手にしていたが、もう一方の手でそれぞれ別の凶器を引き抜いた。銀いろの刃《やいば》が四つ、不穏な光を放つ。出刃包丁ではない。なにに使うのかもわからない、ギザギザのついた恐ろしげなナイフばかりだった。刃渡りも異常に長い。四人は咆哮《ほうこう》に似たわめき声を発し、いっせいに襲いかかってきた。

恐怖のあまり腰が抜けるという現象を、華南は初めて体験した。フライパンで胸もとを防御しながらも、靴脱ぎ場にへたりこんでしまった。四本のナイフが振りかざされる。華南は全身の血管が凍りつく気がした。身じろぎひとつできない。殺される。ところが背後の開放された戸口から、ふいに何者かの水平蹴《げ》りが、華南の頭上をかすめていった。褐色の革靴の底が、猛然と突きを放つがごとく、黒ずくめのひとりの腹部にめりこんだ。速度に力強さが加わった重いキックを浴び、ひとりが仰向けに倒れると、ほかの三人もドミノ倒しになった。いずれもナイフはまだ手放さないものの、どの刃先もあちこちに向き、ただちに脅威となる状況ではなくなった。

蹴りを食らわせた人影が踏みこんできた。黒っぽいチェスターコートをまとっていることしかわからない。四人が激昂《げっこう》し起きあがったが、チェスターコートの動作は機敏で無駄がなく、しかも驚異的な複合技を繰りだす。腕や脚がそれこそ凶器さながらに縦横に振られ、四人を次々と滅多打ちにする。ひとりの手からナイフが飛んだ。チェスターコートは即座にそれをつかみとるや逆手に握った。ナイフが大きく左右に振られる。ひと振りごとに目出し帽の顎《あご》の下から鮮血が噴きだした。黒ずくめがひとりずつ、確実に深々と喉《のど》もとを掻《か》き切られている。

血のシャワーが台所に撒《ま》き散らされた。華南は尻餅をついたまま、ただ愕然《がくぜん》としていた。惨殺の現場を初めてまのあたりにした。それも四人。悲鳴を発しようにも声がでない。息を吸いつづけているからだ。呼吸がうまくいかない。酸素をどんどん取りこんでしまう。どんどん肺が膨れあがってくる。

四人が折り重なって倒れている。息絶えたのはあきらかだった。フローリングにも真っ赤な水溜《みずた》まりがひろがっていく。

向こうに立つ老人の姿が見えるようになった。皺だらけの顔と作務衣に、点々と血飛沫《しぶき》が付着しながらも、なぜかおじいさんは平然としている。認知症だろうか。いや顔つきは険しく、どこか精悍《せいかん》にさえ感じられる。四人の襲撃にも、チェスターコートによる返り討ちにも、まったく動じたようすがない。ただ鋭く尖《とが》った目で一部始終を見守っていた。

チェスターコートが華南を振りかえった。初めて見る顔だと華南は思った。背丈が高くスマートな体形、端整な面長の小顔、やや長めの髪。返り血を巧みに避けたのか、顔の赤い斑《まだら》模様はごく少なく、霧雨が軽く降りかかったていどだ。年齢は、東大に合格発表を見に来た受験生より少し上、つまり華南の二、三歳年上に見える。ただし本郷キャンパスの構内にも周辺界隈《かいわい》にも、こんな人はいなかった。

殺人鬼とは思えない柔和な表情を保ちつつも、微笑にまでは至らない。そんな青年の顔が華南をじっと見下ろした。刃物を投げ捨ててしゃがみこむや、片膝《かたひざ》を立てた姿勢で、間近から華南を凝視してくる。鼻筋の通ったイケメンが訝《いぶか》しげにつぶやいた。

「実地研修は鞠衣《まりい》の番だったはずなのに。この子誰？」

華南は苦しみ喘《あえ》いでいた。ぜいぜいと自分のせわしない呼吸音が静寂に響く。台所にはもうひとり、いつの間に現れたのか、やはり十代後半と思われる少女が立っていた。ショートボブの丸顔で、高校の制服っぽい装いだが、色彩とデザインは妙に派手だった。これが鞠衣だろうか。

鞠衣とおぼしき少女は、途方に暮れたようすながら、華南を気遣うようにいった。

「携帯酸素缶を……」

ハンサムな青年が首を横に振った。医者のように華南のようすをたしかめ、青年が穏やかにいった。「過呼吸だな。酸素吸入は意味がない。ねえきみ、心配しないで、もっと落ち着いて。鼻から息を吸って、口から吐いて。ゆっくりと繰りかえせばいい」

青年が軽く手を華南の口にあてがった。口を塞《ふさ》がれたため、華南は鼻で息をするのを思いだした。息を吐く段になるたび、青年が手をわずかに浮かせた。ようやく華南は自然に呼吸ができるようになった。

それでも動悸《どうき》はいっこうにおさまらない。視界が涙にぼやけだすとともに、意識が薄らいでいくのを自覚する。華南を見下ろす三つの顔、そのいずれにも焦点が合わなくなる。やがて瞼《まぶた》が閉じていき、世界のすべてがブラックアウトした。

3

ぼんやりと目が開いた。

どこかの洋間だった。よく見るとモダン仕様のリビングルームだとわかる。ダイニングキッチンは併設されていない。無地の白い壁が二階の高さの天井まで達している。吹き抜けの部屋だったが、さほど広くはなかった。レースのカーテンの向こうには、上げ下げ窓が透けて見えるものの、その外は真っ暗だった。もう日が暮れたのだろうか。

華南はL字に並んだソファの一辺に寝ていた。毛布がかけられている。なぜここにいるのかわからない。部屋自体も見覚えがない。

青年の声が静かにいった。「おはよう。でも夜になっちゃったから、こんばんは、かな」

はっと息を呑《の》み、華南は跳ね起きた。腰は浮かせられない。ぐったりとソファの背もたれに身をあずけた状態で、L字のもう一方の辺に座る青年を見つめた。

瞬時になにもかも思いだした。たちまち華南は震えあがった。あのチェスターコートの殺人鬼が、いま目の前にいる。服装は替わっていた。男子高校生の制服のようなブレザー姿だった。現場にいた鞠衣という少女と同様、やはり制服のいろが鮮やかで、仕立ても凝っている。まるで韓国の芸能高校のようないでたちだが、青年は外国人に見えなかった。

それを裏付けるように青年が自己紹介した。「東雲陽翔《しののめはると》。きみは燈田華南さんだね？」

「ど」華南はうろたえた。「どうしてわたしの名前を……」

「あの家の前のU字溝に、それが落ちてたから」

ソファの前のテーブルに、一台のスマホが載せてあった。まぎれもなく華南の持ち物だった。泥水に浸《つ》かっていたとは思えないほど、汚れがきれいに拭《ふ》きとられている。華南は驚かざるをえなかった。さまざまな疑問がいっせいに湧きだす。グレーチングを持ちあげて回収したのだろうか。所有者の名義が確認できたということは、顔認証でロックを解除したのか。まさか寝ている華南の顔をレンズでとらえたのか。目を閉じていても顔認証は反応するものなのか。

それより華南がスマホを落とした事実を、彼はなぜ知っていたのか。もしくは失神しているあいだに所持品を調べられ、スマホがないとわかるや、侵入経路を丹念に探ったのか。

東雲陽翔なる男性は苦笑ぎみにささやいた。「そんなに警戒しないでくれるかな。急な飛びいりが誰だったのか、こっちとしても調べる必要があるのはわかるだろ？」

それなりに愛想がいいものの、淡々とした態度ものぞく。妙な仕事感がある。発言も意味不明だった。これが噂にきくサイコパスだろうか。現時点であきらかなことはふたつある。華南は誘拐され監禁された。いま殺人鬼とふたりきりになっている。東雲陽翔が四人の喉もとを掻き切るのを、たしかにこの目で見た。これは絶望的な状況にちがいない。華南の命は風前の灯火《ともしび》だった。

だが東雲はどういうわけか、わきに置いてあった書類の束を手にとると、内容に目を通し始めた。「んー。どこから伝えようかな。説明するにしても、なんの下地もない十八歳に理解を求めるとなると……」

ドアをノックする音がした。東雲が「どうぞ」と応じる。

開いたドアからもうひとり、今度は中年男性が現れた。髪をきちんと七三に分けている。高校生キャラのコスプレのような制服ではなく、質のよさそうなスーツに身を包んでいた。

中年男性が華南を一瞥《いちべつ》したのち、東雲に問いかけた。「事情は話したか？」

「いえ」東雲は書類を片手に、神妙な面持ちで腰を浮かせた。「まだこれから……」

すると中年男性が真顔で華南に向き直った。「私は波戸《はと》内和樹《うちかずき》、法務省の外局勤務だ。高三といえど東大受験に臨むぐらいの知識があれば、どんな行政機関なのか、だいたい察しがつくと思うが」

恐怖をもたらす存在がふたりに増えた。きちんとした身なりをしていて、官僚を装うような口をきいているが、本気でそんなふうに思いこんでいる異常者かもしれない。華南の頭はまったく働かなかった。華南は蚊の鳴くような涙声を絞りだした。「命だけは……。家に帰してください」

ふたりの男は顔を見合わせた。波戸内が唸《うな》るようにつぶやいた。「こりゃなかなか骨が折れそうだ」

「でしょう？」東雲も当惑ぎみに応じた。「慎重に切りださないと、なにもかも受けいれず、ただ反発するだけかと思います」

「そうだな」波戸内がため息をつきながら、スツールのひとつに腰を下ろした。「燈田華南さん。きみにどう伝えるか、内々でかなり長いこと相談した。三つ結論がでた。

なにもいわずに帰すこと、これはリスクが大きい。ほかには、きちんと説明して納得してもらい、そのうえで口外しないよう頼む方法」

東雲がソファに浅く腰掛けた。「それがいちばん現実的だろうってことになったんですよね」

室内は静まりかえった。波戸内の沈黙は東雲に同意をしめしているように思えた。だが華南は混乱するばかりだった。三つといっておきながら、波戸内はふたつしか明かしていない。あとひとつはなんだ。想像するだけでも恐ろしい。

いま尋ねたいことはひとつしかない。華南はうわずった声を絞りだした。「わたしを殺すんですか」

ふたりは揃って顔をしかめた。東雲がじれったそうな声をあげた。「まだその段階かぁ」

波戸内がやれやれといったようすで東雲にささやいた。「まあ仕方がない。殺人を目撃したのも初めてだろうし」

東雲は身を乗りだした。「華南さん、そう呼んでいいね？　わかりやすくいうよ。あの強盗の四人組は、闇バイトの実行役だった。警察の捜査では、ああいうトクリュウの指示役は炙《あぶ》りだせない。捜査員がＳＮＳのバイト募集に応募して、指示役と接触しようとしても、法に抵触してしまうんだ」

すぐさま波戸内がつづけた。「ほかの闇バイトと表面上、協調してみせるだけでも、刑法第六十一条の教唆犯とみなされる。犯罪を誘発していると解釈されるからな。最高裁の過去の判例でも、適法性が否定されてる。刑法第六〇条、共同正犯にもなりうる。それに……」

「け」頭の片隅にあった知識が華南の口を衝《つ》いてでた。「刑事訴訟法第一九七条……でしたっけ。捜査は適法かつ公平でなければならない、って」

ふたりの顔からにわかに氷が溶け去ったように見えた。波戸内が感心したようにいった。「さすが東大受験生。公民の教科書にもちゃんと書いてあることなんだが、一般の高校じゃテストにでるところまではいかない。きみはただ勉強に勤《いそ》しむだけじゃなかったみたいだな」

東雲が微笑した。「東大に挑戦するなら、教科書の欄外まで読みこんで、頭に叩《たた》きこまなきゃなりません」

たしかに違法収集証拠排除法則という判例が、教科書の欄外に小さな字で綴《つづ》られていた。捜査によって得られた証拠が、違法もしくは不当な手段で収集された場合、裁判で採用されない可能性がある。囮捜査《おとりそうさ》が犯罪を誘発したと判断されれば、その捜査結果自体が無効とされてしまう。

「それに」東雲はくつろいだ態度をとりだした。「闇バイトの応募には身分証明書が要るんでね。偽の住所や名前を記した偽造マイナンバーカードで、警察官が囮捜査に臨めば、公文書偽造の罪に問われる」

華南はいっこうに心を許す気になれなかった。説明はなおも意味不明だ。あの四人が闇バイトだったにしても、東雲は問答無用で殺害したではないか。

波戸内の顔が険しくなった。「華南さん。これも公民の教科書にあるが、法務省の外局である公調……公安調査庁が、破壊活動防止法や団体規制法などを踏まえ、公共の安全確保を目的とする行政機関なのは知っていると思う。内閣情報会議、合同情報会議を構成するのは公調のほか、内閣官房、内閣情報調査室、警察庁警備局と……」

解答をうながすかのように波戸内が黙りこんだ。目で発言を求めてくる。

しだいに怯《おび》えるばかりではなくなってきた。難しい話で煙《けむ》に巻こうというのだろうか。闇バイトの殺害が、国家公認の仕置人としての活動だった、そう主張する気か。そんな深夜アニメのような設定は断じて受けいれられない。

なんとか知識を呼び覚まそうとするうち、徐々に冷静さも戻ってきた。受験生のメンタリティゆえかもしれない。華南は波戸内の求める解答を、遠慮がちな小声で告げてみせた。「外務省国際情報統括官組織や防衛省情報本部」

ふたりは気圧《けお》されたようすもなく、むしろ歓迎するような微笑を浮かべた。東雲がまたうなずいた。「公調は周辺国の動向に目を光らせる一方、国内ではオウム真理教の後継組織や優莉《ゆうり》家の半グレ同盟を警戒、情報収集と分析を絶やさずにいる」

たまりかねて華南は指摘した。「それと闇バイトとなんの関係があるんですか」

波戸内が片手をあげ制してきた。「いまいったのは公調の仕事だ。しかし承知のとおり、詳しい内情は世間に伏せられてる。公調のオフィスは霞が関一丁目にあるが、そこではスーツの官僚が事務机を並べて、書類仕事にふけってるだけにすぎん」

東雲が華南を見つめてきた。「分析には材料がいる。実際に現場へ赴いて、調査目的で汚れ仕事《ダーティーワーク》に手を染める人間がいなきゃ、霞が関で分析される書類の一枚も作れない」

「それが」華南の声はさらに小さくなった。「闇バイトを殺すこと……だっていうんですか？」

波戸内は平然とした顔を東雲に向けた。「わかってくれたらしい」

わかってなどいない。華南は泣きそうになった。「喰種対策局《CCG》とか武装探偵社みたいなのがあって、それがおふたりの仕事だっていうんですか」

東雲は笑わなかった。「みんな最初はそんなことをいうけど、もっと現実的なんだよ。僕はきょうの午前中、岩手に行ってきてね。熊の駆除のために」

「熊の駆除……」

「そう。鳥獣保護管理法、〝鳥獣の保護及び管理並びに狩猟の適正化に関する法律〟ってのがあるだろ。野生動物の保護と管理は厳しく義務づけられてる。熊は保護の対象となる鳥獣に含まれてるから、許可なく捕獲できないし、殺処分も違法になる」

「熊を撃つ猟師さんがいるはずですが……」

「あれはあくまで例外あつかいでね。被害を防ぐための有害鳥獣駆除が認められる場合もあるけど、自治体の許可が必要なんだよ」

「……許可が下りない地域へ行って、熊を殺してきたっていうんですか」

「ああ。絶滅危惧種《きぐしゅ》で殺害命令が下りにくいツキノワグマをね。国と岩手県庁、盛岡《もりおか》市役所、八幡平《はちまんたい》市役所のあいだの、極秘の合意事項に基づく任務だった。住宅地に被害が拡大する可能性があったから」

「せ、生態系に影響が……」華南は知るかぎりの異論を並べ立てた。「熊が人里に出没するのは、人間による生息地の破壊や、餌不足のせいじゃないんですか」

ふたりの男がまた顔を見合わせた。東雲が眉《まゆ》をひそめた。「意外に理屈っぽいですね」

波戸内も厄介そうに応じた。「判断を誤ったかな」

東雲は立ちあがると、近くにあるキャビネットの引き出しを開け、リモコンとノートパソコンをとりだした。立ったままリモコンを操作し、壁掛けテレビをオンにしたうえで、パソコンを開いて保持する。

無線HDMI送受信機で結ばれているらしい。パソコンのモニター表示がテレビにも映しだされた。東雲が動画のアイコンをクリックする。

昼間の映像だった。どこかの民家の庭を俯瞰《ふかん》でとらえている。防犯用の定点カメラのようだ。スーパーインポーズされた日付は今年の三月四日、すなわち六日前の午後三時すぎ。塀の外が雑木林だとわかる。都会の街なかではなく田舎かもしれない。ランドセルを背負った男の子が門を入ってきて玄関に向かった。小学校から帰ってきたらしい。

ふいに庭の奥から黒い影が駆けだしてきた。男の子がびくっとして立ちどまる。四足動物が猛然と突進してくる。なんと熊だった。体長は一メートル半ぐらいか。前足を覆う毛並みから鋭い爪が突きだしていた。突進に男の子はすくみあがり、凍りついたように動けずにいる。

男の子はあわてて、やっと身を翻し逃げかけたが、熊の俊敏さはその速度を凌駕《りょうが》していた。巨大な爪が男の子の腹を掠《かす》める。服とともに皮膚が裂け、血が滲《にじ》んだのがわかる。映像は無音だが、男の子が叫びを発したようすが見てとれる。

それも一瞬にすぎなかった。倒れこんだ男の子に熊がのしかかる。男の子の胸もとを噛《か》み砕き、たちまち血肉を引き裂いた。

華南は思わず両手で顔を覆った。信じがたいほど無残な映像だった。

東雲の落ち着いた声が告げた。「僕がきょう出張してきた岩手県八幡平市内。住所は中未田《なかきた》四丁目二番三号。三月四日、熊に食い散らかされ絶命した小五の男子児童を、帰宅した親が発見。その防犯カメラ映像だよ」

耳を疑う話だった。華南はテレビを正視できなかった。「こ……子供が犠牲に？」

「今年に入ってから現地では死者二名、負傷者六名の被害がでてる。冬眠しない熊のせいで」

「死亡事故の報道なんて一件も……」

「これは特例でもなんでもないよ。特定の死因が、社会的な恐怖や混乱を引き起こす可能性がある場合、警察は情報の公開を制限する。マスコミ各社には、捜査や調査の妨げになるためと説明される」

波戸内がいった。「熊による死亡事例の多くは死因を伏せられるんだ。法的にどうにもできないジレンマを抱えているため、公表すればいちいち世論が紛糾するからだ」

ようやく東雲がテレビを消してくれた。衝撃は醒《さ》めやらないものの、華南は居住まいを正すと、震える声を絞りだした。「世論を紛糾させないように……こっそり始末をつけるっていうんですか。公安調査庁の実動要員であるあなたがたが」

仕方なさそうに応じたのは波戸内だった。「きみが親の許可を得ずに遊びに行ったり、外泊をしたりして、のちにバレたとする。正直にいうよりは、急なバイトが入ったとか、友達と急に会うことになったとか、その場しのぎを図るだろう」

「外泊はしません……。要するに、世間には公にしないけど、じつは犯罪行為を担っていると……?」

「〝公共安全確保のための超法規的対処〟と呼んでる。犯罪といわれちゃ私たちも身も蓋《ふた》もない」波戸内は辛抱強くいった。「警察は法を遵守せねばならないが、戦後GHQがきめた日本国憲法に基づく法律自体、現代社会では足枷《あしかせ》になってきた。警察の介入不可能な事案について、合同情報会議で全会一致をみた場合のみ、極秘裏に特例として超法規的対処の判断が下る」

「あの……。おっしゃることはわかりました」華南はそういったものの、強盗への対処についてはまだ納得がいかなかった。「熊じゃなく人が相手のときも……?」

波戸内が見つめてきた。「闇バイトが標的にしがちな一軒家の情報を、前もって流布しておいた。警察には実行不可能な、闇バイト募集というかたちの潜入により、トクリュウの一グループが罠《わな》に食いついたとわかった」

「あのおじいさんの家ですか」

「本当は彼の住居じゃないんだ。最近都内に増えてる空き家物件のひとつを購入した。家主を装っていた人物は、見た目のとおり高齢者ではあるが、うちの幹術《かんじゅつ》指導長でね。あんな素人も同然の強盗グループが相手なら、事実上の危険はなかった」

四人が刃を振りかざし、いっせいに襲いかかろうとしていたのにか。時代劇でもないのに、そんな立ちまわりが現実に可能だろうか。幹術指導長というのもよくわからない。

東雲の声はあくまで冷静だった。「闇バイトの応募者は被害者だといいたいかい? 最近じゃ闇バイトと承知したうえで、それにかこつけて蛮行を働こうとする連中が増えてる。あの四人のうちふたりはまだ十代で、過去にも凶悪殺人を働いたけど、当時十三歳未満だったので立件できず」

「大人もふたりいましたけど……」

「何年か前、それぞれ通り魔と強姦《ごうかん》殺人で逮捕されながら、精神鑑定で無罪。警察ばかりじゃなく、検察から弁護士、裁判所までが手を焼いてた」

「それで熊のように……ですか？」

「ありていにいえばそうだよ。腹を空《す》かせて凶暴になったツキノワグマとそう変わらない奴らだった」

「あの鞠衣さんという女の子は……」

「よくおぼえてたね。訓練中の諜工員《ちょうこういん》候補には実地研修がある。闇バイトに罠を張る一方、苧木《おぎ》鞠衣は現場に慣れるため派遣された。僕もだけど」

波戸内が東雲に顎《あご》をしゃくった。「彼は諜工員候補のなかでも成績優秀者だから、現場に派遣されることが多くてね」

ふたりの口から諜工員という言葉がでた。公民の教科書では欄外にすら見かけなかった名称。おそらくそれが公安調査庁の実動要員を意味するのだろう。存在自体が世間一般に伏せられているとみるべきか。

東雲の表情がまた穏やかになった。「きみの飛びいりで少々予定が狂ったよ。華南さん。なにもかも説明したのは……」

「け」華南はあわてて誓いを告げた。「けっして口外しません。もう忘れました」

ところがふたりの男はどちらも当惑のいろを浮かべた。東雲が唸《うな》りながら頭に手をやった。「そういう意味じゃないんだけどなぁ」

波戸内が厳かな声を響かせた。「少子化の影響で、警察官も消防隊員も自衛隊員も定員割れ。公務員の全般がそうだ。公調のいわば下請け部署で、身体を張らなきゃならない課工員が、人材不足に喘《あえ》いでいるのは想像がつくな?」

「はあ」華南は波戸内を見かえした。「とおっしゃると……?」

「公調のキャリアはスーツで事務机にかじりつく。実際に現場へ駆りだされるノンキャリの課工員は、汚れ仕事ではあっても、常に必要とされる」

「……なんだか求人にきこえますけど」

「そうだよ」波戸内はあっさりといった。「これを機に課工員訓練生として採用できないかと思ってる。きみは東大に落ちたばかりだろう? 家が貧しくて私立は受けられない。だが課工員候補は高卒の自衛官養成課程と同じく、特別職国家公務員の身分を得るため、訓練中から給与がでる。悪い話じゃないだろう」

「な……なんで貧しいって……。東大に落ちたってのも……」

東雲が根拠を挙げ連ねた。「格安スマホ。廉価なセーターがあちこちほつれてるけど、コートを羽織ればわかりゃしないと妥協しただろ？」
それで貧困生活は見抜けたとしても、東大の不合格を察した理由は……？　東雲は
そちらについて答えなかった。職務上、観察眼が鍛えられているのかもしれないが、
それにしても関わっただけで求人の対象とは乱暴すぎないか。あまりにも行き当たり
ばったりすぎる。
華南はおずおずと疑問を口にした。「なんでわたしを……」
波戸内が即答してきた。「例のおじいさんの意見だよ。緊急かつ危機的な状況で、
きみの肝の太さが推し量れたと」
「肝……ですか？」
「勘のよさも評価してた。フライパンが武器になると瞬時に判断できた。強盗が刃物
で襲いかかってきたときには、とっさにフライパンを防具がわりにし、胸部を覆った。
それらは天性の才能であって、訓練だけじゃ備わらないものなんだよ」
過大評価か、あるいは求人を急ぐためのこじつけか。ただしこのふたりによる、忍
耐強く丁寧な説明は、まるっきりでたらめでもなさそうと感じさせられる。拒否すれ
ば瞬殺されるかもしれないとか、そういう恐怖心はかなり薄らいできた。東雲が四人
の命を奪う現場を見て、ショックで失神したわりには、こんなふうに早々と落ち着き

を取り戻せるとは、自分でも意外に思える。これもあのおじいさんが評価する才能なのだろうか。あるいは保健体育の授業で習った適応機制、人間はどんな突飛な状況でも、精神面で適応的に生きられるという、そのあたりの理屈か。

とはいえ代わりに困惑が深まってくる。華南はきいた。「課工員候補になって、訓練を受けたとして……。ゆくゆくは公安調査庁の職員ですか」

「いや」波戸内が首を横に振った。「そうはならない。霞が関の官僚とは永遠に相容《あいい》れないんだ。存在自体が公表されていないからね。公調の地方組織として、全国に公安調査局があるが、世間もそれらが実動要員だろうとは推察してる。事実、課工員は表向き一職員として各地方局に属する。職務内容は家族にもあきらかにしない」

東雲がソファの背もたれに身をあずけた。「表舞台には立てない因果な仕事だけど、そもそもノンキャリ採用が基本だから、高卒のわりに初任給も昇給もかなり高水準だよ。お国のためなんだからね」

波戸内がさらりといった。「本質的に公務員ってのはどれも一緒さ」

華南は胸の奥に鉛が沈んでいるような気分を感じていた。心にひっかかるものが多すぎる。世間に非公表の仕事とその求人、十代で高収入を謳《うた》い、違法かつ凶悪な行為に手を染める。いわば公安調査庁が指示役、課工員なるものが実行役。闇バイトとなにがちがうのだろう。

なにより……。華南は声もなくつぶやいた。こんな突拍子もない話、信じろというほうが無理だ。

4

外はすっかり暗くなっていたが、まだ午後八時すぎだった。燈田華南はひとり路線バスの座席でぼうっとしていた。足立《あだち》区志由爽《しゆそう》にある自宅アパートへの帰路、終点のバス停近くになると、車内はこんなふうに閑散とする。華南のほか高齢の婦人がひとり乗っているにすぎない。

すべて夢でも見ていたかのようだ。あのふたりは華南を外に送りだした。本郷三丁目付近だとわかったが、押しこみ強盗の標的になった古家ではなく、立派で真新しい邸宅だった。華南はなにごともなく解放され、自分の足で駅まで歩いた。

交番に駆けこもうかとも思ったが、早く帰りたくて電車に乗った。アパートでまつ母には、いまから帰るとラインでメッセージを送っておいた。西日暮里《にしにっぽり》駅で乗り換え、見沼代親水公園《みぬまだいしんすいこうえん》駅で降りて、このバスに乗った。いつもの帰り道だった。

まだ心の片隅が緊張と動揺に疼《うず》く。日本の公安調査庁に秘密が多いという事実は、公民の教科書にも載っていたことだが、それでも殺人を含む違法工作をよしとする制度など、本当にありうるのだろうか。

波戸内は別れぎわにいった。民間の会社でもトラブルを避けたり、帳尻《ちょうじり》を合わせたりするために、大なり小なり口外できない対処法に裏で手を染めているのが常だ。そうでなければ集団は組織の枠組みを保てない。国家ならなおさらだ。戦後の混乱期を経て、現在に至るまで、日本が数々の荒波を乗り越え、いちおうの平和を保ってこられたのは偶然か？　ちがう。朝鮮戦争の影響、四大公害病、バブル崩壊、コロナ禍からは自然に立ち直れた？　震災後の福島第一原発事故は運よく封じこめられた？　そんなわけがない。公にされない誰かの活動があっての回復だと、誰でも薄々感じているはずだろう。

そういいながら、じつは単なる闇バイトへの勧誘ではないのか。国際ロマンス詐欺でも、詐欺師は言葉巧みに、やたら熱心に理由づけをしてくると報じられている。同じ説明を霞が関の庁舎内できかないかぎり鵜《う》呑《の》みにはできない。

でたらめだと信じたい。けれども波戸内の言葉には妙な説得力があった。彼は告げてきた。銅線を盗む中国《ちゅうごく》人ブローカーとその一味が、ただの窃盗罪で、たった二十二万円の罰金で許される。日本のそこいらに銅線が転がってて、いつでも切って売れば大儲《おおもう》けできる、チョロい国だと豪語してる奴らがだ。前科があって悪質と判断されても、せいぜい三年か四年の服役で外にでてくる。法にしたがえばそうなってしまう。警察とは別の受け皿がなければ、治安が成り立たないのはわかるな？

華南は頭を振り、煩わしい記憶を遠ざけた。別の受け皿。法にしたがわない受け皿。いったいどんなふうに処理するというのか。

終点のバス停で、星の瞬く夜空の下に降り立つころには、細かいことはどうでもよくなった。ただ無事に解放された、その安堵《あんど》感《かん》だけに満たされていた。むしろ早く忘れたい。

本郷三丁目よりずっと小ぶりで、老朽化した家屋が建ち並ぶ、暗く静かな住宅街に歩を進める。やがて二階建ての木造アパートが見えてきた。外階段を上って、二階の端からふたつめのドアの前に立つ。ここが華南の自宅だった。

解錠してドアを開けると、母が姿を現した。というより、靴脱ぎ場が台所に面していて廊下もないため、奥からでてきただけだ。母の紗奈《さな》が不安げな面持ちでいった。

「おかえり、遅かったのね。……どうだったの？」

なにを問いかけられているのか、しばらくはわからなかった。きょう外出した目的をようやく思いだす。東大の合格発表を見に行った。靴脱ぎ場に立ったまま華南は視線を落とした。「ダメだった……」

沈黙が降りてきた。母は小さくため息をついたものの、どういうわけかほっとしたような表情を浮かべた。「そう……」

そんな母の反応が妙に思えた。室内の照明はLEDでもない蛍光灯で、しかもこのところ切れかかっているため、ひどく薄暗い。そのせいで一見しただけではわからなかったが、母の顔にはうっすらと痣《あざ》ができている。

またか……。華南は靴を脱ぎ部屋にあがった。母のわきを通り抜け、ダイニングルームと畳敷きの居間、二部屋しかない自宅のなかを眺めた。

ひどく荒れている。棚や箪笥《たんす》の中身がぶちまけられ、襖《ふすま》が外れ、フトンも衣類も散乱していた。まるでゴミ屋敷と化した和室で、コタツに身を小さくしているのは、華南の弟の達哉《たつや》だった。ふだんからおとなしい達哉は、いまも存在を消すようにうつむいている。テレビは点《つ》いていたが、中二の達哉の目はそちらに向かなかった。

暗澹《あんたん》とした気分で華南はささやいた。「お父さんが来たの？」

母はなにもいわず項垂《うなだ》れて立ち尽くしている。達哉のほうは力なくうなずいた。

華南は達哉にきいた。「いつ？」

「昼ごろだって……。僕が学校から帰ったら、もうこんなふうに」

「……まさか」華南は母に向き直った。「お金が……？」

するとと母は両手で顔を覆った。「ごめんなさい、華南」

どんよりとした無力感に襲われる。またいつもの事態が起きた。貯めたお金が父に奪われた。

受験にともなう費用と、東大に合格した場合の一年目の学費。三分の二は華南がバイトで貯め、残りは母がパートで稼いでくれた。しかしそれらのお金を父親が持ち去った。もし華南が合格していたら、学費の支払いに困っただろう。さっきの母のほっとした顔はそのせいだった。

両親の離婚後、父親は養育費を一円も払っていない。それればかりかこうして、たびたび母のもとを訪れては、強引に金を奪っていく。以前は無心だったが、最近は強奪といっていい。

テレビから明るい音楽がきこえてきた。シニア世代の俳優が満面の笑いとともに声を弾ませている。「これからは人生百年時代ですね。万一のことを考えて保険の備えも……」

母が失意とあきらめの交ざりあった面持ちでつぶやいた。「そんなに長生きしてどうするのかしらね」

人生百年時代……。百歳まで生きるためには、そのあいだもずっとお金がなければ、暮らしが成り立たない。十八歳の華南には、街灯ひとつない真っ暗な道の果て、そんなふうにしか思えなかった。

父は見沼代親水公園駅の隣、舎人《とねり》駅から歩いて二十分の場所に住んでいる。華南はずっと寄りつかなかった。両親が離婚する以前、華南が中学生だったころ、父から何度か性的ないたずらをされたことがある。身体を撫《な》でまわされ、服の下まで手をいれられた。それ以上の行為はなかったが充分におぞましかった。

けれどもいまはひるんでいられない。学費に予定していた資金は、当面の生活費と一緒にしてあった。空っぽに投げだされた封筒を見ても、父が全額持ち去ったのはあきらかだ。このままでは母子家庭の生活に支障がでる。父は現在、無職も同然の暮らしぶりだときくが、いちおう運送業の自営業者だったはずだ。父自身が働いて稼ぐべきだろう。

帰宅して十分も経たないうちに、華南はひとりまた外出した。バスに乗り見沼代親水公園駅へ行く。夜九時をまわった。誰もいない駅のホームでベンチに座り、日暮里・舎人ライナーの上りが来るのをまつ。吐息が白く染まった。

複雑な心境が胸のうちにひろがる。父を憎みきれない唯一の思い出が脳裏をよぎった。小学校低学年のころ、さまざまな色彩のフエルトを切り貼りして、小さな家族の人形を作った。学校の課題だった。父と母が六センチぐらい、華南と達哉は三センチほどで、四人が寄り添うかたちに縫い合わせた。短いストラップをつけたうえで、教師の指示にしたがい、父にプレゼントした。

ほとんど無人の車両がホームに滑りこんできた。華南はそれに乗った。冷えきった身体がほんのりと温かさに包まれたのを感じる。

華南がおずおずと家族のフエルト人形を差しだしたとき、父は晩酌で赤ら顔だった。それを手にとり、しばらく眺めるうち、父はなんと涙を浮かべた。酒のせいか、たまたま上機嫌だったのか、父は嬉《うれ》しそうに目を細めた。ありがとよと父がいった。華南の記憶するかぎり、父が礼を口にしたのはあの一回きりだ。居合わせた母が微笑んだのをおぼえている。

ひと駅で降車し、また暗い住宅街の路地を延々と歩く。川辺で築四十年以上を経た小さな家屋が、現在の父の住まいだった。

玄関のチャイムを鳴らそうとボタンを押したが、なかから音がきこえない。電池切れか故障かもしれない。ドアの把《と》っ手を握ってみると施錠されていなかった。そろそろとドアを開け、真っ暗な家のなかに立ちいる。

父はいつも一階の和室にいる。襖の隙間から明かりが漏れていた。それを開けると、ひどく散らかった部屋の真んなかで、ジャージ姿の父が寝そべっていた。

眠っているわけではない、テレビを観ている。室内にはアダルト物のDVDのパッケージが散乱しているが、テレビの画面にもそういう映像があった。きくに堪えない音声が、かなりのボリュームで響き渡っている。

まだ気づいたようすはない。華南は声をかけた。「お父さん」

すると父の隆寿《たかとし》は横たわったまま、顔だけこちらに向けた。「ああ、華南か」

驚いたようすもない。父がひとこと喋《しゃべ》っただけで、室内に悪臭が充満したように思える。事実として吐息に酒のにおいが混ざっている。タバコくさくもあった。

華南が母と暮らすアパートよりは明るい部屋だった。天井に吊《つ》るされた四角い照明カバーのなかに、丸蛍光灯が白く浮かびあがっている。光量からしてLED蛍光灯だろう。

おかげで室内の隅々までが明瞭《めいりょう》に照らされている。酒瓶らしきものはない。華南はきいた。「お酒、どこ?」

父がおっくうそうに上半身を起きあがらせた。赤ら顔はむかしよりずっとだらしなく、皺《しわ》が増えたうえに無精髭《ぶしょうひげ》は白くなっていた。軽いげっぷとともに父がいった。

「とりあげようってのか。バーカ。最近は外で飲んできてんだよ」

灰皿に吸い殻が山盛りになっている。そのわきに落ちているのはマッチ箱だった。〝BARみゆき〟と印刷してある。いまどきこんな物が転がっているのは、サブスク全盛の時代にDVDのヘビーユーザー、父の部屋ぐらいだろう。

「おめえ」父が焦点の合わない目を向けてきた。「なにしに来た？」

「きょう昼間に、うちに来たでしょ」

「誰が？」

「お父さんが」

「行ってねえ」

「嘘いわないで。学費に貯めてあったお金、かえしてよ」

「金？　んなもん、俺が生きるために必要じゃねえか」

「わたしたちもだってば。お父さん、養育費も払ってくれてないでしょ」

「うるせえな。ねえもんが払えるかよ」

思わず絶句させられる。中学生のころほど父に恐怖は感じないが、膝《ひざ》が震えなくなった代わりに、怒りで全身がこわばってくる。

父親が養育費を支払わない場合、裁判所の手続きにより強制執行がおこなわれ、給与や預貯金が差し押さえられる。けれども父が働いているようすはなかった。

養育費請求調停を申し立てるべきとネットには書いてある。しかし母の付き添いで弁護士無料相談を訪ねても、無下な態度をとられるばかりだった。弁護士も結局は商売でしかない。

この家に資産として徴収できる物などあるのだろうか。室内に散らばる雑多な品々に目が向く。離婚前に見かけた古いアルバムが何冊も重ねてあった。近くにしゃがんで、アルバムの表紙をそっと開いてみる。家族の写真がいくつも残っている。まだ若い両親、幼くあどけない華南と達哉の姿があった。

なんともいえない気分にとらわれる。そういえば小学生のころ家で見かけた雑貨類が、部屋の隅に転がっている。

華南はささやいた。「お父さん」

「なんだよ」

「小学生のころ、わたしが学校の授業で作ったフェルト人形、まだ持ってる?」

「フェルト……? なんだそれ」

「家族四人の人形。ストラップがついてる」

「知らねえ。とっくに捨てちまっただろ、そんなゴミみてえなもんはよ」

華南は目を閉じた。心の奥底に生じた傷の痛みに耐える。馬鹿なことをきいてしまった。いったいどんな答を望んでいたというのだろう。

目を閉じているうちに、背後で父がむっくりと起きあがる気配を感じた。酒くさい息が近づいてくる。父はいきなり背後から抱きついてきた。「それよりよ、おめえもこういうビデオにでて稼げや」

「ちょ」華南はおぞましさに鳥肌が立つ思いで身じろぎした。「なにいってんの」

父は離れようとしなかった。「俺が社長になってマネージメントしてやる」

「お父さんが立ちあげたのは運送業の会社でしょ」

「社長兼社員が俺ひとりだけのな。業務内容なんか俺の勝手でどうにでもなる。華南が身体で稼いでくれりゃ、俺もお母さんも……」

コートの下に父の手が滑りこんできた。胸を鷲《わし》づかみにされ、あちこちまさぐられる。これほどの不快感はかつて経験したおぼえがない。華南は嫌悪とともに怒鳴った。

「放してよ！」

「こいつ」父は憤りとともに華南を仰向《あおむ》けに押し倒し、頬に張り手を浴びせた。上にのしかかりながら父が鼻息荒くいった。「可愛い顔に育ったな。いい身体もしてるじゃねえか。最近風俗にいく金がなくてよ。お父さんに奉仕しろよ」

頬に痺《しび》れるような痛みが尾を引くばかりではない。吐き気がこみあげてくる。コートの裾《すそ》ごとスカートがたくしあげられた。華南は抵抗したが、父に両手首をつかまれていた。涙が滲《にじ》んでくる。華南はわめき散らした。「やめてってば!」

「静かにしやがれ!」父の酒くさい吐息が吹きかかる。興奮状態の赤ら顔が間近に迫ってきた。「もうあとに退《ひ》けるかよ。のこのこ来やがったからには俺の慰みものに……」

いきなり父の顔が遠ざかった。まるで後方へと弾《はじ》けるように飛び去ったがごとく見える。空中で父は驚きに目を剝《む》いていたが、背を丸めたまま宙を舞い、襖《ふすま》を突き破ると廊下の床に転がった。

誰かがジャージの襟の後ろをつかみ、父を強く引っぱったうえ放りだした、そんな状況だとわかった。その誰かが室内に立っていた。男子高校生風の派手めな制服に、チェスターコートを羽織っている。

東雲陽翔が涼しい顔で華南を見下ろしてきた。「だいじょうぶ?」

華南は愕然《がくぜん》とし、ただ言葉を失っていた。どうして東雲がここにいるのだろう。

外れた襖の下敷きになっていた父が、憤然と起きあがった。「なんだてめえは！　華南のオトコかよ。勝手にあがってくんな」

「それはどうも失礼しました」東雲が仏頂面のまま会釈した。「鍵《かぎ》が開いてたうえ、華南さんの悲鳴がきこえたので」

「こいつ。ふざけんな！」いまでも腕力に自信がありそうな父が、猛然と東雲につかみかかった。

だが東雲は慣れたようすで身体を低く沈め、華南の父の胸倉をつかむと、腕を巧みにひねった。父は軽々と投げ飛ばされ、縦方向に回転したうえで、畳と雑多な物の上に背を叩《たた》きつけられた。

東雲の片足が華南の父の腹を踏みつけた。革靴の底がめりこむ。東雲は靴を脱がずにあがりこんでいた。低い声を東雲が響かせた。「元奥さんのアパートから奪った金はどこですか」

父は痛そうに表情を歪《ゆが》め、いっこうに身体を起こせずにいる。「奪ってなんかいねえ。借りただけだ」

「かえす気もないのに？　養育費も耳を揃えて払ってもらわないと」

「そんな金があったら紗奈から借りたりしねえ」

奇妙な間が生じた。東雲の冷ややかなまなざしが華南の父を見下ろした。「そうか？」

東雲が天井の照明カバーに手を伸ばした。背の高い東雲には余裕の振る舞いだった。半透明のカバーを力ずくで引き剝《は》がし、傍らに放りだす。

父が激しくうろたえている。華南も驚きに思わず目を瞠《みは》った。カバーの外れた照明、丸蛍光灯が囲む真んなかの空間に、ガムテープで通帳が貼りつけてあった。

通帳を剝がしとった東雲が、華南の父に馬乗りになった。片手で通帳を開き、記載内容を一瞥《いちべつ》したのち、東雲はぞんざいな物言いでいった。「光源よりも上に貼りつけておけば、半透明カバーにはなんの影も映らない。国税局の査察官が慣れっこの手口。いまどきこんな場所に隠すのは無知な貧乏人だけ」

「な」父が慌てふためき、通帳をとりかえそうと必死にもがいた。「て……てめえ。けえせ！」

だが東雲は馬乗りになったまま通帳を遠ざけた。「きょうの午後、元奥さんから奪った金を全額、ATMで口座預金したよね。その後、約十倍の金額が振りこまれてる。自己資金があるのを見せて、日本政策金融公庫の融資を受けたろ？」

「俺の金だ！　てめえには関係ねえ」

「事業者向けの融資だよ。登記上は運送会社の社長でも、住所はこの家。労働実態なし。詐欺だろ」

「けえせってんだよ、この若造！」

華南の父は仰向けになったまま、東雲に両手を伸ばした。だが東雲はその手を振り払って立ちあがると、がら空きの横腹に低い蹴《け》りを一撃見舞った。

東雲は華南の手をとり立ちあがらせた。そのまま部屋から連れだそうとする。華南は室内を振りかえった。父は苦痛の表情で身体をくの字に曲げ、涙声でしきりに悪態をついている。母や華南に対する侮辱の言葉も並べ立てた。華南は耳を塞《ふさ》ぎたい思いだった。

玄関で靴を履いた華南の手を、東雲はまだ離さなかった。家をでると路地にクルマが停まっていた。大型のSUVだった。後ろにまわりこんだとき、トヨタハリアーの英語表記が目にとまった。

助手席のドアが開けられる。東雲は華南の片手を握っているだけだが、細身に似合わず腕力と握力があった。その片手のみで華南は助手席のシートに押しこめられた。

ドアを閉じ、東雲が大きな車体を迂回《うかい》したうえで、運転席に乗りこむ。シートベルトを締めるよう華南に指示し、みずからもそうする。クルマが滑るように走りだした。

片手でステアリングを切る東雲が、もう一方の手でダッシュボードのパネルをタップする。スマホとのブルートゥース接続か、スピーカーから電話の呼出音が反復した。やがて若い女性の声が応答した。「イの373です」

「ヨの217」東雲が運転しながらいった。「口座名義、燈田隆寿。預金額、端数切り捨てで九百九万円。全額引きだせ。みずほ銀行、普通口座、0621……」

「了解」通話は即座に切れた。

華南の心臓はまた早鐘を打っていた。「いまのは……?」

「お母さんのもとには、奪われた金プラス養育費の未払いぶんに、迷惑料込みで九百九万円が届く。悪いけど現金で郵便受けに投函《とうかん》させてもらうよ。銀行振り込みだと記録に残る」

「あの……それはいったい……」

「養育費の未払いは許されないってことになってるよな。父親が無視や虚偽の報告をしたら、六か月以下の懲役または五十万円以下の罰金刑。だけどそんなもん発覚するか? 〝払う意思はあるが金がなくて払えない〟の一点張りで、いくらでもずるずると引き延ばせる。きみも知ってのとおり泣き寝入りしかない」

東雲は淡々と養育費に関するトラブルを口にした。離婚後の母子家庭に、父親がいちども養育費を払わないケースは、全体の五十七パーセントにも達する。日本では養育費の法的徴収が充分に機能していない。強制徴収を可能にする法的枠組みの強化が求められている。しかしそんなものはまっていられない。

「これが」東雲がため息まじりにいった。「僕たちの仕事だよ。理想は遵法だけど、国のシステムが一部でも機能不全に陥っているのなら、超法規的手段による対処が必要になる」

「……わたしを尾行したんですか。周辺事情も調べたんですね」

「きみはもう僕らの職務上の秘密を知ってる。漏洩《ろうえい》しないと約束してくれたけど、守秘義務を徹底してもらう必要があるから、人となりをいろいろ調べたくて」

それにしても早すぎないだろうか。東雲は華南の父が事業者用融資を利用し、多額の金を借り得たことまで承知していた。口座から金を引きだす怪しげな段取りもついていたようだ。華南が家に帰るまでのあいだに、それらすべてが可能になるのか。夜には銀行も閉まっているのに。

疑問が次々と湧きあがるが、それより心配なことがある。震える声で華南はたずねた。「父が母からお金をもういちど取りかえそうとすることは……」

「永久にそうさせない選択もある」

「……それ、どういう意味ですか。手荒なことはやめてください」

「きみはやさしいね」

「あれでもいちおう父親ですから……」

「乱暴されそうになったのに？　娘として見られてないよ」

華南は黙るしかなかった。辛《つら》さを嚙《か》み締めつつ憂愁に浸る。この気持ちはたぶん他人にはわからない。

トヨタハリアーは幹線道路にでた。クルマの流れに乗ると、東雲はふたたびダッシュボードのパネルをタップした。電子音が鳴った。運転を継続しつつ東雲がいった。

「録音をオンにした。両親について詳しく話してくれないか」

「なぜですか……？」

「うちと関わったら、誰でもそうするべきなんだよ。守秘義務のためにね。録音は中《なか》野《の》に届けなきゃ」

「中野？」

「そう。これから行くところ」東雲は冷静にステアリングを切りつづけた。「俗称だけど令和《れいわ》中野学校。高校卒業から四年未満の、若い諜工員《ちょうこういん》候補の育成施設だよ」

5

墨田《すみだ》区寿崎《としざき》二丁目、住宅街の一角にある低層マンション、三〇四号室。主婦の大嶋《おおしま》和子《かずこ》はネットフリックスの動画を観ていた。夫の帰りが遅いのはいつものことだ。溜《た》まったドラマはいまのうちに鑑賞しておくにかぎる。

ふいに夜の静寂を破る音がした。ドラマ内の効果音だろうか。それにしては生々しいノイズに感じられた。遠雷かもしれない。だが地底から響くような重低音の唸《うな》りが、徐々に大きくなってくる。震動が床から這《は》いあがってきた。

地震だろうか。和子は窓辺に向かい、カーテンを開け放った。

不安げな自分の顔が映りこむ。外が真っ暗なため、窓ガラスはほとんど鏡と変わらない。額をくっつけんばかりにして、闇のなかのようすをうかがう。見慣れた近所の路地が、街灯におぼろに照らしだされていた。ふだんと変わらない平穏が漂う。ところが次の瞬間、交差点に思いもよらぬ光景がひろがった。

今度こそ落雷のような轟音《ごうおん》が辺りを揺るがした。和子の部屋ばかりでなく、付近一帯の窓明かりから街灯まで、あらゆる光が明滅している。大樹を引き裂くような鋭いノイズをともなっていた。重い衝撃が突きあげるや、なんと交差点のアスファルトが陥没し、大きく沈みこんでいく。

和子は愕然《がくぜん》とした。悪夢でも見ているかのようだった。だが目に映るすべてはあまりにも明瞭《めいりょう》で、信じようが信じまいが、なにもかも現実のできごとでしかない。交差点が巨大な黒い穴へと変貌《へんぼう》していく。周囲の地盤が崩れ、電柱が悲鳴に似た音を発しつつ、いっせいに急角度まで傾く。電線が弾《はじ》けるように火花を散らした。

誰かの叫び声がきこえた。「危ない！」

歩行者らしき人影がいくつか逃げ惑うのが見える。穴の拡大に歯止めはかからなかった。交差点に面する角の家屋、その敷地まで達すると、ブロック塀を呑《の》みこんだ。停めてあった自転車が倒れ、闇のなかに吸いこまれていく。

まさかこのマンションも……。和子は身を翻すと、スリッパのまま玄関を駆けだした。ほかにも住人が外通路から下り階段へと退避していく。和子はそのあわただしい流れに加わった。

道路の陥没。ときどきニュースで目にする。行政の予算不足のせいで、チェックが行き届いていないのだろうか。通行中の路面で発生したら嫌だと思っていたが、まさかごく近所で起きるとは。この辺りの地盤はしっかりしているときいていたのに。

無我夢中で階段を下っていき、エントランスから外へと飛びだした。陥没した交差点がすぐそこに見えている。

いつしか震動はやんでいた。近所の人々が大穴の周囲に集まっている。誰もが腰の引けたようすながら、こぞって内部を見下ろしていた。うち数人は懐中電灯で穴のなかを照らしている。

体温をすっかり奪い去られる、そんな悪寒に震える。和子は怯《おび》えつつも、穴の周りに群がる人々のもとに近づいた。遠くに逃げるべきかもしれないが、ひとりきりになるのが不安だった。

穴は懐中電灯の光が届かないほど深かった。照射範囲に剝《む》きだしの土が浮かびあがるものの、それより下はひたすら真っ暗なせいで、底はまったく見えない。さっきまで確かに存在していたはずの路面や標識、近所の生活の一部も、すべて奈落《ならく》の闇に消えていた。

遠くからサイレンが風に運ばれてくる。和子は身体の震えがとまらなかった。いつの間にか地中にこんな大きな空洞ができていたというのか。あまりに物騒すぎる。この国がもう裕福でないことは和子も知っていた。でも必要最低限の生活環境は維持してもらわねば困る。これでは南海トラフ地震が起きるのをまつまでもない……。

6

JR中野駅周辺には華南も来たことがあった。公園として綺麗《きれい》に整備された、緑豊かな広場があって、商業施設や大学のキャンパスなどが周りを囲む。新たに開発が進むエリアらしく、広場の向こうの工事現場で、なおもクレーンが稼働中だったのをおぼえている。

夜十時台でも駅前ロータリーはバスやタクシーで混みあっていた。東雲の運転するハリアーはそちらへ向かわず、広場のある区役所方面の路地へと乗りいれていった。街灯に照らされたタイル張りの一帯はこの時間、ほとんど人影も見あたらない。ひっそりと静まりかえっている。

助手席の華南はカーナビの画面を眺めた。地図には〝中野四季《しき》の森《もり》公園〟とあった。区役所のほか東京警察病院に隣接している。西側に位置するのは明治《めいじ》大学と帝京平成《ていきょうへいせい》大学の中野キャンパス、それらに並んで、同じぐらいの敷地面積の〝国立大学法人特別施設・青少年学力上級選抜養成機構〟がある。

ハリアーはその構内に入っていった。ゲートはほかの大学のキャンパスと変わらない。警備小屋から顔をのぞかせた制服の操作で、電動門扉が横滑りに開く。

芝生のなかに延びる私道を徐行していく。前方に低層だが横幅のあるビルがいくつか連なる。やはり外観の印象は大学の教室棟や体育館、図書館が連なるさまと変わらない。どれも消灯しているようだが、こんな時間に訪ねてなにがあるのだろう。

ひとつの建物の前に駐車場があった。ハリアーはそこに停まった。東雲がエンジンを切り、車外に降り立つ。華南もそれに倣った。

コートを着ていても寒さが沁《し》みてくる。暗く静かな建物に東雲が近づいていくのを、華南は当惑とともに眺めていた。メインエントランスは隣のビルのようだが、東雲は通用口らしき鉄製のドアに向かいあった。わきにカードスロットがあるものの、通行証をとりだしたりはせず、ただまっすぐドアを見つめる。顔認証かそれとも人の操作によるものか、解錠の音がきこえた。東雲がドアを押し開けながら華南をいざなった。

「どうぞ」

意外にも照明が煌々《こうこう》と灯《とも》っていた。白い内壁の無機質な通路がつづく。通路の行く手は警備室に似たブースに面していた。壁を埋め尽くす無数のモニターには、周辺の定点カメラによるナイトヴィジョン映像ばかりでなく、テレビのニュース番組が映っている。複数の画面が、どこかの交差点に発生した大規模陥没を伝えていた。現場上空からの映像によると、陥没現場に赤色灯を点滅させるパトカーや消防車、救急車が群がっていた。

　事故それ自体よりも、華南には気になることがあった。このブースに詰めている人員は警備員に見えない。華南と同じかその二、三歳年上、つまり東雲と同世代までを含む、若い男女数人のグループだった。なぜか全員が高校生風の制服姿だが、それぞれ異なるデザインで、東雲とも共通していない。韓国芸能高校っぽい、よくいえばお洒落《しゃれ》、悪くいえばコスプレっぽさ全開の制服ばかりだ。特に女子はエンジいろの詰襟ワンピースだったり、モスグリーンのブレザーに膝丈《ひざたけ》スカートだったり、どこのアイドルグループかと思う。顔を含め容姿も偏差値高めだった。そんなところも教育機関というよりモデル事務所の様相を呈する。

　とはいえ男女はみな仏頂面で、各々のデスクでパソコンに向き合っている。女子のひとりが東雲に目をとめ、軽く会釈した。

　東雲がきいた。「なにかあった？」

「墨田区寿崎二丁目の交差点で大規模な道路陥没です」

「あー、最近地盤沈下が多かった辺りか」東雲はさして興味がなさそうに、また通路を歩きだした。「陥没もあちこち多いよね。インフラが老朽化してて、点検も修理も自治体の予算不足で進まない。ほんと途上国レベルに成り下がってるよ」

華南はあわてて東雲を追いかけ横に並んだ。「あの人たち、なんですか」

「なにが？　僕と同じ諜工員《ちょうこういん》候補だよ。実務研修で街頭防犯カメラ監視とリポートを義務づけられてる。二年生以上の課題だけど」

高卒が集められたうえで二年生なら十九歳以上だろう。華南の疑問はさらに募った。

「なんで高校生のコスプレ……」

東雲が歩きながら苦笑した。「僕も最初はどうかと思ったけど、意外に実用的なんだ。二十二歳までなら、ちょっと老け顔の高校生に見えなくもない。でも実在の学校と同じ制服だと、在校生にでくわしたときに困る。架空の学校の制服とバレても〝なんちゃって高校生〟で通る。そのためにもデザインがちょっとコスプレっぽい」

「私服のほうがめだたないかと……」

「それが街なかには案外溶けこんで見えてね。私服はかえって何者かと警戒されるよ。若さにそぐわないスーツだったらもう最悪。新入社員というより闇バイトの下見を疑われる。そういう事件が頻発してて、社会一般に警戒心が高まってるせいだろな」

「高校生に思わせたほうが、周囲の大人たちの目を引かないって理屈ですか？」

「女子高生好きの中年男も少なからずいるから、かえって視線を集めるんじゃないかって思うだろ。だけどその場合も存在を怪しまれるわけじゃない。駅のホームにひとりふたりいる姿を想像してみなよ。最近の私立は制服のデザインも洗練されてるんで、そう違和感があるもんじゃないし」

……たぶん課工員候補という素性から、最も遠く見えることを重視しての判断だろう。とはいえ現役高三で卒業目前の華南からすれば、あのブースにいた男女はやはり年上に見える。本物の高校生から訝《いぶか》しがられても、それこそ〃なんちゃって〃に思わせておけば、職務の妨げにはならないからかもしれない。怪しまれない代わりに、おおいに胡散臭《うさんくさ》がられるだけの気もするが……。

東雲の説明は淡々とつづいた。「制服は目撃者の印象に残りやすいけど、そこもデメリットばかりじゃなくてね。似た体形の別人に、同じような髪形をさせ、同じ制服を着せる。うまくバトンタッチしたり、離れた場所でアリバイづくりに利用したり、いろいろ役に立つ」

「こんなことがむかしからおこなわれてたなんて、ちょっと信じがたいんですけど」

「むかしからじゃないな。いろいろ変節があった。そのときどきの時世に合わせて、不自然でない擬態が十年おきぐらいに決まる。高校生の制服っぽい姿や、こういう現行の養成機関の運営方針は、十八歳を成人とするのが決まってから」

「令和四年ってことですね。じゃ、まだ三年ぐらい……」

「そう。以前は自衛隊式の学校制度だったりもしたけど、それじゃいまの十代は馴染《なじ》めないんでね。一方で若者の自己責任だとか自立だとか、最近の傾向をこの種の教育にも反映させようってことで、かなりの責任と権限があたえられてる。押しつけられてるというべきか」

徐々に冷静になってきたのか、施設そのものに関心が向いてくる。華南は東雲にたずねた。「オンラインで街頭防犯カメラをモニターするだけなら、警察署でもやってることですよね？」

「集約されるデータの蓄積量がちがうよ。法務省独自のサーバーの一部を割りあてられてるからね」

「法務省とネットで結ばれてるんですか」

「いや。省庁のデータセンターは巨大だから、都内じゃ地価が高すぎておさまらない。どの庁舎のデータセンターも東京郊外にあって、そこと地下ケーブルで連結されてる。広い土地が格安でとれて、活断層がなく津波もこない内陸部の平野に多い。山梨ITセンターだとか、千葉ニュータウンの印西《いんざい》あたり」

「ああ……。印西ってとこにアマゾンやグーグルのデータセンターができたって記事は読みました」

「よく知ってるね。印西の地盤は特に強固だから、官民ともにデータセンターの建設ラッシュだよ。でっかいジョイフル本田《ほんだ》があるだけじゃないんだな、あのへんは」

「ジョイフル本田？」

「ホームセンター。基本なんでも売ってる」

「でも印西から都心まで何十キロもありますよね？　地下ケーブルが断たれたら情報はいっさい受けとれないかと」

「政府関連の情報伝達用ケーブルは何百何千と地下を這《は》ってる。大半はダミーで特定できないようになってる。どこかを断たれたとしても、経由するバイパスを切り替えるだけで、復旧が早いんだ」

通路の向こうから、やはり制服の男子が四人歩いてきた。いずれも細身を異なる制服に包んでいて、それなりのイケメンぶりから、ホストのコスプレに見えなくもない。足どりのしなやかさが東雲と共通している。すれちがいざま、四人のうちひとりが声をかけた。「東雲。KADOKAWAに二度めのサイバー攻撃があったってよ。シュエメン＝ヒョルメンとみられるって」

「わかった、あとでリポートを確認しとく。ありがとう」

四人は華南を一瞥《いちべつ》し、妙な顔になったものの、なにもいわず通り過ぎていった。東雲も平然と歩きつづける。

わからないことばかりだった。華南はきいた。「シュエメン＝ヒョルメンって？」

「さあ」東雲がとぼける口調で応じた。「お笑いのベテラン勢かな。ウッチャンナンチャン的な」

華南は思わずむっとした。「わたしのほうからは両親について、知るかぎりのことを話したんですけど」

「こっちもちゃんと情報を開示するよ」東雲は壁のドアを開けた。「さあ入って。夜間の特別授業中だから静かにね」

ドアの向こうは大きめの教室だった。華南は東雲とともに教室内の片隅に立った。驚いたことに夜のこの時間でも、すべての席が埋まっている。やはり各々にデザインの異なる制服姿が、真剣な顔で教壇を見つめていた。

白髪交じりの教員はスーツ姿で声を張っていた。「そういうわけで海外のヘッジファンドが、日本円や日本株式市場に意図的な売り圧力をかけ、経済の安定性を揺るがしている。しかしわが国の経済成長率の極端な低下は、ほかにも理由がある。誰かわかる者は？」

あちこちで手が挙がる。指名されたのは男子ながら色白で細面の、おそらくまだ十八か十九とおぼしきブレザー姿だった。「日本の先端技術が、中朝露の政府や企業によるスパイ活動を受け、知的財産の盗用につながっています」

「そうだ。特に半導体やAI、ロボット工学などの知的財産やテクノロジーが不正に流出している。日本の国内産業が国際競争力を失い、経済に悪影響を及ぼしている」

華南のなかに妙な感触があった。小声で東雲に問いかける。「いま答えた男の人は？」

「あん？ああ、あいつは唯滝駿《ゆいたきしゅん》。まだ一年生だよ。どうかした？」

「いえ……」華南は言葉を濁した。唯滝駿という名前はきいたことがない。でも目鼻立ちの整った澄まし顔は、どこかで会ったような気がする。

東雲がうながした。「ほかの授業も見よう」

いったん通路にでて、またふたりで歩きだす。華南は唸《うな》りながら頭を掻《か》いた。「見た目も採用基準にあるんでしょうか」

「どうかな。そんなに厳重じゃないと思うけど」

「でもすらりと背の高い人が多いし、みんな顔もいいですよね？」

「まあ一般企業でも、面接でルックスがいいほうが採用されるだろ。情報収集は人と会うのが仕事だし、好感を持たれやすい外見が望ましいんだよ。そうでもない顔なら美容整形サービスもある」東雲はちらと華南を見た。「きみも可愛いよ」

セクハラだと腹を立てるほどの気力もない。半ばあきれた気分で歩調を合わせるしかなかった。東雲は自分が例外的存在だと謙遜《けんそん》したりしなかった。己れのルックスに自信があるようだ。世間ではそれをナルシストと呼ぶ。

ほかのドアを入った。今度も高校生風制服がひしめきあっていたが、配置は大きく異なる。四人ずつテーブルを囲み、スマホを分解している。なんらかの小型外部機器を接続していた。

東雲がささやいた。「通話中の端末をいじって、相手の位置情報を取得するやり方を学んでる」

電話している相手の居場所が特定できてしまうのか。なんて恐ろしい話……。華南は東雲にいった。「電波法違反とかじゃないですか」

「違反じゃなくて超法規的対処だって」

教員は白衣姿で技術者顔だった。教室内をうろつきながら教員が生徒相手に説明している。「まずSDRデバイスで周波数スペクトルをスキャン、ケータイキャリアが利用する周波数帯域を特定。この場合はLTEバンドになる。次いで通信プロトコル解析により暗号化方式を知る。どうなった？」

作業中の男子生徒が挙手とともに解答する。「ＡＥＳです」

別の女子も発言した。「ＩＰｓｅｃです」

「よし」教員がつづけた。「現代の通信はほとんどの場合、３ＧＰＰのような公開済みの標準規格に基づく。よって使用されている暗号方式やキー交換手法を推測しやすい」

狐につままれたような気分で、華南は東雲の案内にしたがい、また通路を移動していった。エレベーターに乗って三階に上る。まるで『不思議の国のアリス』か、もしくは深夜アニメの異世界転生ものだ。

三階には、これまでとは印象の異なる木製のドア一枚だけがあった。東雲がノックしたうえでドアを開ける。ロココ調の家具や調度品で統一された、絨毯《じゅうたん》敷きの部屋に入った。応接ソファに座って書類を読んでいたのは、老眼鏡をかけたスーツ、波戸内だった。波戸内が腰を浮かせた。「ああ、ようやく来たか」

奥のエグゼクティブデスクでも老婦人が立ちあがった。白い巻き髪に小顔、フォーマルな濃紺のロングドレスをまとっている。かなりの高齢のようだが矍鑠《かくしゃく》としたようすで、背筋もまっすぐ伸びていた。

老婦人は微笑とともに歩いてきた。「施設長の椿《つばき》です。初めまして。燈田華南さんよね?」

ここの責任者らしい。たぶん八十代、それも九十近いような気がする。華南は恐縮しながら頭をさげた。「は……初めまして」

椿なる施設長が厳かな声を響かせた。「あなたなら成績上位の諜工員《ちょうこういん》候補になると思います」

「ちょ……」華南は取り乱しかけ、東雲に小声で抗議した。「入るだなんてひとことも……」

東雲がいいにくそうに応じた。「こっちとしては最適解だと考えてるんだよ」

「なにがですか。最適解って?」

波戸内が割って入った。「華南さん。本格的な訓練を積んでもらわなくてもいいから、きみに準諜工員候補になってほしい。そうすればきみの父親から、母親や弟を守るすべも教えられるし」

どんなすべを教えるというのだろう。東雲が華南の父を投げ飛ばしたようにか。華南は及び腰ながらうったえた。「ぼ、暴力は嫌いなんです」

老眼鏡を外した波戸内が見つめてきた。「もっと合理的に父親を遠ざける、あらゆる工作が考えられる。養育費はきちんと徴収しながらだ」

「やっぱり非合法法なことに思えますけど」

「非合法は非合法だな。だが何度もいってるように超法規的対処と呼んでほしい。きみが内情を知ったからには、諜工員候補に片足をつっこんでもらって、正式に守秘義務を負ってもらうのがいちばんなんだよ」

「何時間か前には人手不足とかおっしゃってましたが……」

椿施設長が苦笑に似た笑みを浮かべた。「否定はしません。阿蘇剛生《あそごうせい》さんが可能性ありとおっしゃるからには」

「阿蘇剛生さん?」

東雲が静かにいった。「あのおじいさんだよ。幹術指導長、つまり学校でいうところの体育の先生だ」

厄介な状況に頭が重くなってくる。いちど解放されたのに、ひと晩のうちにまたこんな状況に立たされている。華南はため息とともにきいた。「こんな経緯でスカウトに至ることが多いんですか?」

応じたのはまた東雲だった。「いろんなケースがあるけどね。公調が追ってる事件の関係者をスカウトしたケースもあったし」

「超法規的対処って」華南は問いただした。「本当は犯罪なのに、特別に許されるってことですか」

「許されるってのは少しちがう。警察の所轄署員レベルだと諜工員の存在も知らないからね。逮捕されたりしたらみんなに迷惑がかかる。そのへんはうまく出し抜かないと」

「素性も明かせず、嘘にまみれて生きるわけですか……?」

椿施設長が穏やかな表情で告げてきた。「華南さん、世の真実にはふたつある。ひとつはまさしくこの世の現実。もうひとつは自分の信じるすべて。誰かがこうと思っていれば、それがその人にとっての真実。そんなとらえ方もあるの。自分が正しいと考えるおこないをしていればいい」

妙に強烈なカリスマ性を秘めた老婦人ではある。目を合わせて言葉をきくだけで、心が丸ごと吸引されそうになる。

華南はあわてて視線を逸《そ》らし、ドアへと向かいだした。「か、考えさせてもらいます」

するとと背後から波戸内の声が飛んだ。「準諜工員候補でも、学びながら給与がでる。初月から」

足が自然にとまった。貧困家庭の弱みと知りながら、それでも聞き捨てならないひとことだった。給与……。

結局、施設長の執務室をでたのちも、夢のなかをさまようような気分で、東雲にあちこちの教室を案内された。

今度の教室内には机と椅子がなかった。制服の生徒たちは全員が立っていて、数人のグループごとに、ひとつのモニター画面を囲んでいる。画面には企業株価のチャートらしきものが映っていた。どうやら投資の演習のようだ。

東雲が耳打ちしてきた。「株価の変動を適正に予想できることも、諜工員に求められる資質のひとつでね」

「本当に投資するんですか」

「いや、あくまでシミュレーションだよ。でもゲーム内の仮想の資金を増やしていって、最も儲《もう》けをだしたチームから順に、上位の成績者となる。どっかのチームに入ってみるかい？」

ゲームと東雲はいった。モニター内に表示される日時がリアルタイムでなく、秒刻みでどんどん進むあたり、たしかにゲームっぽいと華南は思った。機を見てすぐに投資できるかが鍵《かぎ》になるようだ。チャートの隣には架空のニュースが次々と表示される。世の動向からただちに株価を予想し、手を打たねばならないらしい。

経済学部に入ったら専攻したかった金融学について、参考書を読みかじった半年間。チャートの意味はあるていど理解できた。ここで知識が試せるかもしれない。

東雲が顎《あご》をしゃくった。「見なよ。きみの知り合いがいるよ？」

ひとつのチームのメンバー、ショートボブの丸顔が目にとまった。真剣な表情だが、チームメイトたちと熱心にモニターを注視している。苧木鞠衣だった。あらためて見ると童顔で可愛らしい。女子高生としても不自然ではないルックスに感じられる。

けれども華南の視線は、鞠衣のチームメイトのひとりに釘付《くぎづ》けになっていた。

エンジいろのワンピースは詰め襟と肩章《エポレット》付きで、きわめてスマートだった。裾《すそ》は膝《ひざ》丈《たけ》で、そこから下にも長い脚が伸びている。抜群のプロポーションに小顔、ストレートの長い黒髪。大きな目が猫のようにわずかに吊《つ》りあがり、つんと澄ましたような鼻や丸みを帯びた唇とともに、適正な配置におさまっている。反ルッキズムの時代に逆行するような採用基準のなかでも、とりわけ美人なのを認めざるをえない。のみならずややけに大人びた態度から知性が滲《にじ》みでている。いちど存在を意識したら、二度と視線を外せなくなるという意味で、椿施設長と同様のオーラを放っていた。

さっきよりは生徒たちとの距離が近いせいか、制服の胸に名札《ネームプレート》がついていることに気づいた。くだんの美人は〝2　桜澤美羽《さくらざわみう》〟となっていた。二年生なのだろう。年齢は十九歳で、華南の一コ上か。

東雲は外勤から帰ったばかりのせいか、ネームプレートを身につけていない。そんな東雲がささやいてきた。「美羽が気になってる？」

「えっ？　いえ……」

「女子の成績トップ。同じチームになりたがる奴は多いよ」

教員らしき男性が近くに立った。「東雲、どうかしたのか？　この授業じゃないだろ」

「見学者の案内中なんです」東雲が答えた。「波戸内さんの指示で……」

華南は腰が引けつつも、そっと美羽のいるチームに近づいた。どこかのチームに加わってもいい、東雲はさっきそんな口ぶりだった。せっかくなら桜澤美羽とお近づきになりたい。

チームは美羽と鞠衣のほか、男女ふたりずつ、合計六人で構成されていた。ひとりが手にした書類の束を全員が囲んで立ち、なにやら小声で議論を始めている。おそらく一時的ながら、誰も画面を観ていない状態になった。

しかし端に表示されるニュース一覧に、〝国内通販大手D社代表取締役の長女（27）、アメリカ大手自動車メーカーCEO（41）と婚約か〟とでた。ゲーム内の時間は早送りのようにどんどん進み、チャートのグラフが急上昇しだした。さっきまで安値二〇〇円だったのに、もう二七四円の高値をつけている。なんと四十パーセント近い高値だ。ところが美羽らのチームは議論が長引き、いまだ画面の変化に気づいていない。

声をかけようかと思ったが、そうしているあいだにもグラフはどんどん伸びていく。買いどきを逃すべきではない。華南はほとんど反射的に、モニターの前にあるパッドの上でマウスをつかんだ。投資判断は〝買い〟しかない。

クリックした直後、男子の声が飛んだ。「あっ、なにを!?」

びくっとして華南は凍りついた。チームの六人ばかりか、ほかのチームもいっせいにこちらに驚きの顔を向けた。美羽が目を丸くしている。

美羽を除く五人がモニターを観るや、動揺をあらわにしながら駆け寄った。眼鏡をかけた男子のネームプレートは釜浦秀一《かまうらしゅういち》となっている。釜浦は泡を食ったようすで、マウスを必死に操作しだした。

「なんてこった！」釜浦が弱りきった声を発した。「こんなにたくさん買っちまって……。どう処理したらいいんだよ」

東雲が当惑顔で駆け寄ってきた。「華南さん。なにしてる?」

「あ、あの……」華南はうろたえざるをえなかった。「ごめんなさい。さっき、どこかのチームに入っていいって……」

「どっかのチームに入ってみるかときいただけだよ。チームの構成は授業ごとに変わるから」

釜浦が憤然と華南に食ってかかってきた。「だからって、なんで勝手に操作するんだよ」

「〝買い〟を急ぐ局面だと判断して……。本当に申しわけありません」

「謝られても損失がでたら取り戻せない」釜浦がモニターを振りかえった。「見なよ。このありさまを」

華南は言葉を失った。グラフは急降下しているではないか。すでに前日比三五円のマイナス、十四・八パーセント安で二〇一円まで下がっている。

また華南に向き直った釜浦が、顔面を紅潮させながら怒鳴った。「どうしてくれるんだ!」

クールなイケメンのチームメイトが、なだめるように釜浦の肩に手を置いた。彼のネームプレートには朝霧翔真《あさぎりしょうま》とあった。朝霧は真顔ながら穏やかにささやいた。「よせよ。仕方がないことだ」

東雲が一同に謝罪した。「すまない。燈田さんは悪くない。僕がもっと注意するべきだった」

鞠衣が困惑のまなざしを向けてくる。釜浦の怒りはおさまらないようすだった。まだ頭を掻《か》きむしっている。朝霧の眉間《みけん》にも皺《しわ》が寄っていた。

華南は泣きそうになった。「ほんとにごめんなさい」

すると桜澤美羽が硬い顔でマウスを握り、ニュース表示のスクロールを逆転させ、数日前に遡《さかのぼ》った。「これを見て」

暴落が始まる直前のニュースを、華南は衝撃とともに読みあげた。「〝世紀の婚約が幻に　双方が否定〟……？」

「そう」美羽が冷静につぶやいた。「利益確定の〝売り〟がでるのと、ほぼ同時のニュース。ストップ安に近い下げ幅で、もう一七五円。婚約のニュースがでる前より下がってる」

華南は泣きそうになった。「こんなことになるなんて……」

釜浦が愚痴っぽくいった。「株価が上がったからって単純に飛びつくやつがあるかよ。ファンダメンタル的に優れてるか、一過性でない成長の余地がまだあるか、しっかり判断しなくてどうするんだ」

周りの空気が冷えきっている。とんでもないことをしてしまった。シミュレーションゆえ現金の損失はなくとも、このチームの成績は大きなマイナスを記録してしまう。

美羽が落ち着いた手つきでマウスを操作している。ほかの株を手放すなどして損失を埋めているようだ。

朝霧がモニターを眺めながらため息をついた。「巧《うま》いやり方だ。なんとか損失を最小限に食い止めたな」

鞠衣も安堵《あんど》をしめした。「さすが美羽さん」

美羽は浮かない顔で唸《うな》った。「ほかの二銘柄も下げてる。これじゃ黒字にはほど遠い」

グラフはチャートの底を這《は》いまわっている。しかしそのわずかな上下が華南には気になった。「あのう……」

釜浦がぴしゃりといった。「黙ってろ。部外者だろ」

一瞬にして華南はしゅんとなった。「はい……」

しかし美羽は華南を振り向いた。「なに?」

「いいえ。なんでもありません……」

「意見があるならいって。チームに入ったんでしょ」

意外なひとことだった。ほかのチームメイトも目を丸くしている。しかし美羽にじっと見つめられるだけで、なぜか少しずつ勇気が湧いてきた。

華南は震える声で提言した。「いまが〝買い〟じゃないかと……。三銘柄とも七十五日移動平均線に近づいてます」

釜浦が苦々しげに鼻を鳴らした。「素人判断だ。いい加減にしろよ」

臆《おく》しそうになったものの、華南は語気を強めた。「ローソク足がいちど平均線の上にでました。下落トレンドが転換するかも。ただしE社だけは、安値の切り上げが明確じゃない気がするから、それ以外の二銘柄を買って……」

「気がする？」釜浦があきれたようにぼやいた。「勘弁してくれよ」

美羽は華南をじっと見つめていた。華南はその眼力に耐えきれず視線を落とした。けれども思い直し、上目づかいに美羽を見かえした。けっしてでたらめを口にしているつもりはない、そううったえたかった。

すると美羽はまたモニターを向き、マウスをつかんだ。「買ってみる。D社とX社を」

狼狽《ろうばい》の反応がチームメイトにひろがる。釜浦が苦言を呈した。「やめろよ、美羽。

マジかよ」

朝霧が諭すようにいった。「釜浦。美羽が判断したことだぜ？」

チームは沈黙した。釜浦が口をつぐんだ。鞠衣も固唾《かたず》を呑《の》んで見守っている。仲間たちは誰ひとり、あくまで美羽に逆らったりはしない。桜澤美羽がふだんからいかに信頼を集めているかがわかる。

美羽は二銘柄を大量買いした。大損の可能性も生じるが、いまはこうでもしなければ、おそらくほかのチームを逆転できない。

しばらくは三銘柄とも横這《よこば》いだった。いや、さらにじわじわと下がっている。ダメか……。華南は自信を喪失しかけた。

ところが数秒後、美羽を除くチームメイトらが、いっせいに驚愕《きょうがく》の声を発した。X社の頭が上向きだした。D社も追随するように上昇曲線を描き始める。二銘柄は互いに競いながらチャートを上っていった。依然として底値の状態から変わらないのはE社だけだ。

鞠衣が目を瞠《みは》った。「すごい。前日比二十二パーセント高、三十四パーセント高、まだ高騰がおさまらない……」

教室内がざわついた。ほかのチームまでが自分たちの持ち場を離れ、こちらのモニターを見に来ている。グラフはなおも頭打ちに至らない。

釜浦が取り乱す反応をしめした。「こんなこと信じられない！　いったいどうやって予測できた？　サポートラインをどうやって知った？　オシレーターやモメンタム、ボリンジャーバンドをどう読んだ？　フィボナッチリトレースメントは？　なにが根拠だったんだ？」

「ビギナーズラック」美羽がさらりといったのち華南を見た。「でしょ？」

美羽の表情が和らいでいた。華南は思わず微笑した。「はい」

教員がモニターを一瞥《いちべつ》した。「ストップ高だ。桜澤美羽のチームがトップだな」

クールな朝霧までが晴れやかな笑顔になった。鞠衣も歓声をあげ、チームメイトの女子と手をとりあって喜んでいる。釜浦は打ちのめされたように下を向いた。

華南の胸は高鳴った。やった。これが本当のチャートなら、歴史的な上げ幅だ。

歓喜に沸くチームのなかで、美羽が華南に歩み寄ってくると、小声できいた。「PERとPBRの相対比較で、D社やX社が割安に見えてるだけって読んだのね」

やはり美羽は華南を、ただのビギナーズラックと思ってはいなかった。華南はうなずいてみせた。「配当利回りは三銘柄とも大差なかったので、安定してる二銘柄は上昇トレンドじゃないかと」

「東雲さんはあなたのことを、最初は華南さんと呼んで、それからみんなを前に燈田さんと呼んだ。燈田華南さんがあなたの名前？」

「そうです」華南は昂《たか》ぶる気持ちとともにいった。状況を深く考えない自分は、やはりどこか抜けているのかもしれない。けれどもいまはここの授業が楽しく思えてきた。華南は声を弾ませた。「美羽さんの一コ下なんです。よろしくお願いします」

7

四月になった。令和中野学校は海外の教育機関と同じく、秋に進級となるため、春に学年は変わらない。

二年生の朝霧翔真は、夜の小雨のなかを歩いていった。傘はささずパーカーのフードをかぶっている。夜九時すぎになると、高校生の制服より私服のほうが怪しまれにくい。

一緒に歩くのは一年生の唯滝駿だった。唯滝もネルシャツにカーディガンを羽織ったカジュアルコーデで、長めの髪が雨に濡《ぬ》れるにまかせている。

京急蒲田《けいきゅうかまた》駅近辺の繁華街から離れ、ひっそりと静まりかえった住宅街に近づくと、唯滝がささやくようにいった。「たしかににおいますね」

「ああ」同感だと朝霧は思った。「なんだろな。刺激臭とはちょっとちがうな。でも自然に発生する異臭とは思えない」

このところ二十三区内のあちこちで、たびたび異臭がするとの通報が警察に寄せられた。警察や消防が駆けつけるまでの数分から十数分に、においは消えてしまい、いつも原因が特定できない。

同様の不可解な事象は以前、横須賀のほうでもあった。公害やガス漏れも疑われたが、行政が周辺の工業地帯を調べても、異臭の発生源は見つからなかった。

人手不足の警察官に、ふたしかなにおいばかりを追わせるわけにはいかない。上のそんな判断で諜工員候補の若者が駆りだされる。こういう気乗りしない案件に動員されるのは、これが初めてでもない。むしろ頻繁にある。朝霧は控えめにぼやいてみせた。「このへんには、生活保護の不正受給調査で来たことがある」

「僕もです」唯滝がいった。「幸いにも調査だけでしたが」

「ああ。その後の処理にはつきあわされなかったか」

憂鬱《ゆううつ》な気分になる。悪質な不正受給者の排除、そういう大義名分を掲げるものの、実際そのワードを繰りかえし頭のなかで唱えていなければやっていられない。悪質な不正受給者というが、大半は飲んだくれの無力な年寄りでしかない。任務といえば夜中に家屋に忍びこみ、寝ている標的の顔に枕を押しつけ窒息死させる、それだけだ。数日後には腐りかけた遺体となって発見される。特に裏から手をまわさずとも、そういう人間の死に対する検視はごくシンプルだ。死因は急性心筋梗塞《しんきんこうそく》とでも判断され、遺体は荼毘《だび》に付される。

日本の経済が立ちゆかなくなり、弱者保護にも限界が生じるようになった。悪質な不正受給者を野放しにできない一方、行政による対応だけでは排除しきれない。それでも法律が強硬手段の行使を阻む。これも国難だと上が解釈したのだろう。諜工員《ちょうこういん》は汚れ仕事の請負人でしかない。しかも若年の諜工員候補に、実地研修の名目で仕事をまわしてきたりする。超法規的対処という名目では耐えきれないほど、暗澹《あんたん》とした思いに心が塞《ふさ》ぎがちになる。

諜工員候補が二十歳になるや、浴びるように酒を飲みだすケースが多いのも、きっとそのせいにちがいない。十九歳の朝霧も、次の誕生日が待ち遠しかった。

唯滝がいった。「朝霧さんをふだんから尊敬してます。行動に迷いがなくて」

「なんだよいきなり」

「いえ……。僕は自信を失いがちで」

「俺だってそうだよ。高校じゃ陰キャなほうだったし」

「陰キャは僕のほうです。朝霧さんはきっと、落ち着いた性格だったってだけじゃないんですか。いつも冷静ですよね」

「どうかな。なんでこんな仕事してるんだか。令和中野学校に先輩を含め綺麗《きれい》な女の子たちがいて、手取り足取り教えてくれるのがなかったら、もう音をあげてた気がする」

「先生たちも厳しいけど熱心で親切ですよ。世間から切り離されてても、だからこそやる気がでるっていうか」

　そういう側面はあるかもしれない。高校を卒業しても、何者にもなれないまま、ただ歳を重ねていくだけか。ぼんやりとそんなふうに思っていた。ここには文字どおり超法規的な生き方がある。たまに危険と隣り合わせの任務に就き、苦難を乗り越えて目的を達成したとき、なんともいえない喜びを嚙《か》み締められる。それを同世代の仲間と分かち合える日常も、そう悪くはない。

　とはいえ任務の大半は雑用に近い。ふたりで住宅街のなかの古びた一軒家に近づいた。門扉を入る。唯滝が消灯した玄関に小声で呼びかけた。「夜分遅くにすみません。アマゾの配達です」

アマゾンではなくアマゾ。近隣住民にきかれても不自然でないていどの合い言葉だった。玄関ではなく、わきの掃き出し口のサッシが横滑りに開いた。やはり明かりの消えた室内から、長身の痩《や》せた私服がのぞく。スニーカーを庭先に放りだし、それを履きながら外にでてきた。

二年生の男子諜工員候補、線が細い反面、歳のわりにはやんちゃな少年っぽい南條《なんじょう》玲央《れお》が、暗がりのなかを駆け寄ってくる。「ああ、朝霧か。それと……」

唯滝が会釈をした。「唯滝です。偶然近くでアプリの連絡を受信しまして」

朝霧は玄関を指さし、南條にきいた。「こっちからでないのか?」

「ここ、街なかの潜伏場所ってだけじゃなくて、泥棒ホイホイを兼ねてるんだよ」

全国各地に増えるばかりの空き家、特に旗竿地《はたざおち》の古民家のように使い道に困る戸建ては、行政が買いあげたうえで有効活用する。公安調査庁や警察庁警備局の管理のもと、諜工員の潜伏用、あるいは〝泥棒ホイホイ〟として活用される。

泥棒ホイホイは俗称で、正式には超法規的侵入盗捕獲罠《けん》と呼ぶ。ベタ基礎でなく布基礎の古民家は床下が掘りやすく、落とし穴を作るのにも重宝する。玄関の靴脱ぎ場か、和室の畳の下あたりに縦穴が掘られ、コンクリートで内壁が固められる。落ちれば骨折必至の深さで、自力では這《は》いあがれない。

こういう泥棒ホイホイは特に最近、闇バイト強盗の身柄確保に役立っている。むしろん所轄警察には通報しない。非合法に強盗の口を割らせ、指示役を突きとめしだい、被捕獲者を抹殺することになる。取るに足らない空き巣が罠《わな》にかかった場合でも、生きて帰すわけにはいかない。非情に思えるが、運が悪かったとあきらめてもらうしかない。

刑務所が満員のため、侵入盗の容疑者は検事が起訴を見送ることが増えた。おかげで再犯があとを絶たない。そういう手合いを超法規的に間引きしていくのもやむをえなかった。仕事を押しつけられる課工員と課工員候補は、また鬱々《うつうつ》とするだけだが。

朝霧ら三人は外に駆けだした。全力疾走しながら南條が声を弾ませた。「においの発生からまだ四分。濃厚に漂ってやがる」

併走する唯滝もうなずいた。「今度こそ発生源をつきとめられそうですね」

課工員候補には、あちこちに潜伏を義務づけられる当番制がある。当番の要員が、公調および公安警察の対処事案を察すれば、専用アプリで通知する。近辺にいる課工員候補が駆けつけて合流、三名以上で対処に向かう。二名以下では証拠の信憑性《しんぴょうせい》に問題が生じるとされ、行動はいっさい禁止される。

いまも住民からの一一〇番通報が相次いでいるにちがいない。だが警察の到着はいつも間に合わない。潜伏当番の諜工員候補ですら、最低三名という規則のせいで、これまで異臭発生源を特定しきれなかった。しかしいまは好機だ。令和中野学校での査定にも響く。なんとしても職務をまっとうする必要がある。

南條が告げてきた。「二十歳になったら校舎の食堂で飲み会に参加できるな」

朝霧は気が進まなかった。「俺は遠慮する」

「なんで？」

「へべれけになってる先輩を大勢見てきた。あんなふうになりたくない」

唯滝も不満を口にした。「三年生以上からは寮で絡まれてばっかりですよ。職種が非公開だからハラスメントで訴えることもできないし」

すると南條が走りながら笑った。「最初に令和中野学校ってきいたときには、男塾《おとこじゅく》みたいなのを想像したけどな。それにくらべりゃマシじゃねえか？」

異臭が濃くなる方向へと、どんどん駆けつづける。吐き気をもよおすほど強烈ににおいが立ちこめだした。行く手の路地沿いに、ドブよりは幅広な水路があった。浅い谷間がコンクリートで固められている。濃厚なにおいは、あきらかにここが発生源だった。

三人は足をとめた。南條が水路を見下ろした。「やっぱり呑川《のみかわ》か」

朝霧は思いついたことを口にした。「たしか上流は下水道として使われてるよな。世田谷区《せたがや》深沢《ふかさわ》から、目黒区《めぐろ》大岡山《おおおかやま》の東京工業大学辺りまで」

「ああ。暗渠《あんきょ》部で下水道は呑川から分れてるけど、大雨が降るとこっちにも流れこむってな」

「でも」唯滝が眉《まゆ》をひそめた。「妙です。大田区《おおた》が高濃度酸素水浄化施設や、スカム発生抑制装置を導入した結果、水質が改善されたとの報告があります。別班のリポートにも、現在の呑川に悪臭は認められずって」

南條が首を横に振り、コルク栓付きのビーカーをとりだした。「においはたしかにここからだ。サンプルをとらなきゃな。誰が下へ行く？」

朝霧は南條を見つめた。「そりゃ当番だろ」

「地域のようすを監視報告するための潜伏だぜ？　汚水を汲《く》めとはいわれてねえよ」

「俺たちもだ」

唯滝が浮かない顔になった。「下級生の仕事ってことですか」

「いや」朝霧は否定した。「そうとはかぎらない。ジャンケンできめるか」

「時間をかけてると、においが消えてしまうかも……」

やっと南條が厄介そうに手すりを乗りこえた。「しょうがねえ。俺がとってくる」

当然だろ。そういいたくなる気持ちを抑えて、朝霧は無難なひとことを投げかけた。

「気をつけてな」

国内外の安全保障に関わる重要な仕事。そうはいっても地味で地道な作業ばかりだ。常にモチベーションがあがるわけではない。支援に駆けつけておきながら、率先して行動できないこともある。

とはいえこの強烈な異臭はたしかに奇妙だった。これまで渋谷《しぶや》区や板橋《いたばし》区、足立区に江東《こうとう》区など、二十三区の全域で通報があった。流れる河川は別々なのに、なぜあちこちで異臭が生じるのだろう。上流の二十三区外では、そんな通報は一件も寄せられていないというのに。

8

華南は跳ね起きた。耐えがたい悪夢を見た気がする。目覚めた直後にはもう思いだせなかった。得体の知れない不快感ばかりが尾を引く。パジャマがわりのジャージは汗びっしょりになっていた。

自宅アパートの和室ではない。二段ベッドの上段だった。上半身を起こしただけで、天井に頭を打ちつけそうになった。狭く殺風景な部屋、窓はひとつもなく、LEDの照明が灯《とも》っている。ベッドのほかには、ルームメイトと共用の勉強机のみ。そのルームメイトはもう室外にでているようだ。壁に吊《つ》ってある彼女の制服が消えている。

そうだ、四月から寮生活に入ったのだった。華南は校舎内にある寮の部屋で寝泊まりしていた。母には住みこみの仕事が見つかったと告げてある。生活費を仕送りできるのはすなおに嬉《うれ》しかったが、その代償として、きょうも将来の汚れ仕事に就くための授業がまっている。ただし諜工員《ちょうこういん》候補にはなったものの、諜工員になるときめたわけではない。むしろ全力で遠慮したかった。

なにやらドアの外が騒がしい。廊下を集団が駆けていく、あわただしい靴音が響く。女子たちの声も飛び交う。華南の目が覚めたのも、この騒々しさのせいだった。なんだろう。二段ベッドから梯子《はしご》を下り、スリッパを履くと、華南はドアへと向かった。

そろそろとドアを開ける。自分と同じジャージ姿の女子が駆けていく。ちらほらと顔見知りも通り過ぎていった。

やがて鞠衣が足をとめた。「華南」

「あ……。鞠衣。おはよう」

「おはようじゃないでしょ。幹術の授業なのにスリッパで行く気？」

鞠衣はスニーカーを履いていた。駆け抜ける女子たちもみなそうだ。華南は驚いた。

「授業？　いま何時？」

「もう九時をまわってる」

「やばっ」華南は室内に引きかえし、大急ぎでスニーカーに履き替えると、廊下へと走りでた。「まだ夜明け前かと」

「なわけないって。だいじょうぶ？　一年生はみんな、ここでの暮らしが身体に馴染《なじ》んでるよ？」

華南は鞠衣とともに廊下の流れに加わり、集団と同じペースで駆けだした。冷や汗をかいているのを自覚する。

本来の一年生は秋に入学するが、華南は準諜工員候補という立場ゆえ、春からの途中加入を認められた。同級生と半年間のタイムラグがある。みな高校を卒業する前から、それぞれ特殊な事情でこの世界に片足を突っこみ、親にもいえない仕事の研修を始めていた。女子の場合、水商売を始めたのではないかと、教師や保護者があらぬ疑いを持つことが多い。そのあたりもうまく言い逃れをしてきたらしい。

周りを走る同学年が、総じて怖い存在に思えてくる。違法な行為ばかりを学ぶ毎日。ここにいる誰もが、いずれ人殺しになる運命なのだろうか。椿施設長や、公調の波戸内教育課長、それに三年生の東雲陽翔らと、華南は打ち解けたわけではなかった。東雲が華南の目の前で四人を殺した事実は変わらない。信頼するなどもってのほかだ。

国民のどんな人間に対し、諜工員に抹殺の任務が課せられるか、授業を通じてあていど知らされた。凶悪殺人犯ばかりが標的ではない。

たとえば性嗜好《しこう》障害ともみられる五十代の男。職場の同僚の女性から生理用品を奪い、自分の性器にさんざんこすりつけたあと、元へ戻した。彼女のバッグや私物、昼食にまで精液をかけまくった。そんな騒動を、なんと過去に二百回以上も起こしていた。裁判で本人は容疑を否認。弁護士も不同意わいせつの罪について、被告が被害者に手を触れてはいないため、成立しないと主張。これが最高裁でも認められてしまった。男の無罪が確定したが、その後も同様の犯行が繰りかえされた。

深刻な感染症などの懸念もある昨今、この男がたとえ病気であっても、身勝手な行為から一種の危険分子とみなさざるをえない。超法規的対処で排除との決定が下ったという。

東雲がいった言葉が、華南の脳裏をよぎる。ああいう手合いに対処するのが本当に警察だけなら、いまの日本にはもっと多くの異常犯罪者が跋扈《ばっこ》してるよ。法の限界は国難につながるから、度が過ぎるケースには、政府が極秘裏に介入して正す。いわば真の意味でのポリティカル・コレクトネス、ポリコレさ。かならずしも命を奪うとはかぎらない。社会的な地位を奪うに止《とど》まることもある。

そういえば凶悪犯罪者が実刑を免れたり減刑を受けたりして、世間から顰蹙《ひんしゅく》を買ったのち、突然の不審死が報じられるケースは少なくない。女子高生コンクリート事件の準実行犯は出所後、生活保護で暮らしていたが、宅内の事故でひとり変死した。大物政治家や著名人が、唐突な不貞行為の発覚で急に評判を落とし、表舞台から姿を消したりもする。内部開示された諜工員の活動記録一覧のなかには、それらのいくつかが記載されていた。

華南は背筋が寒くなった。行政や司法が非合法な手段を用い、あたかも神のごとく国民を排除することは、現実にありうると知った。現代日本の治安はそれにより、危ういバランスを保ちつづけている。

東雲が最後に付け加えた。自分が政治のトップに立ったと想像してごらんよ。一億二千万人の国民の命運をあずかる立場になったって。国全体を蝕《むしば》む癌みたいなものが見つかったら、どんなに小さな細胞だったとしても早いうちに、ひそかに法を曲げてでも対処しなきゃいけない。そんな考えになるのもわかるだろ？　どこの国でもやってることなんだよ。

下り階段に差しかかり、華南は転びそうになった。「あぶなっ」

鞠衣がとっさに手を差し伸べた。「ちゃんと前を見て」

「ごめん……」華南は当惑とともに階段を駆け下りた。うわのそらだと致命傷につながる、東雲から何度もそう警告されたのを思いだす。授業前の段階で自爆していたのでは話にならない。

幹術とはどんな授業だろう。華南は初出席だった。入学後、運転免許の取得を優先させられたため、カリキュラムをこなすのが後まわしになっていた。準諜工員候補でなければ、もっとスパルタ教育を受ける羽目になったはず、鞠衣からはそういわれた。みな入学前に運転免許証を持っていた。華南はずいぶん例外的な配慮を受けているらしい。なぜそこまでしてくれるのだろうか。人員不足を補いたいのなら、本格的な育成を適用せねば無意味ではないか。

体育館に入るのは初めてだった。ジャージの女子たちが整列している。一年生から三年生まで、二百人ほどが合同で授業を受けるようだ。面食らうのは館内設備だった。鉄パイプや鉄板、ロープなどを構成要素とし、あらゆる大仕掛けのアスレチック設備が組まれている。華南は啞然《あぜん》とした。まるでＳＡＳＵＫＥ《サスケ》……。

鞠衣が呼んだ。「華南、こっち」

どこに並ぶべきか戸惑っていた華南は、ほっとしながら鞠衣に近づいた。すると前列にいた長身が振りかえった。華南は驚いた。桜澤美羽の涼しい目が見つめてくる。また心臓が高鳴ってくる。横に六列、つまりこの授業において縦に並ぶ六人が、ひとつのチームだと考えられた。華南は美羽を見かえした。「あ、あの……。よろしくお願いします。どうしてわたしを……」

だが女子一同は、おはようございますと声を揃え、前方に深々と頭をさげた。美羽も華南に背を向け、周りに倣っておじぎをしている。華南も一礼せざるをえなかった。

顔をあげてまた驚く。白装束に身を包んだ老人が立っていた。例のおじいさんだった。痩《や》せ細っているが険しい顔つき、背筋がしゃんと伸びた姿勢。道着のような襟もとに、ズボンのほうは布製でゆったりとしているが、足首は締まっていて、裾《すそ》がブーツ状の靴におさまっている。

幹術指導長、名前はたしか阿蘇剛生。皺《しわ》だらけの顔が醸しだす印象とは真逆の、張りのある声を阿蘇が発した。「二年、桜澤美羽。前へ」

「はい」美羽が応じたのち、列を離れて前方に進みでた。

華南は後ろの鞠衣を振りかえり、声をひそめてきいた。「あのおじいさんって、押しこみ強盗の囮《おとり》の……」

鞠衣が顔をしかめた。「囮だなんて人聞きの悪い。幹術の先生だってば」

「幹術って？」

「知らなくて授業にでてんの？」

「準諜工員《ちょうこういん》候補だから……」

「体幹体術。陸軍中野学校で使われてた実戦合気道の発展形。ほかのいろんな武術や近接戦闘術との組み合わせ」

「ギャビ・ガルシアみたいなやつ？」

「あれは柔術と総合格闘技でしょ。幹術は移動しながらの障害突破や、危機回避術も含むの」鞠衣が天井に目を向けた。「あそこに空中ブランコのバルコニーみたいなのが、ふたつ並んでるでしょ。バンジージャンプで飛び下りて、地上の敵と戦う課題もあるの」

にわかには信じられない、華南はそう思った。「バンジーって……。上下に跳ねるじゃん。ゴムが伸びきって下に達するたびに徒手空拳《としゅくうけん》とか？」

上級生のひとりが険しい顔で振りかえり、「しっ」と咎《とが》めてきた。鞠衣が恐縮しながら黙りこむ。華南も小さくなるしかなかった。

美羽と阿蘇指導長は向かい合い、互いに礼をした。ふたりの顔があがった直後、阿蘇がすばやく踏みこみ距離を詰め、猛然と美羽に手刀を浴びせた。美羽は後退しながら縦横に両腕を振り、すべての攻撃を弾《はじ》いている。目にもとまらぬ早業で高い蹴《け》りを繰りだす。長い脚が瞬時にまっすぐ伸びるさまは稲妻のようだった。ところが阿蘇は難なく後方宙返りで躱《かわ》した。後期高齢者の外見にはまったくそぐわず、十代の軽業師のような動作だ。しかも着地するや阿蘇は腰から刃物を引き抜き、美羽めがけてぶん投げた。縦に高速回転しながら飛ぶ刃《やいば》が美羽に迫る。華南は思わず悲鳴をあげかけた。

美羽は間一髪躱した。そのあいだに阿蘇が身を翻し、アスレチックランドのなかを逃走しだした。ジャングルジムのような鉄パイプのなかを、阿蘇は巧妙かつ自由自在に動きまわる。美羽はそれを追いだした。

ところが相手は阿蘇だけではなかったようだ。物陰から別の教員らしき角刈りが現れた。なんと角刈りは拳銃《けんじゅう》らしきものを握っていた。

たぶん競技用エアガン……。それが華南の頭に浮かんだ唯一の考えだった。

この教育機関の授業できいた。銃の使い方もわからない国民ばかりの日本は、世界的にも例外にあたる。アメリカでは男の子が十二歳になれば、父親から鹿撃ちのためにライフルの手ほどきを受ける。銃も弾もスーパーマーケットで売っている。だからどんなに税関検査を厳しくしても、一丁も日本に入ってこない事態はありえないばかりか、密輸は常に避けられない。そんな理屈だった。非合法を抜きにしても、現に交番の警察官の腰には拳銃があり、それを製造するミネベアミツミの工場も軽井沢《かるいざわ》や浜松《はままつ》にあると。

そうはいっても銃など遠い存在、そんな感覚が華南からは抜けきっていなかった。SFドラマにでてくる光線銃と印象が変わらない。非現実的な武器、ありもしないナンセンスなしろもの……。

いきなり教員の拳銃が火を噴いた。銃声は爆音どころではなかった。どんな映画で耳にしたよりも騒々しく、強烈な音圧をともない、容赦なく鼓膜を破ろうとしてくる。ほんの一発だけで耳鳴りに襲われた。華南は肝を冷やした。教員は銃を連射し、美羽を追いまわしているではないか。

あらためて狂気の沙汰《さた》だと華南は思った。〝どっちがヤクザかわからん〟という題名のユーチューブ動画を観た記憶がよみがえる。捜査員がドアを突き破らん勢いで叩《たた》き、「早《は》よ開けんかい!」と怒鳴っていた。あれを観た時点で気づくべきだった。国に属する側の人間が品行方正なはずがない。

9

美羽は一瞬たりとも気を抜かず、迅速に鉄パイプ網のなかを潜り抜けていった。よじ上っては飛び下り、絶えず左右に逃れる。教員の発砲による銃声は、館内に大音量で反響したが、そこにひるむことはなかった。鉄パイプに跳弾の火花が散るたび、おおよその弾道が把握できる。教員の位置を推定し、常に撃たれにくい場所へと身を移す。

実弾が耳もとをかすめた。教員はけっして手心を加えず、容赦なく美羽を狙ってくるものの、それでもシミュレーションならではの簡略化がともなう。授業中の女子たちには銃を向けられないからだ。教員は美羽の後ろに誰もいない瞬間のみを狙ってくる。訓練では危機が限定された条件のもとに集約される。

ジャングルジムから脱しながら、美羽は鉄パイプの一本をもぎとり、陸上競技の槍《やり》投《な》げのごとく片手で振りかぶった。実際の競技なら三十メートルも助走せねばならないが、いまそんな動きをすれば、がら空きの胸もとを撃たれる。鉄パイプを床と平行に保ち、爪先《つまさき》で数歩のみ跳ぶように走る。クロスステップで身体をひねり、間髪をいれず胸を反らしながら急停止、鉄パイプを投げる腕力にそれまでの推力を加える。リリースの瞬間、指先で鉄パイプに横回転を加えるのも忘れなかった。

鉄パイプはドリルのように空気を切り裂き、まっすぐ教員のもとに飛んだ。教員は銃撃の構えをとっていたが、あわてぎみに飛び退いた。おおいに体勢が崩れた、それだけで充分だった。美羽はすばやく駆けだし、数メートル先の傾斜鉄板の陰へと、飛び込み前転で逃れた。銃声が轟《とどろ》いたときには、もう鉄板の下に潜りこんでいた。

息は乱れてはいなかった。緊張感が鋭敏な感覚を呼び覚ます。足を忍ばせる複数の気配が伝わってくる。今回の訓練において教員はふたりだけではないようだ。

身近に金属音をきいた。S&Wに特有の撃鉄《ハンマー》を起こす音の響き、重いうえにやや長め。六連発よりもわずかに余分に弾倉が回転した。M500の長い銃身が狙っている、美羽はそう気づいた。

さっき教員が撃っていたグロックと異なる、砲撃のような銃声が館内を振動させる。44マグナムの三倍に匹敵する威力の銃が撃ちだす弾は、傾斜鉄板を軽々と突き破ってきた。だが狙いはさだまっていない。教員の目には美羽の位置が視認できないからだ。弾道から推定される教員の位置とは逆方向に、美羽は飛びだした。

全力疾走ながらまっすぐに駆けてはいかない。常にジグザグの前進を心がけるが、それも平凡なステップでは狙いをつけられてしまう。反復横跳びに等しい動作で無作為に身体を左右に振る。銃声が繰りかえし轟いたものの、弾は逸《そ》れがちになっていた。銃身はおそらく最長の十・五インチ、水平方向の揺さぶりに、まともに狙いがつけられずにいる。ダブルアクションによる銃撃ならなおさらだ。

五発目の銃声をきいたのち、美羽は直線に猛然と走った。M500は五連発だからだ。グロックがなぜか沈黙しているのが気になるが、課題はあくまで阿蘇指導長と渡り合うことだった。どこに潜んでいるのか考えるまでもない。

マットがいくつも折り重なる場所へ駆け寄った。ところが美羽の予想より手前でマットが跳ねあがった。阿蘇の出現はまさしく瞬時だった。右手のみで刀剣に等しい刃渡りのナイフを振る。美羽の首を刎《は》ねんばかりだった。

それでも美羽は大きくのけぞり、必殺に等しいひと太刀を躱した。勢いのまま阿蘇の懐に飛びこみ、右の人差し指と中指を喉《のど》もとに突きつける。ロシアの軍隊格闘術システマの極意の通り、急所への突きを明確に相手にしめし威嚇する。と同時に阿蘇も手首を回転させ、あらためて美羽を狙っていた。一瞬の相討ちに等しい互いの迅速な攻撃が交わる。美羽は静止した。阿蘇も動きをとめた。ふたりとも相手に致命傷をあたえうる寸前の状態で自制し、至近距離で睨《にら》みあう。

別の教員の声が飛んだ。「そこまで！」

阿蘇が視線を逸《そ》らした。美羽もそちらを見た。

グロックの教員がなぜ発砲を控えたか、その理由が判明した。教員は訓練から外れ、女子生徒の群れのなかで、救護を手伝っている。数人の女子が抱えあげたのは、ぐったりとした華南だった。口から泡を噴かんばかりに青ざめ、完全に失神している。

体育館から運びだされていく華南を眺めつつ、阿蘇が神妙な顔でつぶやいた。「意外に小心者だな」

美羽はそう思わなかった。無理もない。東雲が四人を抹殺した瞬間の戦慄《せんりつ》が蘇《よみがえ》ったのかもしれない。ため息とともにつぶやきが漏れる。「最初は誰でもあんな感じです」

10

華南が目覚めたのは医務室だった。ここに運ばれたのもいちどや二度ではない、そのことをぼんやりと思いだした。令和中野学校での授業中、何度か精神的ショックによる呼吸困難に陥り、気絶してしまった。教室の机の上でつんのめるのとちがい、今回は仕方なかったと感じる。

ベッドのわきに付き添っていたのは東雲だった。やれやれという顔で東雲がささやいた。「またHP1点で復活おめでとう。さしずめきみにとってこの医務室は『ドラクエ』の教会だな」

傍らのワゴンにミネラルウォーターのペットボトルが置いてある。起きたら手を伸ばして、ペットボトルの蓋《ふた》を開け、渇ききった喉を潤す。それでなんとか落ち着く。もはやルーティーンと化している。

いまはまだ水を飲む気になれなかった。意識が戻ったとたん恐怖も蘇ってくる。華南は縮みあがって震えた。「け、拳銃《けんじゅう》を……。先生たちが」

「説明が足りなかったか。諜工員は公調の所属だけど、同時に警察庁警備局、いわゆる公安警察の管理下にある人材でね。だから必要に応じて拳銃の使用訓練を受ける。ただし携帯の許可はない。警察官じゃないから」

「……はい?」

「そこがややこしくてさ。超法規的といっときながら、変なところで取り決めが重視される。持てないなら撃ち方を習ったところで、いつ手にできるのかってぼやきたくなるよな」

華南は寒気を感じた。「美羽さんみたいに銃で追いまわされたとき、逃げるための知識ですか……？」

「それもあるけど、ちゃんと射撃訓練もあるんだよ。海外なら子供でも撃ち方を知っているのに、知らないままじゃ諜工員は務まらないって理屈だ」

反社組織の人間は密輸拳銃を所持している。こちらは知識はあっても丸腰。これでは喧嘩《けんか》にならないのではないか。華南はつぶやいた。「使い方なんて知りたくないです」

東雲がじっと見つめてきた。「そういわず、まず水分をとって落ち着きなよ」

華南はワゴンのペットボトルに手を伸ばそうとした。ところがなぜかさっきまであったはずのペットボトルが消えている。華南は驚いた。床に落ちたようすもない。だいいち物音ひとつしなかった。

すると東雲が後ろにまわしていたペットボトルを差しだした。「はい、これ」

「……いつの間に？　万引きの練習ですか？」

「きこえが悪いな。気づかれずに物を持ち去る技だよ」

「同じじゃないですか」

「万引きを推奨してなんかいない。ただ諜工員候補は裏をかかなきゃならない仕事だろ。犯罪に利用できそうな技でも、すべて身につけるべきなんだよ。現に犯罪者はそれらを駆使してくるんだからね。拳銃もそのひとつってことさ」

意識障害が残っていないことを医師が確認したのち、華南は医務室から解放された。東雲に連れられて行ったのは、校舎の地階にある射撃場だった。

ボウリング場のようなレーンは百メートル近い。東雲の説明では、実際には百ヤードで、約九十一メートルだという。ただしそんなに先に円形の標的があるわけではない。頭上には射撃レーンと平行に、標的前後移動用のレールが走っている。電動で標的との距離は変えられる。百ヤード先はライフルの狙撃訓練。初心者は五十ヤードでもなかなか当たらない。拳銃は十五ヤードの距離から練習を始めるらしい。

ひとつのレーンで標的は三十ヤードの距離にあった。カウンターの手前で、男子の制服が拳銃を構えている。華南はとっさに手で両耳を覆った。

射撃する本人はヘッドフォンに似た耳当てを装着している。拳銃が火を噴いた。小さく見える標的に次々と被弾の穴が開く。どれも中心に近かった。ただしじっくりと目視してはいられない。射撃のたび轟《とどろ》く銃声に内臓まで揺さぶられる。たちまち臆《おく》病《びょう》になってくる。

撃ち終わった男子が耳当てを外し、銃をカウンターに置くと、こちらを振り向いた。

色白であどけなさの残る、少年っぽい面立ちだった。スリムに見えるのは着痩《きや》せしているにすぎず、実際には引き締まった筋肉質の身体つきだろうが、透明な清潔感に満ちている。男子生徒に多く見られる、控えめでおとなしい性格とクールさがのぞいていた。男子が軽く頭をさげた。

「神崎《かんざき》」東雲が歩み寄った。「華南、紹介するよ。彼は一年生の神崎蒼斗《あおと》。射撃の成績では学年トップ。神崎、こちらは準諜工員《ちょうこういん》候補で入学したばかりの燈田華南。まだ拳銃恐怖症を克服しなきゃいけない段階だ」

「は」華南は神崎に頭をさげた。「初めまして……」

すると神崎は穏やかに微笑した。「そんなに怖がらなくてもだいじょうぶだよ。僕も最初はそんなもんだったし」

「ほんとに？　どういう経緯でここに……？」

「高三で進学か就職か悩んでて、警察官になるための公務員試験を受けに行ったらスカウトされて」

「……驚かなかった？」

「まあ少しはね」神崎が微笑した。「友達のいない高三がスカウトされやすいってきいてから、気持ちが楽になったよ。そんなに深く考えての採用じゃなかったんだって」

東雲が平然といった。「慢性的人手不足だからな」

神崎はカウンターのスイッチを操作した。「ここにいれば人の役に立つって、自分にいいきかせて納得した。先輩は男女問わず丁寧に指導してくれるから、スキルが磨かれる喜びもあるし。誰にも自慢できないけど」

標的が自動的に近づいてくる。撃ったぶんはすべて命中したようだ。華南は圧倒されていた。「こんなのわたしにはとても……」

「できるって」神崎がいった。「撃てるように作られた工業製品なんだから撃てる」

「だな」東雲も同意をしめした。「実弾射撃はハワイじゃ人気のアクティビティだよ。ここじゃ金をもらって練習できる」

華南は思わず唸《うな》った。カウンター上に横たわる拳銃を眺める。「そうはいってもさっぱり……」

神崎が拳銃を手にとった。「これはベレッタの九ミリ口径、オートマチック式。これが弾倉。スライドを引いて薬室に一発めを装弾する仕組み……ってぐらいはわかってる？」

「全然……」

東雲が腕組みをした。「男なら小学生でもエアガンやゲームで知ってる。女にはわからないのがふつうだな。射撃の成績上位者も男子ばっかりだし」

華南はきいた。「女子はみんな下位ですか」

神崎が否定した。「桜澤さんは二年生の三位だよ」

桜澤美羽か……。幹術の教師陣と本気で殺し合っているように見えた。事実として真剣勝負だったのだろう。授業中に命を落とした場合、殉職扱いになるのか。それとも闇に葬られるだけか。

階段を下りてくる靴音がした。振りかえるとスーツの中年男が現れた。波戸内が眉《まゆ》をひそめながらたずねてきた。「授業は?」

東雲が気まずそうに弁明した。「あー、すみません。華南を拳銃に慣れさせたくて。なにしろ射撃訓練もなく幹術の授業に臨んで、銃声にショックを受けて……」

波戸内の目は神崎に移った。「きみは?　いまロジスティック回帰分析の授業中だろう。またサボってるのか。射撃の腕を磨いても、ほかの出席率が悪ければどうにもならんぞ」

神崎があわてぎみに拳銃《けんじゅう》を置いた。「申しわけありません……」

華南は面食らった。射撃成績学年トップの神崎は優等生ではなかったのか。急に親近感が湧いてきた。

「いいか」波戸内教育課長の態度は、華南のスカウト前より厳しくなっていた。「わかりやすくいっておく。きみらは課工員候補の訓練生で、教員はみな年長者だ。その上にいる公調の幹部は、年長者のうえに権力者になる。基本、年長者にも権力者にも逆らってはならない。肝に銘じておけ」

それだけいうと波戸内は背を向け、射撃場から立ち去っていった。ばつが悪そうに頭《こうべ》を垂れる神崎と目が合う。華南は思わず笑った。神崎も華南を見かえしながら微笑した。どうやら華南とそう変わらないところがあるらしい。

この機に打ち解けられたがゆえ、翌日から華南は射撃場で神崎と会うたび、拳銃について細かく教わるようになった。耳当てのおかげで、過剰に銃声に怯《おび》えることも、しだいになくなっていった。銃弾が弾頭と薬莢《やっきょう》から成る、そんな初歩の初歩から始まって、銃自体の構造や原理を理解する。装弾、照星と照門の標的への合わせ方、撃ち方、弾切れ後のリロード。分解と清掃も重要な知識だった。

射撃場には特に放課後、入れ替わり立ち替わり男女生徒が訪ねてくる。鞠衣と並んで射撃訓練に興じることもあった。華南の成長ぶりに鞠衣は顔をほころばせた。

ブースのいちばん端は桜澤美羽の定位置だった。美羽は半身になって片手撃ちをするのが常だったが、それでも百発百中に等しかった。しかも標的は五十ヤードも先だ。居合わせた男子たちも舌を巻いている。美羽自身は表情ひとつ変えない。なんでも難なくこなすとは、いったいどういう人間なのだろう。

そんなある日の放課後、午後七時すぎ。射撃場にアナウンスの音声が響き渡った。「課工員候補は全学年とも、ただちに大会議室Cに集合のこと」

唖然《あぜん》と立ち尽くす華南の周りで、男女が拳銃を棚に戻し、いっせいに階段を駆け上っていく。

鞠衣がうながした。「華南。行かないと」

「なにがあったの?」

「たぶん調査要員の補塡《ほてん》でしょ。課工員の頭数が足りないとき、課工員候補も動員されるの」

大会議室の広さは体育館に匹敵した。ちがいは天井の低さだけでしかない。課工員候補の男女がひしめきあうように整列する。面積がかぎられている理由は、何十もの長テーブルが並べられているからだ。どの長テーブルにも、小さな物品が等間隔に置いてあった。警察署が押収品をマスコミに開示するときに似ている。いずれの品々にも用紙が添えてある。

壁際には教員らが横一列に勢揃いしている。生徒の群れを前に波戸内が立った。いつになく重い表情の波戸内が声を響かせた。「性善説に則《のっと》り、犯罪加害者に甘く更生を促す一方、犯罪被害者に対しては、寛容と忍従ばかりを求める。そんな日本の司法には本質的欠陥がある。法を遵守する者が、なぜ法を守らない者より、貶《おとし》められ苦しまねばならないのだろう」

沈黙のなか、教員らがひとりの女性を案内してきた。ひどくやつれた感じの三十歳ぐらい、細い身体を地味ないろのワンピースに包んでいる。女性は視線を落としながら波戸内の隣に立った。

波戸内がいった。「こちらは漆間玲子さん。諸君も三年前の横浜横須賀道路飲酒追突事故は記憶していると思う」

以前にニュースで見た顔だと華南は気づいた。酔っ払い運転のダンプカーが自家用車に追突。彼女の夫とふたりの幼い娘は車内で焼死した。加害者のダンプ運転手は逃亡し、いまも逮捕されていない。ダンプカー自体が未登録車両で、おそらく盗難車のナンバーを付け替えていた。

教員のひとりが資料を片手に告げた。「警察の捜査は遅々として進まず、仮に発見と逮捕に至ったとしても……。危険運転致死傷罪は適用されず、五年ていどの服役ででてくる可能性が高い」

　波戸内がうなずいた。「そのような飲酒ドライバーが生活習慣を変えていないとしたら、非常に危険だ。法は更生に期待を寄せる。しかし公調と警察庁警備局の合意による、超法規的対処として、諜工員《ちょうこういん》による捜索および、発見しだい排除の決定が下った。漆間さんの同意も直接とりつけた」

　この場合の排除とは抹殺を意味する。大会議室は静まりかえっていた。波戸内が小声で漆間玲子をうながす。玲子は項垂《うなだ》れたまま諜工員候補らにまっすぐ向かい合った。

　震えを帯びた小声で玲子がいった。「弁護士さんの同席のもと、刑事さんや検察のかたに、なにかほかに方法はないのかと再三たずねた結果……。長年経ち、公安調査庁の実態が少しずつ判明していきました。ほとんど無理やり問い詰めるようなやり方でしたが、ようやく紹介していただけました。とにかくお願いします」

　玲子は深々と頭をさげた。それ以上はなにも語らなかった。顔があがると、目を真っ赤に泣き腫《は》らしているのがわかった。

　別の教員が声を張った。「人海戦術のため諜工員候補の諸君らにも、全面的に捜索に協力してもらう。ここに並べてあるのは現場の遺留品だ。ダンプカーの車内から発見された物も多い。それぞれのでどころに関してはメモ書きが添えてある。手がかりからなにか気づくことがあれば、ただちに教員に報告」

課工員候補がぞろぞろと動きだし、長テーブルをめぐりだした。ざわつきの戻った大会議室内で、鞠衣が戸惑いの表情を浮かべた。「警察が三年も追って、なにもつかめなかったんでしょ？　ニュースで観たけど、ダンプは荷台も空っぽだったって」

遺族が居合わせる以上、苦笑してみせるのは適切ではない。華南は無表情に努めながら応じた。「わたしたちになにか発見できるのかな」

雑多なしろものばかりで、特に十代から二十代に関わりが深いわけでもない。とりわけ多くを占めるのはなんらかの破片だった。焼け焦げた乾電池や、婦人ものの指輪もある。所有者が玲子でないのなら、路上にいた野次馬が落としていったのかもしれない。画面がひび割れたスマホからは、なんの情報も引きだせなかったのだろう。

ふと一か所に注意を喚起された。無意識のうちに胸騒ぎが生じる。そこを凝視したとき、華南のなかに動揺がひろがった。自然に髪が逆立ってくる。

ストラップ付きのフエルト人形。四人が縫い合わされていた。薄汚れているがまちがいない。両親と華南、弟の達哉。……小学校低学年のころ課題で作った物だ。

添えられたメモを手にとった。〝加害ダンプカー車内の運転席、バックミラーの支柱にストラップが結わえられ、吊《つ》られた状態で発見。指紋・DNAともに未検出〟とあった。

華南は愕然《がくぜん》とした。ダンプの運転席。ならハンドルを握っていたのは……。

鞠衣が間近から見つめてきた。「ちょっと、華南。どうかした？」

「いえ……」華南はメモをテーブルに戻した。「なんでもない」

メモが置かれるのを鞠衣は目で追ったが、すぐにまた華南に向き直ってくる。その瞬間、華南は東雲に倣い、非合法なテクニックにうったえた。メモを手放した直後、てのひらのなかにフエルト人形を握りこんだ。なにげなく手を引き戻し、制服のポケットに滑りこませる。

油断なく辺りに視線を配った。諜工員候補や教員、どの目もこちらに向いてはいない。

「気分が悪い」華南は鞠衣にそう告げながら、強引にその場を離れた。「医務室へ行ってくる」

返事はきかなかった。人混みのなかをすり抜け、ドアから廊下にでる。華南は足ばやに突き進んだ。

精神の混乱がめまいを引き起こす。自分が激しく取り乱しているのを悟った。父はこれを運転席に吊っていた。まだ家族への想いがあったのではないか。いや、そもそもDV男は気分屋だ。虐待した妻や子供に、一転して哀れみをしめし、やさしくして帳尻《ちょうじり》を合わせようとする。父もそんなひとりだった。

階段を駆け下り、華南は射撃場に入った。清掃員がモップがけをしている。なに食わぬ顔で棚に近づき、さっきと同じ要領でオートマチック拳銃《けんじゅう》、グロック17一丁を盗みとる。清掃員が気づいたようすはなかった。ただちに射撃場から退散する。

事務局からクルマのキーを借りるにも書類手続きが必要になる。華南はそこでもカウンター内に立ちいり、こっそりスマートキーをくすねた。校舎の外にでると、すっかり暗くなっていた。もう夜八時をまわっている。

華南はトヨタハリアーの運転席に乗りこんだ。スタートボタンを押し、エンジンを始動させる。大ぶりな車体が滑るように発進した。免許取得のための訓練も、令和中野学校においては実践的だった。ほかの車両が通行後、閉じかけたゲートの隙間を、華南のハリアーは非接触で突破した。警備小屋からあわてたようすで人影が駆けだしてくる。そのようすをバックミラーで眺めた。警察への通報がありえないのは幸いだった。

なにも頭に浮かばない。華南は無心にステアリングを切りつづけた。本郷通りから山手《やまて》通りを経由し、首都高中央環状線へとあがる。5号池袋《いけぶくろ》線から川口《かわぐち》方面へと向かった。

警察のやり方が法に則った草むしりだとすれば、公調の諜工員は除草剤を撒《ま》く。それも除草剤が禁止されている場所で。いかに人目に触れず実行できるか、そこだけが職務上の秘訣《ひけつ》になる。誇れる要素はなにもない。草むしりの努力を卑下できない。諜工員の存在を認知する警察庁の幹部も、きっと内心は軽蔑《けいべつ》しているだろう。汚れ仕事に感銘を受ける者が、そういるとは思えない。漆間玲子にしても同じだ。無念を晴らす手段がほかにないと知ればこそ、諜工員の存在と行為を受けいれた。人間としては信用できない若者の集まり、そんなふうに思っているにちがいない。華南が東雲に対し、ずっとそう感じてきたように。

いまは華南自身が非合法なやり方にうったえようとしている。いや、これは超法規的対処だ。世の必要悪だ。誰にも文句はいわせない。

高速を降りたのち鳩ヶ谷《はとがや》街道を駆けていく。都心にくらべると道が空《す》いているうえ、辺りは暗かった。ほどなく川沿いの一軒家、父が住む戸建ての前にクルマを滑りこませた。

玄関のドアは施錠されていた。チャイムはあいかわらず鳴らないが、どうやら不在のようだ。ハリアーの運転席に戻ると、華南はカーナビで検索した。〝BARみゆき〟。舎人駅の近くにその名の酒場が見つかった。

新交通システムの高架線の下、都道から外れると、そこも素朴な住宅街になる。BARみゆきの看板は、小ぶりな低層ビルの一階に灯《とも》っていた。華南は路肩にハリアーを停め、店のエントランスに向かった。

ドアを開ける。照明は薄暗かった。カウンターといくつかのボックス席からなる空間に、タバコのにおいが充満している。店内BGMに掻《か》き消されまいと、酔っ払いがだみ声を張りあげ、げらげらと笑っていた。ほぼ満席状態だとわかる。このビル自体、外観上は幅が狭かったが、うなぎの寝床のごとく奥行きがある。よって店の面積はそれなりにあった。

カウンターのなかでママらしき中年女性がこちらを見た。「いらっしゃ……」不審そうな表情に転ずるのも当然だった。高校生っぽい制服姿が、こんな時間になんの用かと思ったのだろう。

父、隆寿の姿は目で捜すまでもなかった。カウンター席のひとつ、酔い潰《つぶ》れたように項垂れる、よれよれのジャンパーと猫背の姿勢。白髪の交じった頭にくたびれた横顔がある。

両隣りの客はこちらを見て、鳩が豆鉄砲を食ったような面持ちになっていた。しかし父は鈍感だった。のんびりとグラスを呷《あお》ったのち、ようやく華南に視線を向けてくる。

正視してからも反応は鈍かった。腫れぼったく開ききらない瞼《まぶた》の下、目を瞠《みは》ることはなく、ただあんぐりと口を開けた。娘だとは認識したらしい。ただ幻かどうかを疑っているようだ。

華南はなにもいわずグロック17を引き抜いた。スライドを引き、銃口を父に向ける。店のママが真っ先に悲鳴を発した。動揺した客たちは、半ば腰が抜けたように椅子からずり落ち、床を這《は》うがごとく離席していった。みなエントランスのドアから逃亡していく。厨房《ちゅうぼう》から駆けだしてきた中年男性のエプロン姿も、大慌てでカウンターを乗り越え、店の外に消えていった。

残るのは数人だった。店のママのほか、カウンターとボックス席にひとりふたり。父は小馬鹿にしたように鼻を鳴らした。「なんだ、華南。そのおもちゃは」

外殻がプラスチック製のグロック。素人目には玩具《がんぐ》に見えても仕方がない。華南も射撃の練習に勤《いそ》しむまではそうだった。

かまわず華南はトリガーを引き絞った。セーフティが自動解除される。耳をつんざく銃声は、射撃場できくよりさらにけたたましかった。銃火が店内を一瞬、真昼のごとく照らす。てのひらに強い反動を感じ、硝煙のにおいがつんと鼻をつく。排出された薬莢《やっきょう》が宙を舞ったときには、棚に並んだボトルのひとつが砕け散っていた。

店のママは激しく取り乱し、ひときわ大きな悲鳴をあげているようだが、華南の耳にはほとんど届かなかった。すべての音が籠《こ》もってきこえる。耳当てもなく発砲したからだろう。華南には気にもならなかった。鼓膜が破れていれば完全に無音のはずだ。聴覚はそのうち戻ってくる。

父はさすがに驚愕《きょうがく》したようすで、椅子をこちらに回したうえで、のけぞる姿勢をとっていた。店のママやほかの客たちは退散していった。ようやく父と娘のふたりきりになった。

すっかり狼狽《ろうばい》した父がなにごとかわめいている。くぐもった怒鳴り声がかすかにきこえる。まるでテレビのボリュームを絞ったかのようだ。

華南はポケットからフエルト人形をとりだし、カウンターの上に投げた。父の目が茫然《ぼうぜん》とその物体を見下ろした。

「それ」華南は籠もりがちな自分の声をきいた。「ダンプカーの運転席にあった。横浜横須賀道路飲酒事故の」

強い動揺が酔っ払いの意識を覚醒《かくせい》に向かわせる。シラフに近づいた父が華南に向き直った。「なんでおめえがこれを……」

さっきよりは明瞭《めいりょう》にきこえた。聴覚が復活してきている。華南は問いかけた。「お父さんだったの？　追突したのは」

「んなもん……」父は拳銃に顎《あご》をしゃくった。「しまえよ、そいつをよ。ヤー公の女にでもなったんか」

発想がチンピラ崩れだと華南は思った。「そっちに片足突っこんでたんでしょ。運送業のくせに盗んだダンプを……」

「借りただけだ。友達のをよ」

「嘘いわないで！　なんで借りたダンプカーのナンバーを付け替える必要があるの？」

父が絶句する反応をしめした。震える手でグラスをつかみ、口もとへ運ぶ。自分を落ち着かせる手段がほかに思い浮かばなかったのだろう。父の怯《おび》えきった顔を、華南は初めてまのあたりにした。

「さ」父がうわずった声で弁明した。「最初はダンプ、ちゃんと買ったんだよ。ド中古だけどよ。事業を立ちあげるときに」

「でも手放したって？」

「おめえにはわからねえ。維持費がかかりすぎるってんだ。ちっとも仕事が入ってこねえしよ。ところがダンプを手放したとたんに……」

「運送業の依頼があった。深酒を承知でハンドルを握ったんでしょ」

「ちゃんと仕事はこなした。貨物は先方に届けた」

「その帰りに事故を起こしたんじゃ無意味」

「おい。そいつで撃つ気か」父は逆上しだした。「ヤー公の女になったかなんだか知らねえが、お父さんを殺すのか。ひでえクソ娘だ。俺がおめえになにをした？」

「見ず知らずの一家がお父さんの犠牲になった」

「おめえは関係ねえだろ！」

父の目にはうっすら涙が浮かんでいたが、わめき散らすさまは狂犬そのものだった。被害者の事情など考えてもいない。まして自分の娘のことなど。

拳銃《けんじゅう》のグリップを握る手が震えた。トリガーを引き絞る行為それ自体が、どことなく絵空事に思えてくる。固い決心とともに乗りこんだのに、父と向き合ったいま、あろうことか躊躇《ちゅうちょ》が生じている。情けない父の醜態が哀れに思えてきた。本当に撃つのか。それでいいのか。

ふいに厨房の奥で物音がした。外の冷えた空気が吹きこんでくるのがわかる。勝手口のドアが開いたらしい。華南は焦った。警察が来たとすればずいぶん早い。

しかし店内に現れたのは、エンジいろの制服に身を包んだ長身、桜澤美羽だった。もうひとり女子の制服が入ってくる。華南は衝撃を受けた。

美羽の連れは華南と同じ制服を着ていた。背丈や体形が華南にほぼ同じ、髪形も似せている。しかもグロック17を片手にぶらさげていた。顔はかなりちがう。吊り目《つめ》できつい面立ちだった。ライブハウスで女性ロックバンドを率いるボーカルという雰囲気をまとう。

華南は凍りついた。脳裏をよぎるのは東雲の言葉だった。制服は目撃者の印象に残りやすいけど、そこもデメリットばかりじゃなくてね。似た体形の別人に、同じような髪形をさせ、同じ制服を着せる。うまくバトンタッチしたり、離れた場所でアリバイづくりに利用したり、いろいろ役に立つ。

店のママにしても客にしても、急いで逃げだしたがゆえ、スマホカメラで華南を撮影する余裕はないようすだった。ここには店内防犯カメラも見あたらない。しっかり顔をたしかめられたとも思えない。誰にも華南と替え玉の区別はつかないだろう。

美羽が連れの女子に顎をしゃくった。「二年生の納堂暮亜《のうどうくれあ》。あなたを引き継ぐ」

華南は思わずつぶやきを漏らした。「引き継ぐって……」

するとと暮亜なる女子が、グロックのトリガーとグリップから手を離し、逆さに持ったうえで銃口を向けてきた。銃口の内部に鋼材がのぞいている。モデルガンだった。

暮亜が冷静にいった。「わたしが表からでて、警察を引きつける。あんたは美羽と一緒に裏から逃げて」

華南の拳銃を持つ手が震えた。ひどくなる一方の震えを抑制できそうにない。

美羽たちはただ華南を追ってきたわけではなかった。もしそうなら替え玉を用意できるタイムラグなどあったはずがない。華南がここに来ることは予測されていた。どうりで華南があっさり校舎を抜けだせたわけだ……。

また東雲の声が内耳に響いてくる。彼はいった。いろんなケースがあるけどね。公調が追ってる事件の関係者をスカウトしたケースもあったし。

公安調査庁や警察庁警備局は、とっくに父に目をつけていた。追突したダンプ運転手の可能性が高いと見抜いていた。諜工員《ちようこういん》候補らと華南の出会いは偶然だったのか。それすらも疑わしい。たぶん仕組まれたことだった。意図的に引きこまれたのだろう。

華南は暮亜を見つめた。「わたしの身代わりに……。警察に捕まるつもりですか?」

「んなわけない」暮亜は吐き捨てた。「竹《たけ》の塚《つか》署のお巡りに逮捕されるボンクラに見えるかよ」

ただひとり華南の父だけが狼狽をしめしていた。「いったいなんだこれ。わけわかんねえ」

美羽がカウンターの上からフエルト人形をとり、華南に差しだした。「これを置いてっちゃダメ」

左手で受けとったフエルト人形に目を落とす。ダンプカーの運転席にあった。まだ希望を捨てきれない自分を悟らざるをえない。父には家族への想いがあったのではないか。

だが美羽は小声ながら語気を強めた。「始末をつけて」

沈黙が生じた。華南は顔をあげた。美羽の真剣なまなざしがじっと見つめてくる。

不穏な空気に包まれる。暮亜が華南のわきをすり抜け、エントランスのドアを開け放った。赤色灯の点滅が外の暗がりに閃《ひらめ》いた。ざわっと驚きがひろがったのがわかる。閉じゆくドアの向こうが大騒ぎになった。すでに店の前は黒山の人だかりらしい。

ハリアーのエンジン音がきこえた。暮亜は華南のポケットからスマートキーをすりとったようだ。ハリアーが逃走していくのがわかる。当然ながらパトカーも追跡に入った。サイレンが大音量で湧くや、たちまち遠ざかっていった。

暮亜が華南のアリバイづくりに奔走する。事実を知る一般人はもう華南の父だけだ。すなわち父の命は華南に託された。始末をつけてと美羽はいった。父を殺す役目は華南だった。

震えがちな声を華南は絞りだした。「わたしが……？」

美羽はカウンターのなかで、厨房《ちゅうぼう》につづく戸口付近まで引きさがった。無言でたたずんでいる。その沈黙こそが回答だった。

状況が呑《の》みこめてきた。美羽はわざわざ立ち会いに来た。課工員に抹殺指令が下った標的を、美羽はみずから手にかけようとしない。華南の役割だからだ。

これは採用試験だ、華南はそう気づいた。準課工員候補として優遇された日々の理由が、ようやく判明した。抹殺対象の父を娘が殺すことで、正式に課工員候補となる。すべてはそのように仕組まれていた。

フエルト人形とグロック17を奪い、スマートキーもこっそり盗み、校舎を抜けだした。令和中野学校のセキュリティはそこまでガバガバなのか。ちがう。華南はあえて見過ごされた。

拳銃を持つ右手は、なおも絶えず震えていた。左手はフエルト人形を握り締めている。そのてのひらをわずかに開いてみる。くしゃくしゃになった家族四人。それでもまだひとつにまとまっている。幼いころの華南の理想はここにあった。この贈り物を父は受けとった。いまと同じく涙を浮かべながら。

憎悪の対象が目の前にいる。それが父だった。あのころの尖《とが》った態度も、荒らげてばかりの怒声も、いまはすっかり消え失《う》せている。ただ無力にしか感じない。

「頼む」父の低くかすれた声がささやいた。情けなく頼りない声の響きが命乞《いのちご》いしてくる。「やめてくれ。そんな物しまってくれ。おまえを人殺しにしたくない」

人殺し。正式に諜工員候補になれば、そうなる運命を受けいれたことになる。そのための最終テストが父の殺害……。

なにかが醒《さ》めていくのを悟った。こんなものは非常識だ。理不尽きわまりない。とても耐えられない。

華南の右手は落ちた。銃口が下を向いた。涙が滲《にじ》んでくる。失格でもいい。極秘事項を知った華南に、二度と穏やかな日々は訪れないだろう。それでもかまわなかった。父の命が奪えるはずはない。

父は茫然《ぼうぜん》とした面持ちながら、ゆっくりと腰を浮かせた。近づいてくる父の顔に感慨のいろが浮かぶ。父がそっと手を差し伸べてきた。「華南……。やっぱそうだよな。おめえはいい子だ。どこのヤー公の世話になってるか知らねえが、お父さんにこんな物を向けるおめえじゃねえ」

美羽の声が飛んだ。「華南、気をつけて！」

はっとさせられる寸前、距離を詰めた父が拳銃を握った。力ずくで奪いとろうと腕力をこめてくる。間近に見る父の顔は憤怒《ふんぬ》に満ちていた。かつて母や華南、達哉に暴力を振るったときの、あの荒くれ者の父の表情が眼前にあった。

鼻息荒く父が怒鳴った。「よこせ、馬鹿野郎！」

父は体当たりも同然に華南を突き飛ばした。華南は抗《あらが》いきれず数歩後ずさった。その弾みに拳銃を手放してしまった。グロック17は父の手に落ちた。娘から危険な物をとりあげた、そんな親の思慮深さなどまったく感じられない。父は焦燥と興奮に駆られたようすで、見よう見真似で拳銃を握った。銃口を華南に向けようとしてくる。

ぐっ、と父がいきなりのけぞった。目を剝《む》きながら天井を仰ぐ。口の端から血が滴った。

脱力した父が前のめりに突っ伏す。いったん椅子にひっかかったものの、そのまま床につんのめった。背中に深々と肉切り包丁が突き刺さっている。鮮血がシャワーのように噴きだしていた。

降りかかる赤い霧のなかで華南は立ち尽くした。俯《うつぶ》せに横たわる父を見下ろす。絶命はあきらかだった。父は死んだ。

華南は信じられない思いで顔をあげた。カウンターのなか、肉切り包丁を投げた直後の姿勢をとる、美羽の姿があった。幹術の授業で阿蘇が美羽にそうしたのと、まったく同じフォームだった。

膝《ひざ》が震えた。死体と化した父が横たわっている。華南はその場にへたりこみそうになった。

しかし美羽が駆けてきて、カウンターを乗り越え、ふらつく華南を支えた。華南の腰を抱きかかえた美羽が、ふたたびカウンター内へと飛びこむ。美羽の手で華南は軽々と運ばれていった。

気づけば勝手口からビルの裏手にでていた。替え玉の暮亜による陽動が功を奏したのか、裏側のゴミ置き場にはまだ誰もいなかった。隣接するビルの外壁と、目隠しフェンスとの狭間《はざま》を抜けていく。

行く手の路地に大型SUVがあった。どんな車種なのかはわからない。華南は美羽とともに後部座席におさまった。ドアが閉じるやクルマは急発進した。運転席でステアリングを握るのは制服の男子だが、後ろ姿は見覚えがない。

付近に野次馬がちらほらいるものの、クルマはスマホカメラを向けられる隙をあたえず、猛然と都道へでた。高架線の下、片側二車線の道路を駆け抜けていく。たちまち現場をあとにした。

美羽がいった。「いまの店、裏手に防犯カメラが」

運転中の制服が背を向けたまま応じた。「ワイファイ接続タイプだからジャマーで妨害して、本体内蔵のSDカードは抜いといた」

「ハリアーのほうは？」

「Nシステムにとらえられても未登録車とでる。このクルマと同じだよ」

「暮亜に連絡しといて。モデルガンは汗も指紋も拭《ふ》きとったうえで、逃走途中で放りだすようにって」

「店内で実弾を撃っちまったんだろ？　ごまかせるかな」

「波戸内さんが竹の塚署に電話してくれるって。本庁の人間がたまたま近くにいたから、現場に直行すると伝える。波戸内さん自身が行くんだけど」

「そりゃいい。どっかの馬鹿な女子高生の乱入と、殺人事件の因果関係は不明、そのていどのオチでいいだろうからな」

心臓が凝結せんばかりの衝撃が尾を引く。華南は身じろぎひとつできなかった。美羽は華南の父を殺した。いま一緒に後部座席で揺られている。

11

誰もいない暗い室内で、華南はひとりパイプ椅子に座っていた。うずくまるようにずっと項垂《うなだ》れている。

実質的な監禁にちがいない。校舎の地下にある一室、壁面は打ちっぱなしのコンクリート、照明は天井のダウンライトのみ。ドアは固く閉ざされていた。

やがて解錠の音がした。靴音が近づいてくる。華南は視線をあげなかった。

東雲陽翔の声が静かにきいた。「少しは落ち着いた？」

愚問に思えるが、たずねられないよりはまし、そんなふうにも感じられてくる。華南はうつむいたまま、喉《のど》に絡む声できいた。「わたし、初めから目をつけられてたんですよね」

「……まあね」東雲がぼそりと応じた。「追突犯は燈田隆寿だと判明していたけど、警察が逮捕するには証拠が足りなかった。飲酒による危険運転をつづけてるともわかったし、諜工員《ちょうこういん》による抹殺対象に選定された。いつものことだけど、標的の身内について議論が始まった。燈田隆寿は妻子持ちだったから」

耳を傾けるうちに嫌になってくる。華南は物憂げにささやいた。「養育費が未払いなのも知ってたんですね」

「たとえ払われていても、法的に認められた養育費なんて充分じゃない。きみのお母さんと弟が、なんとか生きていけるていどだ。きみが東大に入れたとして、一年めはまだやっていけても、二年め以降を支えきれるほどじゃなかった」

華南はようやく顔をあげた。東雲が立っているのを視界の端にとらえる。目を合わせる気にはなれず、ただ虚空を眺めた。

東雲が告げてきた。「きみを受けいれられるよう、波戸内さんがテストを提言した。あの闇バイト強盗の日は、鞠衣の実地研修でもあったけど、きみのほうが重要だった」

思わず小さく鼻を鳴らしたが、微笑にまでは至らない。ただあきれた気分に浸りきるだけでしかない。

赤門どっちだっけ？　あっちだよ。東大本郷キャンパスの構内で華南は誘導された。北門をでてからも、ふたりの男子受験生が歩いていた。ひとりは一年生の唯滝駿だった。のちに令和中野学校の授業で目にとまった顔に、見覚えがあったわけだ。男子受験生を装いながら、華南を強盗現場にいざなった、ふたりのうちのひとりだった。もうひとりも当然、諜工員候補だったのだろう。合格発表の掲示板の周りには、ほかにも複数いたにちがいない。

東雲はしらじらしく華南に驚くふりをした。部外者が偶然紛れこんだだけ、そんなスタンスを波戸内も崩さなかった。華南の感情的反発を避けるためだったことは、容易に想像がつく。

ため息が漏れる。華南はつぶやいた。「わたしを父親の殺害犯にして、諜工員をめざす以外の道を閉ざしたんですね」

「きみは結局、自分で手を下さなかった」東雲の物言いは穏やかだった。「美羽から報告はきいた。みんな傷を負ってる。実際に親まで殺した者は少ないけどね……。人にいえない、暗い十代を送ってきた連中の集まりだよ、ここは」

「こんなの……」激しい感情があふれだしてくる。抑制が利くはずなどなかった。華南は思わず声を張りあげた。「こんなのもう耐えられない！」

「冷静に。反抗すると……」

「わかってる。どうせ抹殺対象になるんですよね？　公調や警察庁警備局は、それを定める権限を持ってるから」

「いきなりそんな決定は……。華南。泣きたいときは気が済むまで泣くことだよ。みんなそうしてきたんだし」

華南は両手で顔を覆った。酷《ひど》すぎる仕打ちだ。桜澤美羽を恨みたくない。憎悪すべきは父だった。なのにすなおになれない。

ノックの音がきこえた。東雲がドアを振りかえった。「どうぞ」

ドアを開けたのは教員のひとりだった。しかし通されてきたのは部外者の女性だ。漆間玲子が厳かに入室してきた。深々と頭をさげてくる。華南は立ちあがった。

まだやつれたようすで、表情には疲労感のみならず、深い哀しみがうかがえる。それでもまなざしは温かかった。玲子は歩み寄ってくると、華南の両手を包みこむように握った。「こんなに若い子が……。大変だったでしょう。でもあなたのおかげで、主人も娘たちも浮かばれます」

玲子の頬を大粒の涙がつたった。華南はなにもいえなかった。こういうやり方は卑《ひ》怯《きょう》だ。漆間玲子はおそらく、任務を果たした者に会いに来ただけだ。華南が追突犯の娘である事実は知らない。いまもそれを告げる自由が華南にあるとは思えなかった。打ち明ければ玲子を苦しめるだけだろう。華南はただ沈黙を守るしかない。

内面を抉《えぐ》られるような悲痛に華南はとらわれた。自分が変わるしかないのだろう。親だろうが人間だ。人間にはクズもいる。この漆間玲子の涙こそが真実にちがいない。

父は死ぬべきだった。

12

夏の終わり、積乱雲のひろがる青空は、中野よりずっと広い。鞠衣はそう感じていた。千葉県北西部の八街《やちまた》市には、高い建物がいっさいないせいだ。

通行の少ない道路沿いは、雑木林や畑ばかりが連なる。のみならず粗末な鉄板に囲まれた、やたら大きな面積の土地をよく見かける。囲いの一か所は車両が出入りできるよう、開閉可能にゲート化されているが、隙間がまったくないため内部はのぞけない。ただし場所によっては、塀より高く積みあがったスクラップ車両の山が、目視で確認できたりもする。

ヤード。地価の安い田舎、それも建築ができない市街化調整区域の土地を買い、このように鉄板で囲って自動車解体業を営む。そういう場所をヤードと呼ぶ。千葉県には全国最多の八百を超えるヤードがある。一部のヤードでは、盗難車の保管や解体がおこなわれているとされる。密輸出の拠点であり、不法滞在外国人らが働くアジトでもあった。

そんなヤードのひとつ、鉄板の囲いの外に、美羽がトヨタハリアーを停めた。いまボンネットに座った美羽は、手もとのドローン用リモコンを操縦していた。

鞠衣も美羽も夏の制服姿だった。ヤードのゲート前に立った鞠衣は、頭上を仰ぎ見た。ドローンが敷地の上空へと侵入していく。ヤード内の実態をカメラにとらえるためだ。

千葉県警によるヤードの捜査は遅々として進まない。所有者や管理者が協力せず、立ち入りを拒否するうえ、捜査令状の取得にも手間がかかる。ヤードの運営がいちおう合法的に見えるため、強制捜査の正当性を確保しにくいという点でも、警察には不利だった。

違法行為を裏付ける確実な証拠が乏しく、警察が踏みこめる決定打がない。公調や警察庁警備局が、証拠収集のため超法規的対処を決定するのは、内情を知る者には当然の成り行きだった。ただし霞が関のお偉方が乗りだすはずはない。忙しい課工員もこんな雑仕事には駆りだされない。となると現場研修の名目で、課工員候補に仕事がまわってくる。

ドローンの羽音だけが響く。ヤード内からはなにもきこえなかった。人がいるかどうかも怪しい。鞠衣は呼びかけた。「美羽さん」

「なに？」美羽は顔をあげず、ドローンの操縦を続行していた。

鞠衣は美羽にきいた。「二十三区内の異臭騒ぎですけど、朝霧先輩らが呑川からサンプルを採取したんですよね？」

「分析の結果は無害だった」

「……そうなんですか？」

「川の水は問題なし。生活排水や工業排水が混ざりあって悪臭を放ったのかもしれないけど、毒性のありそうな物質はどれも基準値以下」

「だけど二十三区内のあちこちで起きるなんて、おかしくないですか」

「二十三区内のあちこちに川が流れてる」

「もとが同じ河川の支流ってわけじゃないですよね？　別々の川なのに、なんでそこいらじゅうで似たような異臭が発生するんですか」

「さあね。最近よく使われてる洗剤の成分だとか、なにか共通の原因が……」

ふいに美羽が口をつぐんだ。リモコンの小型モニター画面を注視する。するとヤードの敷地内で、コツンと石がぶつかるような音がきこえ、ドローンの羽音が途絶えた。物体が地面に叩《たた》きつけられる音も耳に届いた。

投石でドローンが撃墜されたらしい。鞠衣がうろたえていると、囲いのゲートが開いた。日焼けした顔にタンクトップの外国人男性が、片手につかんだドローンを突きだし、猛然と抗議してきた。鞠衣を睨《にら》みつけ、もの凄《すご》い剣幕でまくしたてるものの、なにを喋《しゃべ》っているかさだかではない。

鞠衣はたじろいだ。「あの……。ソーリー。バット……。高校生の遊びにすぎないんで《アイワンダーイフユーフォーギブミー》、どうか許してもらえないかと《ビコーズイッツジャストアハイスクールプランク》……」

だが英語は通じないのか、男性はいっそう興奮したようすで、憤激をあらわに詰め寄ってきた。さらにふたりの大男がなかから歩みでてくる。どちらも中東系の外国人で、怒りの表情を隠そうともしていない。

すると美羽が近づいてきて、三人の男たちに対峙《たいじ》した。「チェラー・シュマー・インガダー・アサバーニー・ハスティード？」

豹《ひょう》のように鋭いひと睨みが、三人をいっぺんに黙らせる。ひるんだようすの三人のうちひとりが、あわてぎみに反論した。「ハリーム・ホスースィー・マー・ラー・ナグズ・ナコニード！」

美羽は冷めた目で、開け放たれたゲートのなかを一瞥《いちべつ》すると、淡々とした口調でいった。「ベ・ナザル・ネミ・ラサダ・ケ・ダル・モハワタエ・シュマー・チーズィ・バシャダ・ケ・ディダナシュ・モシュケル・イージャード・コナダ」

三人は動揺とともに互いの顔を見合わせた。やがてひとりがドローンを放りだすと、荒々しく手を振りながら踵《きびす》をかえした。「ボロイード！」閉じゆくゲートの向こうに三人が消えた。叩きつけるも同然に閉鎖されたゲートに、内側から施錠する音が響く。

静寂が戻った。美羽はしらけ顔でドローンを拾い、トヨタハリアーへと歩きだした。

鞠衣は追いかけた。「いまのはどこの言語ですか」

「ダリー語。アフガニスタンのペルシャ方言。なにを怒ってるのかきいたら、プライバシーを侵害するなって」

「いちおう正当な主張ですよね……」

「そう？　開いたゲートから敷地内が見えたでしょ」

「ああ、はい。……なんだか妙にがらんとしてましたね。めちゃくちゃ広いのに、なにも置いてない」

「だからきいてやった。見られて困る物でもあるのかって」

「あの人たち、あきらかに取り乱してましたけど……。変ですね。なにもないヤードに、なんで三人もいたんでしょうか」

美羽はハリアーの後部ドアを開け、ドローンを放りこむと、運転席のドアに手をかけた。「次のヤードへ行かなきゃ。きょうのうちに最低二十か所。わたしたちの任務だし」

ふと鞠衣の脳裏をよぎるものがあった。ほかにも任務に駆りだされている諜工員候補《ちょうこういん》がいる。ハリアーに歩み寄りながら鞠衣はささやいた。「華南も今夜、北海道に……」

「それがなに？」

「いえ……。だいじょうぶかなと思って」

しばし美羽は遠くを眺めていたが、すぐに運転席のドアを開けると、車内に乗りこんだ。「あの子なら心配ない」

そういえる根拠はあるのだろうか。鞠衣は疑問を感じたものの、美羽がすでにエンジンをかけている。あわてぎみに助手席に乗った。美羽の横顔は硬かった。心が痛む、鞠衣はそう思った。いま華南の名前をだしたのはまずかった。華南の父を死に至らしめたのは美羽、その事実を諜工員候補なら誰でも知っている。美羽にとって辛《つら》い決断だったにちがいない。華南にもわかってほしい。

13

夜の山中は真っ暗だった。北海道石狩《いしかり》地方の西部、札幌《さっぽろ》や小樽《おたる》にも隣接しているが、木立の奥深くでは街の明かりなど目にしない。事実として最も近い村まで数キロはある。

ただしその数キロが問題だった。熊の出没地帯としては、人の営みとのあいだに、充分に距離が開いているとはいえない。夏の終わりに差しかかったいま、そろそろヒグマも餌を蓄えるため、あちこち動きまわる。一日の移動は数キロどころか、数十キロにもおよぶとされる。

爰保山《ゆうぼやま》に深く分けいった麓《ふもと》の一角、華南の服装は高校生の夏服に近かった。半袖《はんそで》ブラウスにベスト、膝丈《ひざたけ》スカートにスニーカーだった。虫除《むしよ》けスプレーはまんべんなく吹きつけてある。登山者としては非常識ないでたちだろうが、さほど高く登るつもりはない。この付近はキャンパーが自由に出入りしている。近隣の村落やバス停、駅との往復の道すがら、入山の意思を悟られるわけにはいかない。

華南の荷物といえばリュックがひとつだけ、それも片方の肩にだけかけている。この運び方も、山に詳しいガチ勢からすれば顰蹙《ひんしゅく》ものだろう。華南はいっこうに気にしなかった。こんな時間の山中にはベテランの猟師もいない。そもそも猟師は数が足りなすぎて、ここまで手がまわらなかった。それ以外にも問題がある。

行政の対応は遅れている。この辺りではヒグマがたびたび人を襲っている。だが鳥獣保護管理法だけでなく、自然公園法や自然環境保全法まで重なる地域のため、駆除は実質的に不可能だった。法に基づけばの話ではあるが。

華南は足をとめた。息を潜め、辺りに耳を澄ます。妙に静かだった。エゾフクロウやコミミズク、ヨタカの声がきこえない。夜空をタシギが飛びまわるようすもない。

リュックからとりだした赤外線暗視スコープを装着する。木の幹に近づき、そっと表層に触れてみた。樹皮が剝《は》がれている。

立ちどまったまま辺りを警戒する。鳥が遠ざかり、木を引っ搔《か》く者がいるとすれば、ここはもうヒグマの縄張りにちがいない。

腕時計に目をやった。午後六時五十六分。まだ四分ある。本来ヒグマは夕方から日没直後に行動するが、人里をめざす場合、暗闇に紛れようとする。七時台が熊の出没のピークだと情報を得ていた。作戦も七時きっかりに開始される。

ふいになにかが耳に届いた。人の叫び声。甲高い悲鳴だった。

華南は駆けだした。邪魔になる暗視ゴーグルを外すや全力疾走に転ずる。諜工員候補になって半年、暗闇での訓練も積み、夜目は利くようになっていた。ぼんやりとしか見えない足下でも、凹凸を敏感に察する。足場が悪ければ機敏に飛び越える。風が吹きすさぼうとも、ききつけた叫び声の方向はけっして誤認識しない。山中であっても夜間の行動にはすっかり慣れていた。

高卒の諜工員候補を集めたがる公調の思惑が、このところわかってきた。少子化なのに、暇を持て余した十代による犯罪は、けっして絶えることがない。大人から役立たずの烙印《らくいん》を押されがちなZ世代を、国のために働けと無理やり駆りだした、ざっくりいえばそんなところだ。世間が知れば人権無視と批判するだろうが、裏工作の要員として極秘裏に動員するのならかまわない。学徒出陣からまだ八十二年しか経っていない。政治家の考えることは、いつの時代もそう変わらなかった。

やがて木立を抜けた。視界に暗がりがひろがった。川のせせらぎがきこえる。渓谷の川原にでたとわかる。大小のごつごつとした石が無数に一帯を埋め尽くす。川辺にキャンプファイヤーの火が見えた。近くのテントは倒れかかっている。そこから登山者たちが絶叫とともに逃げてくる。

ひとりが華南に目をとめた。慌てふためきながら男性が怒鳴った。「熊だ！　逃げないと危ない！」

華南は臆《おく》することなく、避難者一行とすれちがうと、川辺へと歩を進めていった。

揺らぐ火明かりにぼんやりと浮かびあがったのは、体長二メートルを超すほどのヒグマだった。身体を丸め、テントの残骸《ざんがい》から荷物を漁《あさ》り、リュックを引き裂いている。なかからあふれた食料を獰猛《どうもう》にむさぼる。

歩きながら華南は腕時計を一瞥した。七時まで二分。まだ作戦開始には早い。銃声は独特の反響をともなう。夜の静寂のなかでは近隣の村落まで届く。発砲があったと気づかれる事態は極力避けねばならない。

足音の接近に気づいたのか、ヒグマが顔をあげた。牙《きば》を剥《む》いた口を大きく開けた。立ちあがったヒグマがこちらへ駆けだそうとする。

なおも華南は動じなかった。命の獲《と》り合いなど、きのうきょう始まったことではない。足もとの大きめの石をつかむと、華南は水平方向に振りかぶり、サイドスローで力いっぱいぶん投げた。円盤のように横回転する石が火のなかに飛びこむ。数秒のタイムラグを経て、ヒグマが火のわきに差しかかった。

とたんに閃光《せんこう》が走り、激しい爆発が放射状にひろがる。粉砕し粒状になった石が勢いよく飛散し、噴きあがる炎とともに、至近距離からヒグマを直撃する。爆風に吹き飛ばされたヒグマが宙を舞い、背中から川原に叩《たた》きつけられた。

令和中野学校の授業で習った。川辺の石は内部に水分を含む。熱するとたちまち蒸気になって膨張するが、しばらくは石の外殻の強度により封じこめられる。やがて限界に達するや破裂する。手ごろな石を見繕えば、地雷や榴弾《りゅうだん》に匹敵する爆速を生む。簡易爆弾代わりに使えるうえ、爆発音はタイヤのパンクていどのノイズに止《とど》まる。狩猟が疑われることはない。

川原で横たわったヒグマは痙攣《けいれん》しながらも、まだしきりに身をよじっていた。華南は足ばやに近づきながら、リュックからコンバットナイフを引き抜いた。長い刃渡りにギザギザのついたミリタリー仕様だった。それを逆手に握り、ヒグマのもとに歩み寄る。

仰向《あおむ》けになった瀕死《ひんし》のヒグマが、威嚇するように吠《ほ》えてくる。華南は近くに立ち、片足でヒグマの腹を踏みつけると、ナイフを胸もとに振り下ろした。

悲痛な甲高い声をヒグマが発した。図体《ずうたい》は大きいが、声質からするとまだ若かったようだ。前脚後脚を振りまわし、助けを呼ぶように叫びつづける。心臓を貫けなかったとわかる。前脚の付け根あたりに心臓があるはずが、多少わきにずれたらしい。今回の実地研修は自己申告だ。失点覚悟で報告せねばならない。

　華南はナイフを引き抜くと、ヒグマの喉《のど》もとを掻き切った。黙らせるのはそちらのほうが早い。最後にもういちど絶叫したヒグマが、ぐったりと脱力した。悪臭がひどい。返り血もかなり浴びた。華南は身体を起こすと、ナイフをひと振りした。まだ気は抜けない。ヒグマが死に際に発した叫び方からわかる。近くに助けを求めた身内がいる。

　咆哮《ほうこう》がきこえた。キャンプファイヤーの残り火に照らされ、木立から出現した黒い影が二本脚で立ちあがる。三メートルに達するほどの背丈だった。ふたたび四足歩行の姿勢をとると、怒りをあらわに猛然と突進してくる。成獣としても大きい部類に入る。メスではなくオスか。おそらくこのヒグマの父親だろう。

　今度のヒグマはジグザグに走ってきた。川原のいたるところにある岩の陰に、巧みに身を隠しつつ急接近する。利口な熊だと華南は思った。光源が火だけでは闇にも紛れやすい。位置を正確にとらえるのなら暗視ゴーグルを身につけるべきだ。

　けれども華南はそうしなかった。間もなく七時になる。どうせ発砲はそれまで許されない。七時になれば暗視ゴーグルなど、かえって目にダメージをあたえる要因になる。なぜなら……。

　だしぬけに夜空に花火があがった。谷間の頭上に、何発も連続して光の輪が開く。

そのたび重低音が響き渡った。

閃光にヒグマがひるんだのがわかる。もう一刻の猶予もないと感じたのか、華南に襲いかからんと巨体が速度をあげてきた。

花火は作戦どおりだった。華南の右手はリュックに滑りこんだ。グリップを握りしめると、銃身一〇・五インチの五十口径リボルバー、ずしりと重いS&WのM500を引き抜く。間髪をいれずヒグマを狙い澄ました。

猟師は熊の頭部を狙わない。小さいうえに毛で膨らんでいて、骨格が正確に見てとれないからだ。へたに撃とうとすれば毛をかすめるか、肉を抉《えぐ》るていどに止まり、硬い頭骨がダメージを軽減してしまう。痛みに逆上した熊の反撃に遭い、餌食《えじき》になるケースがあとを絶たない。

ただしそれは三十口径以下の場合だ。花火の閃光に浮かびあがる熊の首に、華南は一発を撃ちこんだ。強烈な反動をてのひらで受けとめ、すばやく二発めと三発めを心臓に叩きこむ。四発めは下半身を撃ち抜いた。

ヒグマは突進の勢いを殺しきれず、川原に頭から滑りこんだ。骨が硬いことで知られるヒグマだが、さすがにM500のマグナム弾を食らい、重傷を負ったのがわかる。

華南は近づくと巨体を見下ろした。ぴくぴくと動くヒグマの頭部に、華南は最後の一発を叩きこんだ。やたら硬いと評判のヒグマの頭骨は、破裂するも同然に弾《はじ》け飛んだ。脳髄が川原の広い範囲にぶちまけられた。

ため息が小さく漏れる。華南はスマホを操作した。銃声カモフラージュ用の花火を打ち上げている別班に、通話記録の残らない回線から電話をかける。「駆除完了」

知らない男子諜工員《ちょうこういん》候補の声が応答した。「了解」

「熊二頭の処理をお願いします」

「怪我はないか」

「早く済ませてください。以上です」華南は通話を切った。

事後処理要員が来るものの、わざわざ熊の死体を持ち去るわけではない。そんなことを人目に触れず実行するのは不可能だ。諜工員候補の別班が来て、弾痕《だんこん》だけをナイフで抉りとっていく。マグナム弾を食らった証拠さえ隠滅できればいい。

ほどなく花火がやんだ。暗がりに静けさと、フクロウの遠慮がちな鳴き声が戻ってくる。消えかかった火がまだ辺りをおぼろに照らしていた。大小二頭のヒグマの死骸《しがい》を眺める。華南は大型リボルバーをリュックに戻し、川原を引きかえした。

息を深く吸いこむ。気温は高めだというのに、胸のうちを冷気が満たしていった。子供をたいせつに思ったとしても、人間よりましだとは思えない。法はいつも機能不全だ。人喰《ひとく》い熊など駆除するにかぎる。

翌日の午後には体育館で幹術の授業だった。

一年生と二年生のチーム対戦はよくある。秋の進級ゆえ学年末に近いが、華南は半年遅れで入学したにもかかわらず、すでに一年生でエースのあつかいを受けていた。この日も天井近くの高さにあるバルコニーのひとつに、華南は学年代表で登ることになった。

バンジージャンプ用のボディハーネスを、ジャージの上から自分で身につける。事故が起きても自己責任だからだ。両足首だけでなく、胴体と両肩もサポートする全身ハーネスのタイプだった。フリップや捻《ひね》りをともなう複雑なジャンプには必須《ひっす》の装備といえる。金属製のコネクターでバンジーコードと接続する。バンジーコードとは、ジャンプ後の唯一の命綱、伸び縮みしてジャンパーを上下させるゴム紐《ひも》だ。

ハーネスで身体のあちこちを締め付けたうえ、揃えた両足首にはバンジーコードを連結させた。ヘルメットはない。華南はバルコニーで立ちあがった。同じ高さにふたつ並ぶバルコニーの、もう一方に目を向ける。二年生の代表は桜澤美羽だった。美羽はもうすべての装備を完了させていた。

舎人駅近く、BARみゆきでのできごと以来、美羽とは言葉を交わしていない。寮の廊下や食堂で見かけても、華南のほうから避けてきた。

美羽が尊敬に値する先輩なのはたしかだ。いまもけっして無視できないほどの存在感を放つ。しかし華南は心を開けなくなった。

父と自分が悪いのはわかっている。でなければ美羽が手を汚す必要もなかった。申しわけなさが募る。だがその一方、美羽の淡々とした態度に複雑な思いが生じてくる。人を殺しても無表情のまま、良心の呵責《かしやく》など微塵《みじん》も感じていないようすだった。だからこそ学年女子トップの座に君臨しているともいえる。華南には受けいれがたかった。美羽がただの冷酷な殺人鬼だったと信じたくはない。以前は美羽に尊敬の念を抱いていた。ありていにいえば好きな先輩だった。これは甘えかもしれない。ただ父を失った華南に、ひとことでも気遣いの言葉があってほしかった。

美羽とはそんな存在なのだろうか。相容《あいい》れないと思えばこそ敬遠せざるをえない。とはいえ、父が殺害される瞬間をまのあたりにし、華南は変わった。いまや向こう見ず、怖いもの知らずになっていた。捨て鉢に生きることで、むしろ環境に適応できた実感がある。もう異常の領域に踏みこんでいるからだろう。この教育施設では誰ひとりまともではいられない。

眼下に一年と二年の女子たちが集まっている。どちらの学年も攻守のふた手に分かれていた。華南と美羽の真下、床に描かれた直径五十センチの輪の中心に、それぞれ白いスカーフが置かれている。華南のスカーフの周りには二年生の守備隊が群がる。その状態で華南が飛び下りても、二年生たちは華南をスカーフに触れさせまいと、素手で猛攻を浴びせてくる。よって一年生の攻撃隊が二年生の守備隊を襲撃し、蹴散《けち》らすのをまたねばならない。防御が手薄になるのを見計らってジャンプし、瞬時にスカーフを奪う。美羽の側は当然、一年生と二年生で攻守が逆になる。眼下での攻防は同時に始まるが、華南と美羽のどちらが先にスカーフを手にできるか、その勝負だった。

美羽の堂々とした立ち姿から、なんら不安を感じていないとわかる。スリムなプロポーションに長く伸びた腕と脚、やはり目を奪われがちになるのは否定できない。だからこそ反発したくなる。美羽を追い抜かないかぎり、この胸を掻《か》き乱されるような不快感は消えない。

阿蘇指導長がホイッスルを吹き鳴らした。ふたつのバルコニーの真下で、それぞれの守備隊がスカーフを囲み、しっかり防御を固める。攻撃隊がそこに襲いかかった。攻守双方が入り乱れ、たちまち集団どうしの近接戦闘に発展する。

女子どうしといえど打ち合い、殴り合い、蹴り合いになんの容赦もない。幹術の格闘法は古来の合気道がベースのため、攻撃の力を利用し逆に技をかける。よって女子にも体得しやすいが、それゆえにこうした競技では、必然的に守備側が有利になる。とはいえ攻撃側が及び腰になっていたのでは、いつまで経ってもスカーフの防御を崩せない。だから誰もが果敢に打ってでる。一斉攻撃で包囲網を狭め、守備側が反撃せざるをえない事態に追いこんだうえ、その打撃や蹴撃を受け流しながら投げ飛ばす。みな必死の形相でつかみあっていた。顔面を殴られるのはむろんのこと、致命傷を負う覚悟もなければ戦えない。激しく相まみえる女子の大半が、すでに顔に痣《あざ》ができ、鼻血を滴らせていた。髪のつかみあいのような無様な争いもそこかしこにある。最後は手段など選べなくなる。

やはり二年生のほうが力で勝る。華南の真下では二年生の防御が盤石の態勢を崩さない。一方、美羽が見下ろす一年生の守備隊は脆《もろ》かった。このままでは美羽のほうに先に勝機が訪れる。

迷いなどなかった。もとより守備隊が崩れるのをまつ気もない。まだ攻守が激しくぶつかりあう眼下めがけ、華南は身を躍らせた。

凄《すさ》まじい風圧が全身を襲う。頭からまっすぐに垂直落下していった。視界のなかで集団のひとりずつが急拡大して見えてくる。二年生の守備隊がこちらを仰ぎ、ぎょっとする表情に転じた。

逆さまになった華南は、空中で身体をねじり、落下に横回転を加えた。遠心力を利用し、両腕を勢いよく縦横に振り、守備隊の顔面に次々と手刀を浴びせる。複数の悲鳴とともに汗や唾液《だえき》、鼻血が飛び散った。バンジーコードが伸びきり、華南の身体を高く引き戻す。ふたたび落下に転じると、守備隊のなかでも大柄な女子が、鬼の形相で駆け寄ってきた。両手を高々とあげ、全身を盾にし、床のスカーフを守ろうとする。

だが華南は右肘《みぎひじ》を真下に突きだした。大女がはっとしたときは遅かった。その鼻っ柱に華南の強烈な肘打ちが命中した。落下の勢いをまともに食らった大女は、仰向《あおむ》けに転倒し、背中を強く床に打ちつけた。至近距離に残る守備隊はわずか数人にすぎなかった。華南はこぶしで蹴散らしつつ、スカーフをひっつかみ、バンジーコードの収縮に身をまかせた。ふたたび華南が宙に跳ねあがったとき、右手にはスカーフがあった。

ホイッスルが鳴る。阿蘇の声が響き渡った。「そこまで！」

バンジーコードの伸縮が繰りかえされるたび、だんだん勢いが弱くなる。美羽も逆さ吊《づ》りになっていた。彼女もスカーフを奪っていた。しかし華南はついさっきまで、守備隊を叩《たた》きのめしつつ、視界の端で美羽のようすを見ていた。彼女が飛び下りたのは華南より遅かった。スカーフを手にしたのも、数秒差で華南が先だった。

電動ウィンチが回転する音がきこえる。逆さに吊られた華南と美羽は、それぞれ床に下ろされた。いったん座りこみ、ハーネスの留め具を外す。

女子たちが遠巻きに見守っている。二年生が反感に満ちたまなざしで睨《にら》みつけてくる。のみならず一年生もドン引き、もしくは二年生と同じ表情を浮かべていた。鞠衣の顔にも当惑のいろがあった。華南はなんとも思わなかった。友達である鞠衣に、痣や鼻血が見てとれないのは幸いだった。

二年生の守備隊は顔面を紅潮させていた。大女も半泣きの状態で華南に怒鳴ってきた。「どういうつもりよ!」

華南と美羽はどちらもハーネスを外し終わった。立ちあがった華南のもとに、美羽が歩み寄ってくる。

硬い表情で美羽がささやいた。「乱暴すぎない?」

目を合わせるのは困難だった。華南は視線を逸《そ》らしたまま応じた。「勝負だったので」

「守備が崩れないうちに飛び下りなかった?」

「それが?」華南はたずねかえした。

美羽が小さくため息をついた。「仲間を信用しないのなら、この競技の意味がない」

「結果はだしました」

白装束の阿蘇指導長が近づいてきた。皺《しわ》だらけの顔に険しい目つきがあった。「燈田。なぜチームワークを無視する」

華南は思いのままをつぶやいた。「スカーフを奪う好機を逃さなかっただけです」

「おまえは力ずくで守備隊を蹴散らしたにすぎん。しかも勝てる確証なしに、むやみに飛びこんだ」

「確証はありました」

「殺気が漲《みなぎ》っとる。上級生への思慮が感じられん。同級生にもだ」

「これは殺し合いの訓練ですよね？」

「桜澤はルールを逸脱しなかった」

自然に目が美羽に向いた。ひさしぶりに美羽と顔を見合わせた。

美羽が静かにいった。「あなたは攻撃的すぎる」

「仕方ないです」華南はひそかに臆《おく》しながらいった。「命の獲《と》り合いの訓練ですから」

「やむをえず死に至らしめるだけ。そのことを忘れるべきじゃないと思う」

「やむをえずって？」華南のなかで苛《いら》立《だ》ちが募った。「奪う命も尊重しろって？　料理人は食材に対する敬意や感謝の念を持つべきとか、そういう話ですか。いただきますとか、ごちそうさまといいながら手を合わせろって？　どうせ食べるだけなのに、うわべだけの無駄な儀式」

やってしまったと華南は思った。自制がきかず美羽に怒りをぶつけた。本当はこんなこと、いいたいわけじゃなかったのに。

女子たちからブーイングがあがった。罵声《ばせい》や怒声がいり混じり、誰がなにを喋《しゃべ》っているのか判然としない。阿蘇指導長はただ眉間《みけん》に深い縦皺を刻んでいる。

美羽が片手をあげると、女子の群れは静まりかえった。暗い顔の美羽が華南との距離を詰めてくる。美羽はささやくようにきいた。「わたしがあなたのお父さんを殺したのが気にいらない？」

「べ」不意の質問に、華南は意図せず動揺した。「べつになんとも……」

「わたしの躊躇《ちゅうちょ》はうわべだけだって？」

「……肉切り包丁を投げる瞬間は、父の陰になっていて見えませんでした。躊躇があったんですか？」

沈黙がひろがった。美羽の顔にあるのは眼光の鋭さばかりではない、なんらかの感情のいろが混ざっていた。いまどんな思いを抱いているかわからない。

自己嫌悪にとらわれる。いつしか華南はうつむいていた。ただ怒りにまかせている。自分の本心はどこにあるのだろう。尊敬していた美羽が、単なる人殺しだった。華南の父を殺しても、心を痛めたようすさえなかった。たとえ同情の余地のない父だったとしても。それが気にいらないというのか。いまさら父を美化するなど、自分のほうが卑劣ではないのか。

けれどもそんな美羽が、華南は攻撃的すぎるといった。阿蘇のいう思慮深さなど美羽にあるのだろうか。華南の父を容赦なく殺した美羽は、充分に攻撃的だったではないか。

ブザーが鳴った。館内に音声が響き渡った。「至急、最重要連絡。諜工員《ちょうこういん》候補全学年、十五分以内に円形講堂に集合のこと。全教員は授業を切りあげ施設長執務室へ」

ざわめきがひろがる。阿蘇が声を張った。「任務への動員のようだ。全員、制服に着替えろ。きょうの授業は以上だ」

女子たちの群れが散開し始める。美羽も立ち去った。二年生が美羽を迎えるのに対し、華南のもとに寄りつこうとする一年生は、鞠衣ぐらいしかいなかった。

鞠衣がおずおずと告げてきた。「あのさ、華南。……こんなことはいいたくないんだけど」

「いいの」華南は歩きだした。「わかってるから」

たしかにわかっている。なにもかもだ。とはいえ真実に向き合いたくなかった。生きる意味や意義を求めようとしても、その答はただ虚《むな》しい。

14

円形講堂はいわば情報集約室を兼ねている。雛壇《ひなだん》式の立ち席は、全学年の生徒を収容できる規模だが、椅子は一脚もない。みな手すりを前に立つだけだ。

一方、すり鉢状の底にあたる部分には、椿施設長を中心に、教員や公調職員らが囲む円卓がある。そちらには肘《ひじ》掛け椅子が用意されていた。周りにはいくつかの壁掛けモニターのほか、ホワイトボードが並ぶ。おびただしい数の資料が貼りだしてある。

立ち席は下から順に埋まっていくのが常だった。幹術の授業にでていた女子も、大半がすでに入場済みで、もう最上段しか残っていない。華南は鞠衣とともに、混み合う最上段に立った。

男子の制服も同じ最上段に少なからずいた。神崎の顔を見つけると、華南は小声で問いかけた。「なにがあったの?」

神崎がぼそぼそと応じた。「単なる頭数の補塡《ほてん》じゃなさそうだ。急を要する案件らしい」

波戸内が円卓のマイクに告げた。「ではよろしいですか。諸君も知ってのとおり、都内で轢《ひ》き逃げ事件が相次いでいる。暴走車が通学中の児童の列や、賑《にぎ》わう縁日に突入し、不特定多数が犠牲になった。軽微な事例も含めると昨日だけでも九件」

次いで椿施設長がマイクを通じ、深刻な声を響かせた。「一日十件を超えた時点で、公調と警察庁警備局が介入することになっていました。そしてきょう、午前中のみで九件。午後一時十七分には板橋区東坂下《ひがしさかした》で、十件めの轢き逃げが発生」

モニターのひとつが動画を映しだした。街頭防犯カメラによる定点映像だった。生活道路の交差点に、高齢女性がゆっくりとした歩調で通りかかる。いきなり突進してきた大型ワンボックスカーが、女性を撥《は》ね飛ばした。女性の姿は瞬時にフレームアウトし、それっきり見えなくなった。ワンボックスカーのほうも、ブレーキをかけるようすもなく、猛スピードで通過していった。残るはなにもない交差点の映像のみだった。

雛壇状の立ち席はざわめいた。華南も鳥肌が立つのをおぼえた。異常なレベルの危険運転。父のおこないを想起するまでもなかった。断じて許せるものではない。

波戸内がいった。「緊急事案だ。全課工員候補は都内各地に出向き、あたえられた資料をもとに、これまでに判明した車種四台を捜索。片っ端からあたって不審車両を炙《あぶ》りだせ。全員、各教員の指示に基づき、担当地域へ出向くこと。最少三名ずつの行動が基本……」

事故にしては多発しすぎている。とはいえ無差別殺人とすれば一貫性がない。なぜこのようなことが起きるのか、背景をたしかめる必要がある。それが公調や警察庁警備局の考えなのだろう。

しかし華南には、どこか腑《ふ》に落ちないものがあった。

実際に現場に駆りだされるのは課工員、それで足りなければ課工員候補。霞が関のスーツ組は汗ひとつかかない。そんなことはいまさら疑問視する段階でもない。理不尽であってもそれが現実だ。どうも釈然としないのは任務の内容だった。轢き逃げ車両をしらみつぶしに捜すにあたり、たった数百人の課工員候補を増援に加えることが、果たして効率的だろうか。警察が総動員で見つけられない車両だ。きょう一日だけでは、発見の確率はさほど変わらないのではないか。

「なお」波戸内が付け加えた。「三年生の東雲陽翔、二年生の桜澤美羽、納堂暮亜、一年生の燈田華南、苧木鞠衣、神崎蒼斗。この場に残れ。ほかは駐車場へ移動」

華南は鞠衣や神崎と顔を見合わせた。なんだろう。まさかさっきのことで叱られるのだろうか。喧嘩両成敗《けんかりようせいばい》とか……？

男女の群れがぞろぞろと退出していき、立ち席はがらんとした。円卓でも教員らが離席している。波戸内が腰を浮かせ、立ち席の最上段を仰ぎ見た。「来てくれ」

華南たちは立ち席のあいだに設けられた階段を下った。円卓の前に呼ばれた全員が集まる。また美羽と会ったのが気まずい。華南は美羽の隣にならないよう、そそくさと鞠衣らを挟み、横並びに立った。

円卓にいた面々のうち、居残るのは椿施設長と波戸内だけだった。ふたりは神妙な面持ちで華南たちの前に立った。

波戸内が書類の束を手にしながらいった。「轢き逃げ車両捜索の件は、たしかに緊急の案件なのだが、実際にはきみらの行動のカモフラージュだ。きわめて重要な任務のため、同級生らにも気づかれないようにしたかった」

空気が張り詰めていくのを感じる。意外な展開だと華南は思った。この六人だけに明かす任務とはなんだろう。

老眼鏡をかけた波戸内が書類に目を落とした。「複数の悪質な転売ヤーの元締めが突きとめられた。ネット通販商品の買い占めをおこない、その後は自分たちで売り買いを繰りかえし、転売実績が好調なように見せかける手口だ。これにより商品発売元の企業の株価が、短期的に高騰する」

椿施設長がつづけた。「高騰の瞬間を見計らって、買い集めてあった株を手放し、莫大《ばくだい》な利益を手にする。つまり単純な転売ヤーではなく、それを装った大規模な資金集めです」

東雲がきいた。「資金集めというと、組織的犯行ですか」

すると椿施設長はなぜか華南を見つめてきた。「あなたはどう思いますか」

すなおに答えるべきだろうか。正直なところ、多少なりとも拍子抜けした。どんなに緊張する任務かと思えば、転売ヤーの元締めが相手とは。華南は小声で応じた。「まだ要点が見えないので、なんとも……。ただ、これは重要な案件なんでしょうか?」

椿施設長が告げてきた。「資金集めをしている組織は判明しています。シュエメン＝ヒョルメンです」

全身の神経を電流が駆け抜ける気がした。東雲や美羽らが息を呑《の》んだのがわかる。シュエメン＝ヒョルメン。いまではその名が脳裏に刻みこまれている。授業で何度も耳にしたからだ。シュエメンは中国語、ヒョルメンは朝鮮語で、いずれも血盟を意味する。中国と北朝鮮の軍事的な共闘、とりわけ朝鮮戦争における同胞意識を象徴する言葉でもある。だがそれらふたつを並べた名称は、中国と北朝鮮の合同テロリスト・グループを表わしていた。

いちおうシュエメン＝ヒョルメンのメンバーは、中朝両政府からお尋ね者のあつかいを受けてはいる。だがときおり、両政府が秘密裏に発する指令を実行する、非公認部隊であるとも認識されている。日本のテクノロジーが海外に流出した事例のうち、半分近くがシュエメン＝ヒョルメンの手引きによるものと考えられる。いわば日本の国力を削る癌細胞だった。

波戸内が顔をあげた。「そもそも公調と警察庁警備局が国内の治安に関与するのは、そこに諸外国の思惑が介在している可能性が高いからだ。今回の件もまさしくそうだ。転売ヤーを追っていたところ、シュエメン＝ヒョルメンに行き着いた」

東雲がきいた。「どんな経緯だったんですか」

老眼鏡の眉間《みけん》を指で押さえ、波戸内がふたたび書類に目を戻した。「シュエメン＝ヒョルメンのメンバーから、転売ヤーへの指示には秘匿性の高いアプリが使われていた。報酬も暗号資産だったため、取引をたどりにくかったが、公調はアプリのセキュリティホールを突き、発信源を特定した」

「どこだったんですか」

「歌舞伎町《かぶきちょう》一丁目のマンスリー・マンション。シュエメン＝ヒョルメンの中国人メンバーが潜んでいる」

「ひとりだけですか」東雲が唸《うな》った。「下っ端にすぎないでしょう」

「たしかに下っ端だが、この中国人メンバーは、夜梟《イエシャオ》と直接つながっている情報屋と考えられる」

神崎が疑問のいろを浮かべた。「夜梟《イエシャオ》って……？」

答えたのは美羽だった。「シュエメン＝ヒョルメンの幹部で、日本国内では最高クラスの大物」

暮亜が補足した。「夜梟《イエシャオ》はコードネームで、素性はまったく不明」

波戸内は説明をつづけた。「この下っ端にすぎない中国人メンバーのほうは、以前から顔が割れていた。夜梟《イエシャオ》につながる唯一の手がかりとして、これまで泳がせておいた。しかしシュエメン＝ヒョルメンが企業の株価操作により、莫大な資金集めをおこなった以上、なにが起きているのか急ぎ自白させねばならない」

東雲が波戸内を見つめた。「そいつを捕らえるのなら、正規の諜工員《ちょうこういん》の任務ですよね？」

椿施設長が目で先をうながす。波戸内は咳《せき》ばらいとともにいった。「この中国人メンバーのウィークポイントが、監視により浮き彫りになった。若い出張風俗嬢を、しょっちゅう部屋に招く。電話をかけるのはいつもデリヘルかSMクラブだ。風俗嬢はたいていふたりずつ派遣される」

美羽が表情を曇らせた。「あのう。それはつまり……」

波戸内は老眼鏡を外した。「きわめて若い風俗嬢、ド新人が好みのようでな。諜工員には化けられる者がいないとのことだった」

暮亜が不快そうにつぶやいた。「ここがふつうの職場や学校じゃなくて残念。上司のセクハラとパワハラで訴えてやるところなのに」

「あのう」華南はすっかり腰が引けていた。「わたしたちが呼ばれたのは……」

椿施設長は女性ながら、方針にいささかの疑いもないらしい。無表情であっさりと告げてきた。「全員容姿端麗、しかも十八以上でしょう。違和感もない」

神崎が戸惑いをしめした。「僕らの役割は……?」

波戸内は即答した。「彼女たちのバックアップだ。大人の男は歌舞伎町で目をつけられやすい。きみならトー横キッズの延長に見える」

東雲は仏頂面で自嘲《じちょう》ぎみにこぼした。「僕のほうは若手ホストの高校生コスプレに見えると思いますけどね」

「私服で行け」波戸内は微笑ひとつ浮かべなかった。「忘れるな。少子化世代のきみらは精鋭でなきゃならない。二十歳前後のきみらが将来の日本を作っていく。これはその一環だ。とてもそうは思えなくてもな……」

15

歌舞伎町の中心街と区役所通りで隔てられた、ゴールデン街寄りの一角は、昼間から猥雑《わいざつ》な印象に満ちている。観光客はまったく近づかない。雑居ビルの密集地帯のため、谷間の裏路地はいつもじめじめしていて、ゴミも散乱し薄汚い。

シュエメン＝ヒョルメンの中国人メンバーが潜むマンスリー・マンションは、その奥深くに位置していた。所有者自体はシロで、公調が一階の空き部屋を確保済みだった。1Kの狭いボロ部屋が作戦待機室になる。華南たちはひとりずつばらばらに行動し、素知らぬ顔で室内に滑りこんでいった。

公調から三十代とおぼしき職員が三人来ていた。陣頭指揮は彼らがとる。ほかにも作業着や普段着姿のスタッフらが、あわただしく立ち働いている。鉄製の細い骨にナイロンを張った小型パラボラアンテナを開き、機材類をてきぱきと接続していく。授業でも教わった、ケータイ電波とワイファイ電波傍受用の機器だった。通話先の電話番号は取得できるものの、通話自体の盗聴は不可能だと習った。

　ここに入る前に気づいたことだが、付近にはヤクザっぽい連中がうろついている。波戸内がいったとおり、屋外の見まわりは大人の男がおこなうべきではないのかもしれない。

　実際、周辺への警戒と巡回を命じられた東雲と神崎が、浮かない顔で部屋に戻ってきた。ふたりともカジュアルな服装だった。東雲が報告した。「異状なし」

　神崎があわてぎみに目を逸《そ》らした。キッチンの近くに美羽が立ち、SMプレイの亀甲縛りでがんじがらめにされているからだ。両手を後ろにまわし、スカートはたくしあげられ、太腿《ふともも》があらわな状態で股《また》縄まで通されている。専門のスタッフが真剣な面持ちで縛りつづけ、美羽はただ澄まし顔だった。すべての縄が服と肌に食いこむほど、しっかり固く縛ってある。ふつうなら身じろぎひとつできる状態ではない。

　しかし美羽の後ろにまわした腕は、通常考えられる可動範囲を超え、驚異的な動きをしめした。関節がけっして曲がるはずのない方向へ曲がる。最初はもぞもぞとするだけだったが、徐々に縄が緩んでいき、後ろ手が結び目に到達した。背中に仕込んであったヘアピンを指先にとり、結び目の真んなかへ挿しこむ。とたんに結び目がするりとほどけた。

スタッフがうなずいた。「上出来だ。わかったと思うが、コツはヘアピンを結び目の交差部分に、正確に挿しこむことにある。結び目内部の摩擦が減少し、縄に分散された力が、滑らかなヘアピンに集中するからな」

美羽が全身の縄を解き放ちつづけた。「はい。いちど緩みだしたら、あとは簡単にいけそうです」

ほかの女子たちも新宿界隈《しんじゅくかいわい》で不自然さのない、十代後半らしい装いに身を包んでいる。鞠衣が不安げにささやいてきた。「華南、わたしたちも縄抜けの練習しなきゃダメ……?」

近くで暮亜がネイルを塗りながらいった。「一朝一夕にできるもんじゃないから、いまやったって意味ない。美羽は得意技を復習してるだけ」

美羽がスタッフのもとから戻ってきた。「SMクラブへの電話だったら、わたしが行く。デリヘルだったらたぶん……」

沈黙があった。美羽と暮亜が同時に鞠衣を見つめる。

鞠衣がうろたえた。「なんでわたしですか」

東雲がクリアファイルに入った書類を、近くのローテーブルに投げ落とした。「ロリ好きの性癖を持つ奴だからだよ。きょうの標的についての資料だ。名は陳景瑜《チンジンユー》、三十六歳で福建省《ふっけん》出身。シュエメン＝ヒョルメンの組織内でのあだ名は糊涂《フートゥ》」

神崎がきいた。「コードネームじゃなくてあだ名ですか」

美羽の落ち着いた物言いが説明した。「小物の情報屋だから見下されてるって。糊《フー》涂《トゥ》は中国の俗語で、ぼうっとしてるとか、愚かって意味」

資料には写真が添えてあった。馬面に眠たげな垂れ目、無精髭《ぶしょうひげ》。そんなあだ名がつく理由もわかる。

鞠衣がいっそう困惑顔になった。「美羽さんは中国語がわかるだろうけど、わたしはまだ日常会話ぐらいしか……」

華南も同じ立場だった。半年の学習の遅れは、自習でなんとか取り戻しつつあるものの、文法の複雑な表現は理解が難しい。

東雲が資料を指さした。「糊涂《フートゥ》こと陳景瑜《チンジンユー》は日本語を喋《しゃべ》る。東京での暮らしが長いからな。でも奴が中国語で電話した場合など、内容は聴きとれたほうがいい。美羽が指名されればありがたいんだが……」

鞠衣がつぶやいた。「わたしにとってもです……」

ふいに公調の職員らがいろめき立った。ひとりがささやくようにいった。「陳景瑜《チンジンユー》が電話をかけてる。０３‐５８６２……」

別の職員がノートパソコンの表示と照合した。「デリヘルのほうだ」

美羽が小さく唸《うな》った。ＳＭクラブへの電話ではなかった。鞠衣がしかめっ面に手をやった。最も頼りになる美羽が出向けない公算が高まった。

緊張で喉《のど》が渇いてくる。華南はミネラルウォーターのペットボトルを口に運んだ。

通話は終わったらしい。公調の職員がスマホで電話をかけた。相手が陳景瑜《チンジンユー》だとわかる。職員は業者っぽい口調で告げた。「もしもし、こちらデリヘルのエヌ倶楽部《くらぶ》です。すみません、ただいまご指名いただいた女の子なんですが、ええと……」

先方が名前を口にするのをまって、職員はさも知っていたようにつづけた。「ええ。キヌエちゃんとマシロちゃんですよね。どっちもちょっと都合が悪くて、でももっと可愛い子を派遣できますので……。クレアちゃんとカナちゃんです」

華南は飲みかけの水を噴きだしそうになった。暮亜もさも嫌そうな面持ちに転じている。

職員が電話を切った。ノートパソコンに目を向ける。「オーケーだ。キヌエとマシロ。店のホームページによると、ちょっと不良っぽいロック系と、素人っぽいロリ顔だ。代行にふさわしいのは納堂暮亜と燈田華南だな」

暮亜がジェルブラシを持つ手をとめた。「ネイル、最後まで塗っていい？」

立ちあがった職員がポシェットをふたつ差しだした。「時間がない。すぐに行け。これは商売道具だ」

華南は当惑せざるをえなかった。「美羽さんが行ったほうが……」

だが職員は首を横に振った。「陳景瑜《チンジンユー》の好みはきみらだ」

受けとったポシェットが妙に軽い。ジッパーを開けてみると、メイク用品にボディクリーム、ハンドクリームぐらいしか入っていない。華南は遠慮がちにうったえた。

「せめてナイフぐらい携帯できませんか」

「だめだ。出張風俗嬢に化けた女殺し屋が武器を隠し持つのは映画だけだ。丸腰でなきゃプロに見抜かれる。糊涂《フートゥ》ってあだ名でも、本当に愚鈍かどうかはわからない」

「ただし」スタッフのひとりが細い注射器を渡してきた。「これは持って行け。ふたりとも一本ずつな。ベンゾジアゼピン系睡眠薬だ。見つかっても覚醒剤《かくせいざい》に受けとられる。この界隈の出張風俗嬢なら、持っててもさして不自然でもない」

陳景瑜《チンジンユー》に接触し、隙を突いて注射し眠らす。そういう任務だとは理解できている。

暮亜が厄介そうな顔になった。「シュッと気体を顔に吹きつけたら、たちまち眠ってくれるのも映画だけ？」

スタッフが平然とうなずいた。「そういうことだ。本当はこの睡眠薬も、一分ぐらいかけてじっくりと静脈注射すべきだが、もちろんそんな余裕はないだろう。針を刺したらすぐにプランジャを押しこめ。逆上した相手がしばらく暴れまわるだろうが、そのあいだは怪我しないように逃げまわるしかない」

別のスタッフがスマホを華南に差しだした。「これは私たちへの連絡用だ。風俗店の電話番号やラインのアカウントしか登録されていないから、調べられても足がつかない。任務を完了したら一報をいれろ。4と通話ボタンだけでつながる」

暮亜が仏頂面できいた。「緊急事態を伝えたら助けに来てくれますか？」

「きみらに電話できる余裕があったならな」

不満ばかり口にしてはいられない。華南は暮亜とともに立ちあがった。鞠衣の顔にはほっとしたような表情がうかがえる。気をつけて、そういった鞠衣の声にも張りがあった。美羽はただ黙って見送っている。華南はなおも美羽と目を合わせられなかった。

華南と暮亜は部屋をでた。マンション内の廊下は内壁が剝《は》がれ落ち、老朽化したエレベーターは乗るのが怖いほどだった。

六階まで上り、外廊下に面した四番めのドアの前に立つ。暮亜がインターホンを鳴らした。

ドアはすぐに開いた。写真と同一人物か、確認が難しかったらどうしよう、直前までそんな不安に駆られていた。けれどもドアからのぞいた顔は、ぼさぼさ頭で無精髭が濃くなっているものの、まぎれもない陳景瑜《チンジンユー》だった。

背丈は予想したより低い。百六十二、三センチぐらいか。Tシャツにスラックス姿の陳景瑜《チンジンユー》は、特に警戒するようすもなく、ふたりを迎えいれた。

靴を脱がねばならないのは抵抗があるが仕方がない。間取りは一階の部屋とまったく同じ1Kだった。生活雑貨があふれているせいで、いっそう狭く感じられる。

なぜか陳《チン》が背を向け、山積みになった段ボール箱をあさりだした。両手にひとつずつ手提げバッグを持ち、華南と暮亜にそれぞれ差しだす。訛《なま》りがちな日本語でぼそぼそと告げてきた。「これに着替えて。ユニットバスのなかで」

困惑とともに手提げバッグを受けとり、暮亜とふたりで狭いユニットバスに籠《こ》もる。バッグの中身をとりだして絶句した。セーラー服、それもかたちばかりの安物っぽいナイロン製。スカートの丈がやたら短そうだった。華南は顔が火照ってくると同時に、頭にも血が上るのを感じた。「あいつ三十六歳じゃないの？　趣味が昭和」

暮亜は苦笑したものの、自分の衣装をとりだしたとたん、さも不快そうな表情になった。これまた丈の短いロリータ服。両方ともドン・キホーテあたりで売っているコスプレ用衣装のクオリティだった。

華南はためらいをおぼえた。「着替えなきゃだめですか?」

「だめ」暮亜はさっさと服を脱ぎだした。「わたしたちが外に逃げだせない恰好にしておくなんて、ほんと手慣れてる奴」

ロリータ服のほうがまだましだと華南は思った。仕方なく着替えにかかる。せっかく私服で来たのにこんな恰好とは。

ほどなく吹っ切れて、ふたりはそれぞれポシェットのなかを整頓《せいとん》した。注射器をいつでもつかめるようにしておく。

暮亜がささやいた。「あいつ、先に裸を見たがらないのは、楽しみをとっとく性格だから?」

華南は手早く髪を整えた。「おかげで準備に支障がなくなりました」

ちらと華南の下半身を見て、暮亜がつぶやきを漏らした。「脚、長いね。シルエットもきれい」

「どうも……。先輩もお美しいですよ」

「ありがとう。でもお互いイラつくばかりだから、そろそろ行く?」

「行きましょう」華南はユニットバスのドアを開けた。

なぜかキッチンの前に全身用姿見が据えてあった。ふたりとも身だしなみを整えた。鏡に部屋の奥が映りこんでいる。シングルベッドがあり、陳景瑜《チンジンユー》はそこに座っていた。

華南と暮亜は振りかえった。ふたりを見ると陳《チン》は立ちあがり、にやりとした笑いを浮かべる。華南は虫唾《むしず》が走る思いだった。

ゆっくりとした歩調で陳《チン》が近づいてきた。近くに立つと、そんなに背が低くもなかった。華南と暮亜は陳《チン》を仰ぎ見た。

いきなり陳《チン》は華南に抱きついてきた。このような瞬間、受け身をとりつつ襲撃者を投げ飛ばす方法を、女子幹術の授業でさんざん教わってきた。しかしいまはその構えさえとってはならない。不自然な動きを悟られると一気に警戒される。華南は陳《チン》に押し倒されるしかなかった。フローリングの床に背中ごと叩《たた》きつけられる。陳《チン》の手が太腿《ふともも》をまさぐってきた。華南のなかには嫌悪感しかなかった。いますぐ絞め殺してやりたいが、瞬時に息の根をとめられるほどの握力はない。

だがそのあいだにも暮亜が行動を起こしていた。陳《チン》の背後にまわり、ポシェットから注射器をとりだす。すかさず陳《チン》のうなじに注射針を振り下ろした。

ところが陳《チン》はすばやく振り向き、暮亜の手首をつかんだ。注射針は宙にとどまった。暮亜が愕然《がくぜん》としている。華南も衝撃を受けていた。

さっきの姿見だ。ベッドではなく、陳《チン》はわざわざこちらに来て、華南を押し倒した。室内がほぼまんべんなく観察できるよう、姿見をキッチン側に配置してあった。ふたりの風俗嬢を招くにあたり、常にもうひとりの行動からも目を離さないためだ。下っ端の情報屋といえど、やはり陳《チン》に抜かりはなかった。

陳《チン》が暮亜をねじ伏せようとしている。華南は自分のポシェットから注射器をつかみだした。しかし陳《チン》はわずかな物音をききつけたのか、振り向きざま華南の顔を後ろ足で蹴《け》り飛ばした。華南の背はわずかに床から浮き、後方に落下するや身体ごと転がった。痺《しび》れるような激痛が顎《あご》から頬にひろがる。

立ちあがった陳《チン》は、泡を食ったようすで玄関ドアへと駆けだした。ふとなにかを思いだしたように足をとめ、雑多な物のなかから黒革のカバンをつかみだし、それを小脇に抱えた。ふたたび走りだそうとしたとき、背後から暮亜が飛びかかった。幹術の投げ技により梃子《てこ》の力を利用し、陳《チン》の身体を縦方向に回転させ、背中から転倒させる。仰向《あおむ》けになった陳《チン》は痛そうにしていたが、それでも必死に立ちあがった。暮亜も跳ね起きると、すかさず陳《チン》のカバンをつかんだ。双方がカバンをひっぱりあったが、陳《チン》の腕力のほうが強そうだった。華南は駆け寄り、暮亜に加勢した。歯を食いしばり、満身の力をこめ、思いきりカバンを引く。力が拮抗《きっこう》した直後、陳《チン》がわめき声とともに勢いよく身体を振り、華南と暮亜の手を振りほどいた。

ところがその弾みで、カバンのなかからプラスチックケースが飛びだした。暮亜の手がケースをキャッチした。

「なにしやがる!」陳《チン》が暮亜の頰にこぶしを食らわせた。

まともに殴られた暮亜が失神ぎみに転倒した。またもプラスチックケースが宙を舞う。落下したケースは、床にぶつかった衝撃で蓋《ふた》が開き、USBメモリーやSDカードが一面に散らばった。陳《チン》は焦燥をあらわにしたものの、拾っている余裕はないと悟ったらしい。身を翻すや玄関ドアの外へと消えていった。

華南は身体を起こした。「暮亜さん……」

暮亜の口の端からは血が滴り、頰は紫いろに腫《は》れていた。それでも暮亜は四《よ》つん這《ば》いのまま、フラッシュメモリーの数々を搔《か》き集めだした。視線をあげると暮亜は怒鳴った。「追いかけて!」

その声に突き動かされるように華南は立ちあがった。ポシェットからスマホをつかみだす。靴脱ぎ場で靴を履き、ただちに廊下へと駆けだした。エレベーター方面へと走りながら、スマホの4と通話ボタンをタップする。

電話はすぐにつながった。華南は早口にいった。「逃げられました。陳《チン》が一階へ下ります」

ところがエレベーターに達する寸前、柱の陰からいきなり人影がのぞいた。至近ゆえ華南は足をとめられなかった。水平に振られた棒状の物体が、華南の顔を直撃した。殴られて鉄パイプだとわかった。目の前に星が散り、華南は仰向けに倒れた。顎を引き、後頭部がコンクリート床にぶつかるのを、寸前でなんとか防いだ。おかげで失神に至らずに済んだものの、陳《チン》が甲高い叫びとともに現れ、鉄パイプを勢いよく振り下ろしてきた。

一撃めは横方向に転がって躱《かわ》した。しかし陳《チン》はやけになったらしく、わめき声を発しながら何度も鉄パイプを振り下ろした。腕や太腿、横っ腹に強烈な打撃を食らった。華南は息がとまりそうになった。尋常でない激痛に、全身が麻痺《まひ》状態に包まれだした。激しい憤りがこみあげてくる。この下っ端情報屋が。華南はほぼ垂直に片脚を跳ねあげ、陳《チン》の顎を蹴り飛ばした。踵《かかと》が確実に命中したのみならず、ズボンを穿かない生足は空気抵抗もなく、キックに鞭《むち》のような勢いが生じていた。華南は膝《ひざ》を曲げて足を引き戻し、さらに数発の蹴りを速射砲のごとく浴びせた。陳《チン》の鼻血が飛散し、華南の身体じゅうに降り注いできた。

　二十歳前後の女が、大人の男に勝てないというのは、かならずしも正確ではない。優莉結衣《ゆい》がいったとされる言葉だ。アスリートのピークは十代ゆえ、高校生から大学生ぐらいのほうが、俊敏かつスタミナも持続する。女子においてもそれは変わらない。ましてや幹術は筋力のみに重きを置いてはいない。素手でも敵のダメージをいかに最大化できるか、そこを念頭に技が開発されている。銃刀法に厳しい日本ならではの発達だった。

　陳《チン》が上半身への防御を固めだしたのを見てとり、華南は足払いをかけた。短い叫びを発した陳《チン》が体勢を崩し、鉄パイプを放りだした。金属音とともに鉄パイプが跳ね、コンクリート床を転がっていった。陳《チン》は身体を手すりに打ちつけたため、相応のダメージは受けたようだが、横たわるのは免れた。それでもかなりの痛みをおぼえているらしい。陳《チン》は非常用外階段へと駆けていった。

　華南は起きあがった。痺れが抜けきらず動作が鈍重だ。陳《チン》が階段を駆け下りていく靴音がきこえる。しだいに音が下方に遠ざかっていく。

　逃がすわけにいかない。華南は手すりへと走り、片脚で踏みきるや跳躍した。歌舞伎町一丁目の雑居ビルは隣接しあっている。隣のビルの壁はすぐそこだった。

吹きつけでざらついた外壁を蹴り、摩擦でほんの一瞬踏みとどまりながら、身体を下に向ける。両手はもとのビルの外壁に這《は》わせ、強く突き放した。その反動で斜め下に跳ぶと、また足で外壁を蹴る。ほとんど垂直落下に等しい風圧を感じるものの、外壁を蹴ったり叩いたりしてブレーキをかけ、速度を軽減させる。

幹術の授業は最初の印象どおり『SASUKE』に近かった。落下の勢いを殺す手段も身についている。のみならず体幹トレーニングは毎朝の日課だった。プッシュアップもスクワットもいまや百回、プランクも一時間耐えられるようになっていた。

六階の高さ、十八メートルを急速に下り、最後は身体を丸めつつ飛び下りた。肩から路面に接触させ、柔道の受け身のごとく前転しながら着地する。

麻痺はほぼおさまっていた。ただし太腿にミミズ腫《ば》れが浮きあがっている。鉄パイプで殴られた痕《あと》だった。動くのに支障はない。立ちあがると外階段を陳《チン》が下りてきた。先まわりした華南に目をとめ、ぎょっとする反応をしめす。一階から東雲や神崎が駆けだしてきた。陳《チン》の逃走経路に立ち塞がる。

華南も陳《チン》に歩み寄ろうとした。だがふいに目の前にこぶしが飛んできた。陳《チン》とは別の何者かが殴打してくる。

反射的に華南は海老反りになり躱したが、敵はさらにもうひとりいた。八卦掌《はっけしょう》の蹴りが円を描き、華南の胸と腹を二段打ちにした。ダメージを和らげるため、華南は後方に身を引いたが、それでも激痛にうずくまらざるをえなかった。

中国語が飛び交う。複数の男たちが路上に繰りだしていた。年齢は陳《チン》と同世代、服装はまちまちだった。陳《チン》の仲間にちがいない。小柄で痩《や》せているが機敏な連中が、東雲と神崎にも襲いかかる。その隙に陳《チン》が区役所通り方面へと路地を逃走していった。

それでも東雲の身のこなしは速かった。男子諜工員候補のほうが格闘術の鍛錬に余念がない。複数の敵に東雲は対峙《たいじ》していた。斧刃脚《ふじんきゃく》や穿脚《せんきゃく》の蹴りを、つづけざまに猛然と繰りだす。神崎は陳《チン》を追っていった。鞠衣の後ろ姿も駆けていく。ふたりが陳《チン》の追跡を開始していた。

華南も跳ね起きたものの、眼前の中国人ふたりがさかんに蹴りを浴びせてくる。数発の攻撃をまともに食らい、華南は歯を食いしばりつつ後退した。

本気で殺しに来ている。その事実にいまさらながら肝が冷えてくる。幹術の授業で阿蘇指導長が手加減なく攻撃を浴びせる、それを克服するだけで充分だと思ってきた。しかしいま、このうえなく殺気立つ鬼の形相を前に、身体の震えがとまらない。これが命の獲《と》り合いか。敵は乱暴きわまりない大の男、それもふたりいる。逆に追い詰められる。逃げ場がない。

するとと細身が竜巻のごとく回転しながら舞ってきた。勢いのまま長く伸びる脚が、敵ふたりに回し蹴りを浴びせた。蹴撃には鞭のようにしなる力強さがあった。不意を衝《つ》かれた敵ふたりが路面に突っ伏した。

黒髪をなびかせた美羽が、敵ひとりを踏みつけ、もうひとりの首を抱えこんだ。美羽が怒鳴った。「華南、あいつを追って！」

華南は即座に駆けだした。美羽と東雲がふたりで敵勢を相手に立ちまわっている。決死の抗戦を無駄にはできない。

路上を猛然と走るうち、別の靴音が追いついてきた。ロリータ服が横に並んだ。暮亜が駆けながら、二丁の拳銃《けんじゅう》のうち一丁を押しつけてきた。「持って」

たぶん陳《チン》の部屋で見つけたのだろう。92式手槍《ハンドガン》、中国製半オートマチック拳銃のグリップを、しっかりと握りしめる。暮亜のロリータ服には無数のフリルがついていて、拳銃を押しつければ埋没させられる。けれどもセーラー服の華南には隠し場所がない。仕方なく襟元に右手ごと拳銃を突っこんだ。

区役所通りにでた。両側二車線をタクシーが次々と駆け抜ける。渋滞はなかったがクラクションがさかんに鳴り響く。陳《チン》が車道の真んなかを、ひとり全力疾走していくのが見えた。神崎と鞠衣が追いかけている。銃撃すれば陳《チン》を制止できる距離ではあるが、歩道は人目だらけだった。悪いことに華南と暮亜は、セーラー服とロリータ服のせいで、通りすがりの男たちの視線を釘付《くぎづ》けにしている。拳銃を抜けない。発砲すべきタイミングが失われつつある。

そのとき脇道から、無骨に角張った大きな車体が飛びだしてきた。アメ車のハマーに似ているが日本車、トヨタのメガクルーザーだとわかった。アクセルペダルをベタ踏みしているとしか思えない加速ぶりで、路上を蹂躙《じゅうりん》してくる。

華南は思わず叫んだ。「避《よ》けて！」

鞠衣が反応できる間はなかった。神崎も同様だった。ふたりのもとにメガクルーザーが猛スピードで突っこんだ。鞠衣はボンネットに乗りあげたうえ、人形のように振り落とされた。神崎は撥《は》ね飛ばされ、ガードレールに全身を叩《たた》きつけられた。

自分の悲鳴を耳にしつつ、華南はふたりに駆け寄ろうとした。しかし暮亜が引き留めた。暮亜は悲痛ないろとともに、ただ首を横に振った。セーラー服の襟の下から拳銃を抜かせまいと、手で押さえてくる。

華南の胸は痛んだ。こんなに人目があっては行動を起こせない。足をとめた歩行者らがスマホをいじりだしている。このままでは数秒以内に撮影会の様相を呈する。

暮亜が手を引き、華南は身を翻さざるをえなかった。スマホカメラに撮られる前に路地を駆け戻る。走りながら華南は区役所通りを振りかえった。メガクルーザーは停車していた。その右側前部のドアを開け、陳《チン》が車内に乗りこんだ。ドアを閉じるやメガクルーザーは猛然と走り去った。

妙だ。いま陳《チン》が乗りこんだのは運転席ではなかったか。すべてのウィンドウにフィルムが貼ってあったため、内部のようすはまったく見通せない。

授業で教わったが、メガクルーザーの製造はわずか百三十二台、左ハンドルはアメリカ向けに十二台しかない。ドライバーが席を譲ったにしては、停車から陳《チン》が乗りこむまでの時間が短すぎた。あれは助手席か。十二台しかない稀少《きしょう》車のうちの一台なのか。

路地にはもう乱闘はなかった。中国人たちも逃げおおせたようすだった。華南と暮亜はマンスリー・マンションのエントランスに駆けこんだ。

仲間たちは通路に集まっていた。公調の職員らとともに、美羽と東雲が茫然《ぼうぜん》と立ち尽くしている。ふたりの仲間が戻ってきていないことに、東雲はいち早く気づいたらしい。華南の顔いろから事情を察したのだろう、美羽が衝撃のいろを浮かべた。

華南は唇を嚙《か》んだ。拳銃を握る手が力なく垂れる。これは実地研修のレベルではなかった。重要な任務だった。もう取りかえしがつかない。

16

鞠衣と神崎は別々の病院に緊急搬送された。救急救命室での治療後、絶対安静の状態がつづいている。入院中の病室のようすは、ひそかに据えたウェブカメラにより、教員らは確認しているようだ。華南たちは見せてもらえなかった。見舞いに足を運ぶのも許されない。現在ふたりの意識があるかどうかも不明だった。

きょう初めて知らされたことだが、鞠衣は両親が蒸発した身で、親族とのつきあいも絶たれていた。神崎のほうも児童養護施設出身だった。ふたりとも、身寄りがないゆえ諜工員《ちょうこういん》候補にスカウトされたのだろう。こんなときに病院に来る人間は誰もいない。

施設長執務室に華南らは呼びだされた。室内にたたずむ者の大半は教員で、生徒は華南のほか美羽と暮亜、東雲しかいない。報告後は会話も途絶え、通夜に等しい状況になった。

華南は心を深々と抉《えぐ》られていた。糊涂《フートゥ》こと陳景瑜《チンジンユー》は逃亡、メガクルーザーの行方もわからない。あんなにめだつ車両なのに、新宿区内の街頭防犯カメラにとらえられていなかった。歌舞伎町のマンスリー・マンションの室内も、公調の職員らが隈《くま》なくあたったが、行方をしめす手がかりはゼロだったときく。

突然、室内が暗くなった。天井の照明が明滅を繰りかえす。教員らが眉《まゆ》をひそめた。ひとりが不審げな声をあげた。「なんだ？ 電力不足か」

別の教員が応じた。「このところ多いな。数秒から一分足らずの停電が、二十三区内全域で起きてる」

椿施設長が憂鬱《ゆううつ》な表情でつぶやいた。「インドではよくあることです。ニューデリーやワラナシでは停電が発生しても、数分はあわてず騒がずまつのが当たり前ですけど……。日本も同じようになってきたようですね」

これも日本の国力低下の表れだろうか。水道管の破裂で道路が冠水する頻度も増すばかりだ。インフラ設備が古くなってきてメンテが追いつかない。点検や修理に割ける人員も予算もかぎられている。治安を守る頭数もだ。法の制限を超える事案に対し、ひそかに超法規的対処がおこなわれる以前の問題だった。絶対数が足りなければ、なにひとつ捜しだせない。

四十代の教員、分析学を教える有馬《ありま》博行《ひろゆき》がいった。「どうにもわからない。メガクルーザーの暴走ぶりは、各所で起きた轢《ひ》き逃げを彷彿《ほうふつ》させる。一連の轢き逃げとシュエメン＝ヒョルメンには関連があったのか？」

同世代で戦術教員の濱田博英《はまだひろひで》が難しい顔でうなずいた。「ありうるよ。轢き逃げの頻発により、東京に混乱が生じるだけでも、あいつらにとっては願ったりだ」

波戸内は同意をしめさなかった。「それだけじゃないだろう」

椿施設長が語気を強めた。「わたしもそう思います。シュエメン＝ヒョルメンは巨額の資金を調達したばかりです。なんらかの陰謀が進行中と考えるべきです」

東雲がきいた。「納堂暮亜が回収したＵＳＢメモリーやＳＤカードは……？」

「ああ」波戸内がスマホをタップした。「公調の職員らが解析してくれると思うが……」

公安調査庁のしかるべき部署に電話したらしい。室内が静まりかえっているせいで、応答した先方の声も漏れきこえてくる。波戸内はフラッシュメモリー類の解析について、もう着手しているかどうかをたずねた。

ところが先方の声は疎ましげな響きを帯びていた。「時間がない。専門チームの予定も塞《ふさ》がってる」

波戸内の表情が曇りだした。「どういうことでしょうか。もともと陳景瑜《チンジンユー》の件は公調からの指示で……」

「問題なく身柄を拘束できるはずだった。それがどうだ。区役所通りの事故について、新宿署の捜査に歯止めをかけるため、警察庁が遠まわしに働きかけてる。事後処理によけいな手間がかかってるんだ。諜工員候補の失態のせいだ」

華南は暮亜と顔を見合わせた。暮亜はうつむいた。美羽や東雲も物憂げに黙りこくっている。

しかし波戸内は抗弁した。「少なくともデータ類の入手は大きな成果です。率先して解析すべきでは……」

「一介の情報屋が持っていたUSBメモリーやSDカードでは高が知れている。どうせ暗号化ぐらいはされてるんだろうが、専門チームは台湾有事兆候の分析班に加わっていてな。そっちにまわせる人材はない」

華南はつぶやいた。「台湾有事兆候……?」

なおも波戸内は電話の相手と議論している。椿施設長が華南に歩み寄ってきた。深刻な表情の椿が声をひそめていった。「中国軍が突然、大規模演習を開始したの。台湾の周辺海域で」

椿が手にしていたリモコンのボタンを押す。壁掛けテレビが点灯した。音量は絞られていたが、画面を観るだけで緊急特別番組とわかる。地図にニュースの見出しが重なっていた。

中国軍の東部戦区がけさ、台湾を取り巻く海域と空域で軍事演習を開始。東部戦区は東シナ海を管轄する部隊群で、中国が台湾に侵攻する場合には主力となる。演習の名目ではあっても、海空軍が不穏なほどの出動状況をしめしている。空母遼寧《りょうねい》が台湾の東部沖に肉迫し、艦隊が島全体を包囲しつつある。

分析学教員の有馬も歩み寄ってきた。「同様の演習は過去にもあったが、けさは桁《けた》ちがいだ。しかも中国政府は演習の終了予定をいつと公表していない。今後数日にわたり海域の封鎖がつづくものとみられてる」

美羽がきいた。「日本政府は抗議していないんでしょうか」

「遺憾の意ならいつもどおり表明してるよ。アメリカも牽制《けんせい》してるが、中国は強気な態度を崩さない。どうもきな臭い。ロシアのウクライナ侵攻前夜を思わせる」

すなわち台湾侵攻が起きてもおかしくない。華南は寒気をおぼえた。中国が強引にこれを推し進めれば、米軍が台湾の支援に乗りだす。おそらく中国は内政干渉だと反発するだろうが、軍事衝突から全面戦争への発展も、ウクライナという前例があればこそ否定できない。在日米軍基地を擁する日本も、傍観者でいられないどころか、戦禍に呑《の》まれる可能性が非常に高い。

椿施設長が低くささやいた。「外交と水面下の折衝により、軍事衝突を避ける努力は継続していると思いますが、ここまでの状況は前代未聞で……」

東雲が椿を見つめた。「中国軍は本当に台湾侵攻に踏みきるでしょうか」

「そこまで無謀とは思えません。現実的でないと考えたいですが、予断を許さないのはたしかです」

「公調はそっちにかかりっきりですか」東雲が不満をのぞかせた。「周辺有事の情報収集に人手が足りないのなら、僕らも動員してくれてかまわないのに」

東雲の口ぶりは、安全保障に関する活動を想定して諜工員候補になったにもかかわらず、国内で雑役ばかり押しつけられている、そんな小言にきこえた。華南は特に驚かなかった。男子を中心にそういう声は頻繁にきいてきたからだ。

有馬がありえないとばかりに顔をしかめた。「陳景瑜《チンジンユー》を捕り逃がしたばかりだぞ。しかも繁華街で騒動を起こしてる。諜工員候補はおとなしくしてろと、公調幹部から叱責《しっせき》を受けてるんだ」

また気が鬱《うつ》してくる。東雲も反論できないようすで、ふたたび黙りこんだ。華南はうつむくしかなかった。

波戸内がスマホに声を荒らげていた。「わかりました。USBメモリーやSDカードが、そんなに取るに足らない物であるなら、こちらに預けてもらってかまいませんね？　うちのほうで分析してみます。……ええ、内部データはいっさい損傷しないと約束します」

　華南は耐えきれなくなった。もとより気が長いほうではない自覚はあったが、さすがにこんな八方塞《はっぽうふさ》がりの状況につきあってはいられない。踵《きびす》をかえすや華南はドアへ向かった。

「燈田さん」椿施設長が呼びとめた。「どこへ行く気ですか」

　歩きながら華南は応じた。「歌舞伎町の不審な中国人をあたって、陳景瑜《チンジンユー》の潜伏場所をききだします」

　波戸内の声が追いかけてきた。「燈田、勝手な行動は許されんぞ。年長者と権力者には逆らうなといっただろう」

　またそれか。華南は聞く耳を持てなかった。鞠衣や神崎が犠牲になった。じっとしていられるはずがない。

　華南がドアを開け放った瞬間、後方で教員のひとりが怒鳴った。「警備！」

　諜工員《ちょうこういん》候補ではない警備員らが、廊下に配置されていた。警備員の群れが取り押さえにかかってきた。華南は抵抗したものの、さすがに応戦まではできない。そのうち両手を後ろにまわされ、完全に身柄を拘束されてしまった。腕を締めあげられたとき、その痛さに涙が滲《にじ》みだした。いや、果たして痛みのせいばかりだろうか。

連行されながら華南は怒りを募らせた。超法規的といいながら、つまらない規律でがんじがらめだ。なぜ鞠衣や神崎はあんな目に遭わねばならなかったのか。みな闇バイトではなく、こちらを選んだではないか。超法規的対処という言葉のごまかしを鵜《う》呑《の》みにしたわけではない。少なからず正義がある、そう信じていたのに。

17

陽が傾きつつある。桜澤美羽は校舎の三階の端、情報処理教室にいた。

授業中ではない。とっくに放課後の時間を迎えている。教室内には椿施設長以下、教員らが詰めかけていた。全員が見守るのは三年生男子数名の作業だ。この教室にはデスクトップコンピューターが複数台ある。学年でもデータ解析についての成績優秀者が集められた。美羽や暮亜にとって先輩たちだが、USBメモリーやSDカードの解析について、誰もが進んで引き受けてくれた。

ひとりがキーボードを操作しながら教員らにいった。「専用の暗号化ソフトが使ってあったようです。いわゆるパスワード保護機能付き圧縮ってやつですね。データ復旧用のプログラムが適用できました。いま開きます」

壁掛けモニターに表示されたのは、二十三区全域の地図だった。北端のあちこちにマーキングされている。三年生男子がマウスを滑らせ、地図を拡大した。マーキングはいずれも二十三区内を流れる河川の上流寄りにある。

パソコンに向かい合う別のひとりが片手をあげた。「こっちのプロテクトも外れました」

モニターに新たなウィンドウが開く。今度は薬品名の一覧と化学式だった。酢酸とエタノール、イソプロピルアルコール、アセトン、メンソール、ジメチルスルホキシド。それらの混合液を作る前提らしく、各薬品の分量も記載されている。どれも微量にすぎず、混合液のほとんどの成分は水だった。

波戸内が眉間《みけん》に皺《しわ》を寄せた。「なんのために作る混合液だ?」

東雲が応じた。「アセトンは揮発性が高く、大量に吸いこむと頭痛やめまいを引き起こしますが……」

美羽は首を横に振った。「この分量なら人体に害はないでしょう。どの成分もそうです。ただ共通していえるのは、においのきつさです。酢酸は刺激臭、エタノールと

IPAはアルコール臭。アセトンも甘酸っぱい薬品臭、ジメチルスルホキシドは硫黄臭です。メンソールは文字どおりハッカのにおい」

「すると」東雲がモニターに目を戻した。「異臭の発生だけが目的か？」

「ええ」美羽はうなずいてみせた。「十リットルていどを川に流せば、混合液が流れかかる箇所を中心に、常に数キロていどの圏内に異臭が漂うでしょう。やがて混合液は下流まで行き着き、海に放流された時点でにおいは消えます」

「どんどん流れていくから、どの住宅街でも数分でにおいを感じなくなったんだ。朝霧たちが呑川で回収したサンプルに異常がなかったわけだ。異臭を放つのみで無害だったなんてな」

分析学の有馬が地図を注視した。「これらのマーキングされた地点で、混合液を河川にぶちまけたんだろう。一斉にそうしたんじゃなく、日ごとに別の場所で」

波戸内が不審そうにつぶやいた。「異臭騒動を起こすためだけに撒《ま》いたのか？」

椿施設長が硬い顔になった。「シュエメン＝ヒョルメンの情報屋が持っていたデータです。単なる悪ふざけとは思えません」

「そうですね」波戸内が椿に提言した。「では公調に申し立てて、課工員にこれらマーキングされた地点の周辺を調べてもらうべきです」

「……それは困難です。彼らは台湾有事兆候にかかりっきりです」

東雲がいった。「なら僕たちで……」

だが椿施設長は首を横に振った。「公調と警察庁警備局は、課工員候補ふたりが入院した事態を重く見ています。任務への動員も制限する意向だとききました」

「動員されなくても」東雲は食いさがった。「課工員候補だけで動けばいい」

教員のひとりが咎《とが》める声を発した。「そんな許可が下りるはずがない」

しばし沈黙があった。椿施設長は考える素振りをしていたが、ほどなく顔をあげた。

「でも」椿がつぶやいた。「それしかないですね。報告をあげれば、いずれ正式な課工員も調査するかと思いますが、それでは遅すぎる気がします」

波戸内はうなずくと教員らに向き直った。「各学年の成績優秀者を選抜し、夜間にマーキング地点周辺を下調べしよう。あくまで下調べであって、本格的な調査は課工員に譲る前提だ。くれぐれも派手な行動は慎ませること」

教員らにとっては勇気ある決断だろう、美羽はそう思った。下調べという名目を掲げようとも、実質的には課工員候補のみによる独自の調査だ。公調や警察庁警備局がのちに事態を知り、施設長を叱責することは充分にありうる。

それでも美羽は椿らの決定に賛成していた。暮亜や東雲も同じ心境だろう。鞠衣と神崎の無念を晴らしたいと思えばこそだった。

「美羽」暮亜が憂いのいろとともにささやいてきた。「華南のことだけどさ……。あの子が美羽のことをもっと知ってれば、あんな態度は……」

「いいの」美羽はうつむきがちにつぶやいた。「ここに来た事情は人それぞれだし」

18

暗く湿気を帯びた室内で、華南は硬めのマットレスの上に横たわっていた。

施設内の本当の監禁場所は、以前にも連行された地下ではなかった。ここは別棟の図書館内にある個室だ。窓がないのは地下と同じだが、壁はコンクリートではなくステンレスの板張り、照明も黄いろい非常灯のみになる。

考え抜かれていると華南は思った。地下なら太めの換気ダクトが必要になる。細身の女子なら抜けだせる可能性もある。コンクリート壁も、水分を含んで脆《もろ》くなっている箇所があれば、そこを少しずつ削っていける。その点ステンレスは壊すのに道具がいる。パイプベッドすらなくては手がつけられない。道具を持ちこめたとしても、かなりの騒音を生じる。

　華南はため息をついた。こんな脱獄囚のような思考が働くようになるとは、半年以上前に東大を受験したころ、夢にも思わずにいた。

　狭い世界に生きていたと実感する。十代はみなそうなのかもしれない。いまは自分の人生だけでなく、なにもかもが気になって仕方がなかった。台湾はどうなるのだろう。戦争が起きれば東アジア全域が巻きこまれる。日本には真っ先に飛び火し、悪くすれば主戦場と化してしまう。

　とはいえ周辺有事ともなると、あまりに事態が大きすぎて想像もおよばない。身近な任務にこそ心残りがあった。糊涂《フートゥ》こと陳景瑜《チンジンユー》はどこに消えたのか。巨額の資金を調達したシュエメン＝ヒョルメンは、今後なにを企《たくら》むのか。

　なにより苧木鞠衣と神崎蒼斗の安否が気になる。ふたりともたいせつな友達だ。思いかえすだけでも胸が痛む。あのときふたりを呼びとめることができていたら。

　鉄製のドアに物音がした。食事を運んでくる警備員が解錠するわりには、ずいぶん慎重に鍵《かぎ》を挿しこんでいる。新人か不器用な警備員だろうか。

　ドアが開いた。暗がりにうっすら見てとれたのはエンジいろの制服だった。美羽の声がささやいた。「華南」

　華南ははっとして跳ね起きた。「美羽さん」

「しっ」美羽が近くにひざまずいた。「もう夜の十一時をまわってる。外の暗視カメラも消灯時間後のモードに切り替わってて、集音マイクがオンになってる」

「寮も寝静まってるころですよね」

「そうでもない。今夜は選抜者たちが特別な任務に駆りだされてるし、残る者も待機を命じられてるから」

「特別な任務……？」

「暮亜が奪ったフラッシュメモリーから、シュエメン＝ヒョルメンの犯罪計画の一部らしきものが見つかったの。二十三区内の河川に無害な混合液が定期的に撒かれてた」

「なんのためにですか」

「それを調べるために選抜チームが組まれた。でもわたしはあなたと行きたい」

ヘアピンを挿しこんでも解けない結び目が、胸のなかで疼《うず》く、そんなもどかしさに似た感覚が生じた。華南はきいた。「なぜわたしを……？」

「わたしは」美羽が静かにいった。「あなたが嫌いじゃない」

どう反応すべきか迷う。戸惑いとともに華南は美羽を見つめた。「もしかして無断でここに……？」

「あなたもクルマのスマートキーを盗んだでしょ」

「あれは予測済みだったんですよね」

「わたしがこの部屋の鍵をくすねたのも、時間が経てばバレる。急いで外へでなきゃ」

「……昼間あんなことがあったのに、公調は諜工員《ちょうこういん》候補を調査に動員したんでしょうか」

美羽は黙っていた。暗がりに浮かぶそのまなざしに、華南はすべてを悟った。公安調査庁はいまそれどころではない。台湾有事兆候にかかりきりだ。今夜の行動はきっと、椿施設長の独断にちがいない。鞠衣と神崎を想えばこその決意だろう。

華南は立ちあがった。「行きます」

「注意しながら外にでる」美羽が動きだした。「気をつけて。図書館裏にはモーションセンサーが多い」

「場所はわかってます」華南は美羽につづきドアへ向かった。

心のなかに霧が立ちこめている。まだ美羽に対し複雑な思いがある。けれどもいまは深く考えたくなかった。友達のためにも、一歩でも真実に近づきたい。不満はあっても、どうせこの世のなか、どの道を進もうとも理想はない。奇妙な教育機関に身を置いた。それがまちがいでなかったと確信したい。

19

公調職員の立場ながら、この課工員養成機関に派遣されている、波戸内和樹教育課長はもやもやした気分でたたずんでいた。

施設長執務室の壁掛けモニターには、俯瞰《ふかん》の暗視カメラ映像が表示されている。図書館裏の通路が映っていた。桜澤美羽の手引きで燈田華南が脱出を図っている。ふたりはすばやく通路を抜け、裏口から外の暗がりへと抜けだした。

波戸内は唸《うな》った。「施設長が予想なさったとおりのルートですね」

この室内には波戸内のほか、椿施設長だけがいた。エグゼクティブデスクの向こうで、椿が革張りの椅子から立ちあがった。モニターを眺めながら椿が近づいてくる。

「モーションセンサーに足音をとらえられないよう、ふたりとも靴を脱いでますね。実技なら加点対象でしょう」

「きょう施設長が通路の梁《はり》にウェブカメラを置かせた、まさにその場所が死角でしたか」

「ええ。桜澤さんならこのルートを選んで当然です」

「授業で習ったことを脱走に活用する生徒は少なくないですが、まさか桜澤美羽のような優等生が……」

「優等生だから捨て置けなかったんでしょう。気持ちはわかります」

施設長が脱走生徒への共感を口にした。公調の幹部にきかれたら問題になるひとことだ。波戸内は椿を見つめた。「いいんですか。警備員にふたりを制止させるのなら、いまのうちですよ」

「かまいません。行かせましょう」椿の表情は穏やかだった。「始末書や反省文で済むような違反なら、わたしもむかし、そんなに抵抗ありませんでしたから」

「……代わりに田中《たなか》局長が政府筋に頭をさげていたと、当時の資料にもありますが」

椿が微笑した。「父には迷惑をかけてばかりでした。でもわたしを受けとめてくれたから……。いまは彼女たちのためにそうしてあげたい」

そうはいっても、昭和三十年代当時の公安外事査閲局の田中虎雄《とらお》局長は、椿斗蘭《とらん》の父親だった。まだ二十代で未婚の椿斗蘭は、旧姓の田中。周りの職員も父娘《おやこ》だと知っていた。

冷戦時代は、極東の島国における公安の役割も、相応に大きかった。それこそ政府も超法規的対処には寛大だっただろう。特に昭和四十年代後半、偶然にも苗字が同じ田中角榮《かくえい》内閣において、公安調査庁と公安警察には莫大《ばくだい》な予算が割かれたと記録にある。高度経済成長期だったがゆえ、いまとは時代が大きく異なるが。

なんにせよ八十六歳になった椿斗蘭にとって、あのふたりは実娘ではなく、一介の生徒にすぎない。かつての父娘関係に重ね合わせるのは、あまりに甘すぎるのではないか。

波戸内は苦言を呈さざるをえなかった。「あくまで赤の他人のZ世代ですよ。協調性のなさと自己主張の強さは、むかしとは比べものになりません。信頼を裏切られたら……?」

「いつの時代も若者はそんなものでしょう」椿は淡々とした態度を貫いていた。「信頼が裏切られるのを恐れているのは若者のほうですよ。わたしたちは十代や二十代の不安を理解し、支えてあげるだけです」

20

午前零時を過ぎると、東京スカイツリーのライトアップも消えていた。闇夜に航空障害灯が点滅するだけでしかない。墨田区を流れる大横川《おおよこがわ》付近は、ほとんどが都会のビル群だが、深瀬《ふかせ》周辺だけは下町然とした住宅街になる。細く入り組んだ路地沿いに、古くからの住人の家屋と、中小規模の工場が交ざり合っている。

この時刻に高校生の制服でうろついたのでは、防犯警戒の警察官に呼びとめられる。よって華南と美羽はふたりとも私服に着替えてきた。黒っぽい長袖《ながそで》シャツにデニム、スニーカーで揃えている。なにが起きるかわからない以上、動きやすさは譲れなかった。

路地をぐいぐい進んでいく美羽を、華南は小走りに追いかけた。どこか当てがあるのだろうか。当惑とともに華南は声をかけた。「美羽さん、なぜここに？　大横川にマーキングはなかったんでしょう？　混合液は流しこまれてないんですよ」

「でも怪しいのはここなの」美羽は歩を緩めた。「混合液を流していないはずなのに、大横川沿いの住民からも異臭の通報があった」

「……この辺りからも異臭が？」

「知ってる？　この辺りは開発が進んでないのに地盤沈下が認められてた。半年以上前には交差点で道路が陥没してる」

「あー、はい。わたしが初めて中野の校舎に来たとき、データリンク・ブースにその情報が入ってきましたから」

「異臭は二十三区の全域で発生してる。でも道路陥没はそうでもない。陥没現場近くの大横川には、混合液なしに異臭」

鈍い感触が華南のなかにひろがった。「ひょっとして……。あちこちに撒《ま》かれた混合液は、ここのにおいをごまかすために……」

「瞬停もね」美羽がいった。瞬停とはごく短時間の停電を意味する。電線を仰ぎ見ながら、美羽はまた歩きだした。「このところ二十三区内すべてで電圧低下が起きがちだけど、それも本来はここだけで発生していて、ほかはカモフラージュだったとしたら？」

短時間停電の原因はさまざまだ。送電線への落雷のほか、鳥がとまったり、小枝が接触したりするだけでも起きる。つまり電柱に登って針金をひっかければ、人為的な瞬停も簡単に発生させられる。都内各所で次々と瞬停を実現することは、さほど困難でもない。

華南は美羽につづき、小走りに路地を抜けていった。「ここで電圧低下が起きてるのを、何者かが隠したがっているわけですか」

「そう」美羽は足ばやに移動しつつ、電線の行方を目で追っていた。「どこかの建物が、本線から勝手に電力を引きこんでいたら？」

「一軒家ていどならメーターの改竄《かいざん》でごまかせますけど……」

「もっと規模の大きな工場が、より大きな電力を必要としてるのかもしれない」

丁字路に差しかかったとき、美羽がふと足をとめた。一方向をじっと見つめる。その路地の行く手は袋小路になっていた。ブロック塀の向こうの敷地へと電線が引きこまれている。ただし敷地内は廃工場なのか、老朽化した工場棟を、鉄パイプの足場が縦横に囲んでいた。近く解体工事が始まりそうなセッティングだった。照明の類《たぐ》いはいっさいなく、全体が闇のなかに沈んでいる。

不自然だと華南は思った。「解体を匂わせてるのに本線からの引きこみが……」

「しかも電線自体が新しい」美羽は袋小路の行き止まりに歩を進めた。「ここから百メートルていどの距離に、小規模な変電所があるでしょ」

「ええ。すぐそこに見えてますよね」

「既存の変圧器《トランス》に不正接続して、工場内に直接、電気を供給してるのかも」

それなら電力会社に悟られることなく電気を奪える。瞬停が頻繁に起きるぐらい、多くの電力を必要としているのだろうか。華南は美羽にたずねた。「公調に報告しますか」

美羽が無表情に振りかえった。「本心じゃないでしょ」

むろんそのとおりだった。華南はブロック塀を見上げた。「ここから入りますか」

「当然」いうが早いか美羽は軽く助走をつけ、ブロック塀に飛びつくと、勢いのままよじ登った。足場がなくても、スニーカーの靴底の摩擦だけを頼りに、難なく塀の上に手をかける。懸垂の要領で身体を持ちあげ、前転しながら向こう側へと消えた。

華南も遅れをとるわけにいかなかった。美羽に倣って塀に突進し、すばやく垂直に駆け上る。暗がりで見えなかったが、塀の最頂部には有刺鉄線が張ってあった。危うくひっかかりそうになったものの、華南は高めに飛び越え、敷地内の草むらへと降り立った。

近くに美羽がしゃがんでいる。同じ目線の高さで敷地内のようすをうかがう。鉄パイプの足場に囲まれた、わりと大きな平屋建ての工場棟。外壁は錆《さ》びたトタン板の継ぎ接《は》ぎで、窓はすべてベニヤで覆われている。けれども見た目のボロさだけではなんともいえない。

頭上を走る電線を追って、ふたりは工場棟へと駆けていった。電線は足場のなか、ブルーシートがかぶせられた一角に延びている。クルマ一台ぶんぐらいの大きさの物体が覆われていた。蟬の鳴くような音がきこえる。美羽がブルーシートをそっとまくった。巨大な灰いろの直方体が隠れていた。

やはり変圧器《トランス》だった。あきらかに稼働している。路地から延びてきた電線は、入力側のコイルに接続してある。出力側の配線は工場内に向かっていた。

美羽がため息をついた。「変電所のトランスに直接つながってるから、ここで電圧を変更して、工場の必要な電力に合わせられる」

「いまも電気が供給中みたいですね」華南は壁沿いに移動し始めた。「入口を探しましょう」

ふたりで外壁の角を折れたとき、敷地の最深部が目に入った。暗がりのなかでも、川の対岸にあるビル群が見てとれる。すなわち敷地は大横川に面していた。異臭のもとは工場排水か。

内部でなにが行われているにせよ、屋外に見張りを立たせられないのは、廃工場を偽装したがゆえの短所かもしれない。通用口らしき粗末なドアの周りにも、人影はひとつもなかった。

美羽がドアを開ける。なかにはもうひとつ、今度は頑丈そうな鉄製のドアがあった。ドアまわりの壁も、トタン板を張って偽装しているが、じつは鉄筋コンクリートでしっかり固めてある。

華南はドアに触れてみた。高価なチタン製に思える。電子錠はカードリーダーと暗証番号入力用のテンキー仕様だった。授業で習った各種機器に含まれている。華南は美羽にささやいた。「中国のウェイファル社製ですね」

「ええ」美羽が小さなケースをとりだした。「高周波の信号をあつかう半導体回路は、リーダーの下あたり」

諜工員《ちょうこういん》候補に配給された備品だった。なかにはボタン型のネオジム磁石が入っている。小ぶりだが五千五百ガウスの強力な磁石を、カードリーダーに貼りつけた。テンキーを表示する画面が明滅する。磁場の変化で導体に誘導電流が発生、回路がイレギュラーな電圧を受ける。美羽がテンキーの0を四回タップした。ウェイファル社製のロックシステムは、たったこれだけで誤作動によりリセット状態になる。いまも解錠の音が響いた。美羽が把《と》っ手を引くと、ドアは難なく開いた。

華南は美羽につづき、すばやく内部へと滑りこんだ。ドア周辺にカメラは見あたらなかったが、監視の目がないとは考えにくい。ぼろぼろのトタン板のどこかに、ピンホールカメラが仕込んであったとしても、容易には気づけない。侵入が感知された可能性も充分にある。手早く調査を済ませるしかない。

なかに足を踏みいれた瞬間、明るさに目が眩《くら》んだ。天井の白色灯が真昼のごとく建物内を照らす。騒音も凄《すさ》まじかった。これだけの音量を封じこめるとは、たいした遮音性能だった。機械油のにおいも鼻をつく。

目の前は手すりだった。華南は美羽とともに姿勢を低くした。ドアを入ってすぐの場所は、キャットウォークの一角だとわかった。工場棟の内部は半地下に掘られていて、全体は吹き抜けの構造になっている。下り階段がすぐ近くにあった。ここからでは鉄骨の梁《はり》が邪魔で、下方でどんな作業がおこなわれているかさだかではない。美羽が先に階段を下りだした。華南は急ぎ美羽を追った。

工場の床部は一面のコンクリートだった。ふたりはそこに降り立つと、資材の山の陰に身を隠した。

大勢の作業着が立ち働いている。そこかしこで国産SUVやワンボックスカーが、外殻のパーツを剝《は》がされ、ほとんど骨組だけになっていた。溶接の火花が散る。駆動系を慎重にいじる技術者らしきチームもあった。シャーシの入れ替えも進んでいる。クレーンのアームが空中を横切り、骨組のみのSUVを吊《つ》りあげると、そっとラインに載せた。作業員らが車両に群がる。鋼鉄を削る甲高い音が響き渡った。別のクレーンが重そうな鋼鉄製パネルを下ろしてきて、SUVに新たなボディを形成していく。フロントとリアはウィンドウの代わりに、分厚い装甲板が覆った。

屋根は溶接ばかりでなかった。本来サンルーフが付く位置だけは、装甲板がビス留めされた。メンテナンス用に人の出入口はどうしても必要だからだろう。ビスは華南の足もとにも転がっていた。つまんで拾いあげる。大きめのM16、マイナスのヘッドだった。

タイヤが次々とオフロード用に交換されていく。サスペンションを強化するためか、スプリングも新調している。シャーシと同様、車重の増加に対応する目的だろう。カーナビは取り外されなかったが、一台ずつコンピューターが有線接続され、なんらかのソフトウェアがインストール中だった。

工程の各所にあるモニターは、車両の仕様書や改造手順を表示している。いずれも中国語表記だった。作業員のあいだにも中国語が飛び交う。

華南は慄然《りつぜん》としていた。日本国内とは思えない。こんな工場が人知れず稼働しているなんて。

装甲板を貼られ、無骨な外見に様変わりしたSUVに、ホースで水が浴びせられる。溶接の熱を下げると同時に、不要な溶剤を洗い流しているのだろう。作業に大量の水が必要とされているのは一目瞭然《いちもくりょうぜん》だった。

美羽が硬い顔でいった。「この辺りの地下水を無断で汲《く》んでる」

　地盤沈下も陥没もそのせいだ。作業後に揮発性有機化合物《VOC》やアルカリ性洗浄剤、酸性処理剤の混ざった水溶液を、工業廃水として大横川に流している。華南はうなずいた。「同じようなにおいながら、無害の混合液をほかの河川にも撒《ま》いて、注意を逸《そ》らしてるんです」

「アルファードやハイエース、ランドクルーザーの相次ぐ盗難も、これが理由だったのね……」

　もともと高性能なトヨタ車は、装甲車や戦術車両、無人地上車両《UGV》に転用可能だった。特にターボディーゼルやハイブリッドエンジンは、燃費性能や出力特性が軍事車両に適している。米軍特殊車両《ハンヴィー》や耐地雷防護車両《MRAP》にも、一般車のエンジン技術が使われているぐらいだ。

　華南はいまだ信じられない思いで、工場内の喧噪《けんそう》を見渡した。「盗んだクルマを軍用車に改造してたんですね」

「無人軍用車」美羽が訂正した。「フロントを装甲板で覆い尽くす以上、ドライバーが乗りこんで運転しない」

「じゃメガクルーザーの運転席に陳景瑜《チンジンユー》が乗ったのは……」

「自動運転のテスト車両でしょ。たぶん都内で多発した轢《ひ》き逃げ事故も、ほとんどがそうだった。ここでも見たところナビやカメラ、センサーは取り外されていない。GPSもそのまま」

授業でもよく危険性が指摘されていた。国産ナビシステムの技術水準なら、ソフトを書き替えるのみで、軍事用の監視システムや誘導技術にも流用できる。

ドローンショーが夜空に複雑なアニメーションを描ける昨今だ。GPSと赤外線カメラ、各種センサーで自動運転は可能になる。アルファードやランドクルーザーのように、もともと自動に近い運転支援機能が装備されていれば、より改造は容易だった。

華南の身体の震えはとまらなかった。「目的はなんですか」

「都内のなんらかの施設を一斉攻撃するには、無人軍用車両が最も適してる。トヨタ車を盗んでいくらでも供給できるし、兵力も使わずに済むうえ、そもそもガソリンを大量に積んでるから……」

「標的に次々に突っこませて自爆ですか」華南のなかでいっそうの恐怖が募りだした。旅客機を利用した9・11同時多発テロの、もっと身近なバージョンだ。標的はどこだろう。華南は思いつくままに挙げ連ねた。「総理官邸でしょうか。霞が関の合同庁舎とか……？」

エンジンを吹かす音がひときわ大きく轟《とどろ》いた。車両運搬用の大型トラックが工場内を徐行してきて、停車するや後部のスロープを下ろした。装甲車に改造を終えたSUVやワンボックスカーが、荷台に次々と積みこまれる。どこかに車両出入口があるらしく、同様のトラックが次から次へと現れる。

美羽が腰を浮かせた。「常時搬出されてるみたい。ほうってはおけない」

諜工員候補の一年生と二年生に阻止できる規模ではない、荷が重すぎる。華南は美羽を押しとどめようと伸びあがった。「戻って報告するべきです」

ふいに中国語が大声でなにかをわめき散らした。華南ははっと息を呑《の》み、後方を振りかえった。作業着のひとりが目を瞠《みは》っている。

その声に周りの作業着らも反応した。パニックがひろがるなか、誰かが柱のボタンにてのひらを叩《たた》きつけた。照明がいきなり真っ赤に変わり、警報ブザーがけたたましく反響する。

美羽が華南の手を引き、階段へと走りだした。怒号渦巻く工場内で、作業着らがスパナやハンマーを振りかざし、包囲網を狭めてくる。追いつかれるより早く、ふたりはなんとか階段に達し、全力で駆け上りだした。

ところが上り階段の行く手、キャットウォークには私服姿の男が立っていた。年齢は三十代、鋭い目つきに見覚えがある。歌舞伎町で襲撃してきたうちのひとりだ、華南はそう気づいた。悪いことに中国人の手には短機関銃があった。銃口はむろん俯角《ふかく》でこちらを狙っている。

美羽が足をとめ、華南を庇《かば》うように身を翻した。ふたりが階段上でうずくまったとき、敵の短機関銃が火を噴いた。フルオート掃射の騒々しい銃声、05式衝鋒槍《サブマシンガン》とわかる。銃弾がかすめていく風圧を、頭上と頰に感じる一方、階段の手すりに跳弾の火花が散った。

掃射の初期段階で命中を免れたのは、05式がブルパップ方式で重量が後方にかかるうえ、銃身が短く狙いにくいせいかもしれない。射撃場で試射した際にも実感したことだ。トリガーよりも後ろに、機関部とマガジン装着部が設けられているゆえ、ひどく安定性を欠く。のみならず単純にマガジンが邪魔で撃ちにくい。しかしあのときも構え直せば、ほどなくコツをつかめた。いまも敵がそうする可能性は高い。

猶予は数秒とない。華南を庇う姿勢の美羽を、そのままにしておけるはずがなかった。華南は美羽を横方向に突き飛ばし、みずからも跳躍した。ふたりは手すりを乗り越え、もつれあいながら落下した。

まだ階段は十段足らずしか上っていなかった。群がっていた作業着らをまとめて押し倒し、ふたりはその上に横たわった。どちらも反射的に受け身をとっていたが、ぶつかったのがコンクリート床でなく人だったにせよ、やはり激痛は免れない。しかしそれは転倒した作業着らも同じようすだった。大勢のわめき声がこだまするなか、華南と美羽は必死に起きあがり、作業着たちを踏みつけつつも逃走に転じた。

階段を塞《ふさ》がれているため、新たな脱出経路を求め、工場内を全力疾走するしかなかった。行く手で作業着らが阻もうとするたび、とっさに進路を変え、寸前ですり抜ける。ラインと作業用機械の狭間《はざま》を、ふたりは蛇行しながら駆け抜けていった。短機関銃の掃射音が鳴り響くものの、跳弾の火花はさっきより逸れがちになっている。近くの作業着らがいっせいに「不要打《ブーヤオダ》！」と叫ぶからだ。中国語が初級の華南にも「撃つな！」の意味だとわかった。キャットウォークからの銃撃は威嚇にとどめられている。

だがそれで逃走の困難さが軽減するわけではなかった。行く手に私服姿の短機関銃が、ひとりまたひとりと現れる。作業着が大勢いるため、いきなり水平方向への掃射は食らわない。だが周りが蜘蛛《くも》の子を散らすように逃げおおせたとたん、そのかぎりではなくなった。

05式のフルオート掃射音が数丁混ざりあって轟く。華南は逃げ惑う作業着らのなかに飛びこんだものの、蹴つまずいて転倒した。美羽のほうはぎりぎり鉄柱に身を隠している。

近くを車両運搬トラックが通り過ぎた。進路にはトンネルが口を開けていた。トンネル内は緩やかに上昇している。地上へ向かう出口にちがいない。華南は叫んだ。

「美羽さん、あっち！」

美羽が振りかえった。彼女もトンネルのスロープに気づいたらしい。右往左往する作業員らを盾にしつつ、柱の陰から美羽が駆けだした。華南も併走し、走行中のトラック側面へと急接近する。装甲車数台を積んだ荷台は、側面を金属板や布が覆っているわけでなく、剝《む》きだしの鉄骨が縦横に囲むだけだ。華南と美羽は、荷台側面の鉄骨をつかみ、跳び乗るや足をかけた。振り落とされまいと側面にしがみつく。

短機関銃の掃射はまた逸れがちになった。トラックのタイヤを撃つわけにいかないからだろう。後方を追いかけてくる群れが、トラックに「停車《テインチュア》！」「不停《ブーティン》、走《ゾウ》！」と、相反する指示を送っている。すなわち「停まれ！」「停まるな、走れ！」が混在していた。侵入者の殺害が優先か、搬出を使命と考えるかで、意見が二分されているようだ。トラックの運転手にも迷いが生じたらしく、減速と加速を繰りかえしたが、ほどなく速度をあげトンネルへと向かっていく。

なぜか美羽が息を呑む反応をしめした。華南は美羽の視線を追った。

トラックとすれちがうように、あたふたと逃げていく丸腰の私服がいる。大慌ての馬面は糊涂《フートゥ》こと陳景瑜《チンジンユー》だった。

陳《チン》は両手を振りかざし、まるで助けを求めるように、行く手に大声で呼びかけた。

「李《リー》さん！　李霸天《リーバーティエン》！」

そこには恰幅《かっぷく》のいいスーツが立っていた。年齢は五十代ぐらい、薄くなった頭髪に丸顔、顎《あご》が三重に波打っている。李霸天《リーバーティエン》は蔑《さげす》むように陳《チン》を一瞥《いちべつ》したのち、華南たちに視線を移してきた。そのまなざしに獣のような鋭さが増す。

華南は心拍の急激な加速を自覚した。陳《チン》は夜梟《イエシャオ》に直接つながる情報屋のはずだ。ということは、いま陳《チン》が駆け寄ろうとしているあの男、李霸天《リーバーティエン》こそが夜梟《イエシャオ》……？

そう思ったとき、美羽がいきなりトラックの荷台側面から飛び下りた。

「なっ」華南は思わず声を発した。「美羽さん⁉　なにを……」

短機関銃のフルオート掃射が襲うなか、美羽は体勢を崩しながらも、必死に李《リー》のもとへ突進しようとする。見えたのはそこまでだった。トラックはトンネルに入った。

荷台側面にしがみついたままの華南には、工場内のようすが目視できなくなった。

ぞっとする恐怖が全身を凍りつかせる。一刻も早く地獄から逃げだしたい、その思いが脳裏をよぎる。けれども美羽を見捨てて逃げられるわけがない。

迷いを振りきるや華南は飛び下りた。トンネル内のスロープの途中に華南は転がった。工場内へ駆け戻るべく身体を起こす。

ところが傾斜下方の工場内から、私服の敵勢がわめきながら駆け上ってきた。全員が短機関銃を手にしている。華南はあわてたせいで足を滑らせた。と同時に銃火が閃《ひらめ》き、凄《すさ》まじい掃射が始まった。弾幕が頭上をかすめ飛ぶ。華南は両手で頭を抱えながらうずくまった。トンネル内に身を隠せる遮蔽《しゃへい》物はない。このままでは狙い撃ちされる。

なぜか掃射音が急に途絶えた。代わりに爆音がきこえる。車両運搬トラックか。いや、エンジン音が異なる。音が近づいてくる方向も真逆だった。

スロープの上方からヘッドライトが駆け下りてきた。下方の敵勢が真っ白に照らしだされている。敵勢は逆光のため、眩《まぶ》しげに手を顔の前にかざし、銃撃が疎《おろそ》かになった。

華南の目の前に大ぶりなSUVが滑りこんできた。装甲板を取り付けた改造車ではない、三菱アウトランダーだった。後部ドアが開き、東雲が飛びだしてきた。華南を抱きあげるとクルマに引きかえす。

波戸内の声が怒鳴った。「東雲、急げ!」

助手席のサイドウィンドウから波戸内が身を乗りだしていた。車内の後部座席から暮亜が両手を伸ばしてくる。東雲と暮亜に助けられながら、華南は車内に押しこまれた。

助手席にひっこんだ波戸内が指示した。「だせ！」

制服姿の唯滝駿が運転席でステアリングを激しく回す。三菱アウトランダーは急発進とともにUターンし、スロープを駆け上りだした。

「まって！」華南は叫びながらドアに手をかけた。「美羽さんが……」

しかし東雲と暮亜の手は華南を離さなかった。もがいてもどうにもならない。ほどなくクルマは地上にでた。

そこは見知らぬ工事現場らしき荒れ地だった。近くに大横川が流れている。さっきの工場からいくらか離れた川沿いのようだ。

三菱アウトランダーは路地を駆け抜け、付近の幹線道路にでた。華南は激しく取り乱した。「美羽さんがまだ工場にいるんです！　夜梟《イエシャオ》も……」

唐突に突きあげる振動が襲った。前を走るクルマがすべてテールランプを灯《とも》し、いっせいに急停車したのがわかる。唯滝がとっさにステアリングを切り、なんとか追突を免れた。路側帯を突っ走り、車列を次々に追い越していく。

突風が襲ってきた。バックミラーのなかに火柱があがっている。華南は愕然《がくぜん》として振りかえった。

住宅街のなか、さっきの工場があった辺りに、真っ赤な火球が膨れあがっていた。爆発音は数秒遅れで轟《とどろ》いた。衝撃波が街路樹を大きくしならせる。

助手席の波戸内が振り向いた。表情をこわばらせ波戸内はいった。「自爆したようだ……」

「そんな」華南はうわずった自分の声を耳にした。「美羽さんは……?」

東雲がなだめるようにささやいた。「焦るな。夜梟《イエシャオ》がいたんなら、美羽もきっと無事だよ。奴らは撤退したにちがいない」

「なら」華南は身体を起こそうと躍起になった。「まだ近くにいるはずでしょう。すぐに追いかけてください」

暮亜が陰鬱《いんうつ》な面持ちでささやいた。「華南……。それは無理」

波戸内も厳しい口調で告げてきた。「耳を澄ませ。サイレンがきこえるだろう。本《ほん》所署《じょ》からパトカーが駆けつけるまで十分とかからない。消防車はさらに早い。私たちは目をつけられるわけにいかん」

「そんな」華南は納得できなかった。「あの工場はシュエメン＝ヒョルメンの拠点だったんです!」

「本来きみは謹慎中の身だ」波戸内が前方に向き直った。「行動できる立場にはない」

思わず言葉を失う。どうにもできない哀感が鋭く胸を刺してくる。少しでも気を抜けば泣きだしてしまいそうだ。

美羽の手引きで図書館裏から脱走したのが、見抜かれていたのはあきらかだった。波戸内らは尾行してきたにちがいない。華南たちが工場に侵入したのもわかっていたはずだ。でなければ離れた工事現場にある車両出入口を探しだす時間はなかった。

夜梟《イエシャオ》にあと一歩まで迫っておきながら、パトカーのサイレンに逃げだすのか。闇バイトと同じではないか。超法規的対処がきいてあきれる。

東雲と暮亜がそれぞれ姿勢を正し、シートベルトを締める。ふたりのあいだに座る華南は、ただ黙って視線を落とすしかなかった。すると東雲が手を伸ばし、華南のシートベルトをひっぱりだした。暮亜が手伝う。華南は座席に固定された。

このシートベルトはなんのために締めたのだろう。いまさら交通事故を恐れるのか。ついさっき銃弾の雨をかいくぐってきたばかりだ。華南はつぶやいた。「美羽さんを残して逃げた帰り道に、安全を求めるんですか」

「わからないか」東雲が穏やかに指摘した。「きみや僕たちが大怪我を負ったら、誰が美羽を助けるんだ？」

空虚さに言葉が詰まる。窓越しの夜景が絵画のように流れていく。追い越すビルの影も、交差点の信号が放つ光も、どこか映像のようだ。大人の世界は残酷だった。なにかを失った者を慰めもせず、ただ帰路につくのを見送るだけでしかない。

21

全身が汗びっしょりになっていた。華南は車外に降り立ったときに、いまさらながらそれを自覚した。気温はさして低くもないのに、濡《ぬ》れた肌に夜風が冷たく感じる。とはいえ寒さに震える時間的余裕などなかった。華南は制服に着替えるよう指示されたのち、校舎内の未知の領域へ連行された。つくづく多様な部屋があるものだと感心させられる。取調室のような狭い場所で、華南はひとり事情聴取を受けた。

事情聴取の担当者は、教員でも波戸内教育課長でもなく、蟹谷《かにや》という中年男性だった。公調から出向している職員については、いまだわからないことも多い。知りたいとも思わなかった。大人の肩書きなど興味は持てない。

華南が経緯の一部始終を語り終えると、蟹谷は仏頂面のまま解放してくれた。廊下には東雲が迎えに来ていた。東雲は黙って歩きだし、校舎内の寮へと華南をいざなった。

　寮の食堂は薄暗かったが、なんと全学年の諜工員候補《ちょうこういん》らがひしめきあっていた。壁の時計は午前二時二十六分。椿施設長や波戸内のみならず、教員の大半が揃っている。みな華南をまっていたようだ。

　東雲が耳打ちした。「施設長執務室や教室を使うと公調にバレる。諜工員候補は明朝までなにもするなと、公調幹部からお達しがあったんだよ。でもこのまま寝れるわけがないだろ」

　波戸内が腕組みをした。「燈田。午前零時すぎ、首都圏全域で警察の交通管理システムにサイバー攻撃があった。高速も一般道も、Nシステムや監視カメラがダウンしたせいで、車両運搬トラックの行方を追えない」

　分析学教員の有馬も憂鬱《ゆううつ》そうにつぶやいた。「墨田区深瀬は工場の爆発で大騒動だ。なにもかも木っ端微塵《みじん》で手がかりは得られない」

「燈田さん」椿施設長が見つめてきた。「桜澤さんはなぜ現場に留《とど》まったのですか」

　美羽がトラック側面から飛び下りた瞬間が脳裏をよぎる。華南の声は喉《のど》に絡んだ。

「夜梟《イエシャオ》とみられる男が……。李霸天《リーバーティエン》と呼ばれてました」

　椿のまなざしが深刻ないろを帯びた。なにやら波戸内を目でうながす。波戸内は手もとにあった大判の封筒から、一枚の写真を引き抜いた。「こいつか？」

差しだされた写真には、丸々と肥え太った五十代の醜悪な面構えがあった。三重顎《あご》もそのままに、首の肉にワイシャツのカラーが埋没している。華南はうなずいてみせた。「そうです」

「日本では李霸天《りはてん》と名乗ってる。十代のころは広西《こうせい》チワン族自治区の桂林《けいりん》で、自動車修理工を務めてた。現在の年齢は五十六歳。金沢《かなざわ》に本社がある大手中古車チェーンのオーナーだ」

別の教員がいった。「オンライン詐欺でいちど検挙されたが証拠不十分で釈放。警察のデータベースにも前歴はそれしかない。見た目は大物っぽいが、日本でシュエメン＝ヒョルメンを率いるとなると、そこまでの存在とは……。本当に夜梟《イエシャオ》か？」

華南は首を横に振るしかなかった。「わかりません。ただ陳景瑜《チンジンユー》がこの人物に、助けを求めていたようなので」

椿施設長が難しい顔になった。「経歴に惑わされるべきではないと思います。桜澤さんも、李霸天《リーバーティエン》が夜梟《イエシャオ》の可能性が高いと考えればこそ、その場に残ったんでしょうし」

複雑な思いが胸をよぎる。華南は疑問を口にした。「なぜ残ったんでしょうか。ひとりじゃどうにもならないことは、美羽さんもわかってたはずなのに」

暮亜が歩み寄ってきた。「華南。まさか美羽を疑ってない？」

「いえ、そういうわけでは……。ただ、どうにも理解できなくて」

なぜか暮亜は憂いのまなざしを椿施設長に向けた。ふたりが発言を譲り合うような態度をのぞかせる。

ほどなく椿施設長がため息まじりにいった。「桜澤美羽さんは三年前、夜梟《イエシャオ》に両親を殺害されました」

心が荒波に飲みこまれたかのように混乱する。華南は茫然《ぼうぜん》と椿を見かえした。

波戸内が厳かに告げてきた。「高校生のころの桜澤は、オリンピック強化選手のアスリートでな。射撃競技の二十五メートルピストル、十メートルエアピストル種目で、メダル候補になりうる逸材だった。合宿が多く、あまり家に帰れない日々がつづいたが、運悪くシュエメン＝ヒョルメンが民家への無差別襲撃を始めたころで……」

しばしの沈黙ののち、教員の有馬がつぶやくようにいった。「両親は惨殺された。別の中国人反社勢力からタレコミがあり、同日に被害に遭った一連の住宅とともに、襲撃は夜梟《イエシャオ》なる男の指揮で実行されたと判明した。夜梟《イエシャオ》はその後、日本におけるシュエメン＝ヒョルメンの代表格にのしあがった」

……美羽が諜工員候補になった経緯は、あらためて考えるまでもない。身寄りのなくなった被害者遺族。才能と将来的な可能性も含め、スカウトされたのだろう。まだ驚きが尾を引く。美羽は復讐《ふくしゅう》のために生きてきた。だから夜梟《イエシャオ》を見逃せなかった。親を失う哀しみは誰よりも知っている。華南の父の命を奪うにあたり、それがどれだけ辛《つら》いことか、彼女がわきまえていなかったはずがない。

ドアが開いた。さっき華南を取り調べた蟹谷が、浮かない顔で入ってきた。「波戸内」

波戸内にとっては同僚らしい。たずねる目を蟹谷に向けた。「報告したか?」

「すべて上に伝えた。だが鎮火後の工場跡も、所轄警察による現場検証が終わらないことには、公調と警察庁警備局にできることはなにもないと」

「なんだと? 現場検証は早くても明朝以降だぞ。そんな悠長なことでどうする」

「俺にいわれても困る。諜工員候補が盗難車の不正改造工場を目撃、上はそのていどにとらえてる。シュエメン=ヒョルメンが絡んでるにせよ、工場自体が消し飛んだからには、即座に動く事案でもないと」

「改造後の車両が複数搬出されたとみられるのにか」

「夜間だ。官庁だろうが大企業だろうが無人でしかない。自動運転による襲撃などナンセンスだというんだよ。留守のビルだけ破壊してなんになるってな」

「昼間にあらためて襲う可能性もある。メガクルーザーは新宿から姿を消した。近隣のどこかに車両を潜伏させてるかもしれん」

「あいにくだけどな、波戸内。日中の襲撃となるといっそう困難だ。都内のあちこちが慢性的に渋滞してる。SUVを装甲板で固めても、渋滞の車列をすべて蹴散《けち》らしていけるはずがない。どの車両も身動きがとれなくなって終わりさ」

「路上のあちこちで爆発するだけでも甚大な被害だ。公調はNシステムや監視カメラの不具合も認識してるはずだろう？　奴らは工場を爆破後、無人軍用車の行方を追えなくした。間もなくなんらかの行動にでるからだ」

「公調は忙しい。警察庁警備局もだ。俺には説得できん」

ドア付近に物音がした。開けるのにやけに手間取っている。東雲がドアに駆け寄った。開けたドアの向こうから、ふらふらと現れる小柄な身体があった。華南は驚かざるをえなかった。

女子の制服だが松葉杖《まつばづえ》をついている。首もギプスで固めていた。頰に絆創膏《ばんそうこう》を貼った苧木鞠衣が、片足をひきずりながら入室してきた。「軍用車がどこへ運ばれたかはわかります」

教員も課工員候補も、いっせいに驚きのいろとともに駆け寄った。椿施設長が気遣わしげにいった。「苧木さん。入院してるはずでしょう」

蟹谷が苦りきった表情でこぼした。「まったく……。一年生は抜けだしてばかりか」

鞠衣は顔面蒼白《そうはく》に近かったが、切実にうったえた。「一斉連絡のメールを読んで、事件の内容を知りました。無人軍用車が運ばれた行き先は、たぶん千葉北西部のヤードです」

「ヤード？」東雲が鞠衣にきいた。「自動車解体業とかの？」

「そうです。市街化調整区域でなにも建てられない空き地を安く買いとって、粗末な塀で囲んだだけの場所が、あの辺りにはたくさんあります。自動車窃盗団の温床になりがちだから、わたしと桜澤先輩が調査に行かされたことがあって」

蟹谷が苦言を呈した。「ヤードなら千葉にかぎらず、土地の安い郊外にたくさんある。シュエメン＝ヒョルメンの息がかかってるという根拠もないんだろ？」

鞠衣は語気を強めた。「たしかな物証があるわけじゃありません。でも千葉北西部にはとりわけヤードが多く、しかもなかはスカスカでした」

「ドローンでたしかめたのか」

「はい。どこも塀のなかが広いわりに、壊れかけのクルマ数台しかないんです。大半が外国人経営の、自動車リサイクル法関連事業者という名目で登録された土地ですが、ここ一年で急に増えたのがわかってます」

椿施設長が真顔でいった。「たくさんの車両を迎えいれるための準備だったとも……」

蟹谷はなおも否定した。「なにもないド田舎でしょう。成田《なりた》空港を襲撃するにも距離があるし、東関道を封鎖されたらあえなく失敗に終わります」

「ほかになにか大きな建物は？　高速道路を使わない距離に」

「考えられません。大型ホームセンターを潰《つぶ》したところでなんにもなりませんし……」

ジョイフル本田。華南のなかに閃《ひらめ》くものがあった。「印西！　千葉県印西市にはデータセンターが集中してます。アマゾンもグーグルも、政府や省庁関係も……」

波戸内がはっとしたようすでいった。「米軍と自衛隊のデータセンターも印西だ。厚木《あつぎ》や横須賀とも専用線で結ばれてる。データセンターがダウンすれば在日米軍はろくに動けない。中国による台湾侵攻の好機だ」

誰もが息を呑《の》んだのがわかる。蟹谷も動揺をしめした。「シュエメン＝ヒョルメンは……。テロを装いながらデータセンターを攻撃するつもりか」

「ああ」波戸内がうなずいた。「あくまでテロであって、他国での軍事活動ではないと、中国政府は主張するだろうな」

椿施設長が教員にきいた。「台湾情勢はどうなっていますか」

「演習は継続中、包囲網はどんどん狭まっています……。予断を許さない状況にあるんです。分析によれば中国軍の全面攻撃準備が、夜明け前に整うほどの物量の投入だと」

有馬が歯軋《はぎし》りした。「いまから千葉へ行くにしてもぎりぎりだぞ!」

蟹谷はすっかり青ざめていた。「こんな時間だ……。当直の連中もみんな台湾有事兆候の情報収集に追われてる。たしかな証拠が必要だ。報告をあげても、諜工員《ちようこういん》候補の憶測でしかないと一蹴《いっしゅう》される」

波戸内が首を横に振った。「蟹谷。霞が関の判断をまってはいられない」

東雲がつぶやいた。「動けるのは僕たちだけかも」

その瞬間、胸の奥に深く刻まれた覚悟が、闇を照らす光となって拡散された。華南は思いのままを言葉にした。「わたしたちが行くべきです」

22

濁った水溜《みずた》まりがひろがるコンクリート床の上に、桜澤美羽は俯《うつぶ》せに横たわっていた。

身体が粘土と化したかのように鈍重だった。起きあがることはおろか、わずかに顔を浮かせるのさえ難しい。力をこめようとすると背骨が折れそうなほどの激痛が走る。

墨田区の工場内ではない。殴る蹴《け》るの暴行を受け、失神する寸前に、クルマに投げこまれたのをおぼえている。その後、走行中の車体が大きく揺れるのを感じた。あれは爆発の衝撃波だった。ほどなく気を失ったが、工場が消し飛ぶ前に連れだされたのはあきらかだ。

嘔吐《おうと》感が生じる。不快なにおいのせいもある。ここにくらべれば、あの工場内ははるかに清潔だった。得体の知れない虫が水溜まりのなかを這《は》いまわる。汚物が撒《ま》き散らされたとしか思えない悪臭が充満している。

それでも同じ空間内で、中国語のぼそぼそ話す声がきこえる。この肥溜《こえだ》めのような場所に、ひとり放りこまれたわけではないらしい。

そっと視線をあげてみる。ゆっくりした動きであれば、あまり痛みを生ずることなく、少しずつ体勢を変えられると気づいた。もとより失神状態から我にかえった事実を、連中に悟られるわけにいかない。けっして音を立てず、微妙に重心を移していどに止《とど》める。

まず視野に入ったのは、自分の私服のありさまだった。肩が剝《む》きだしになっている。シャツはぼろぼろで、痣《あざ》の浮きあがる肌が露出していた。あちこちナイフで斬り裂かれたうえ、力ずくで破られたとわかる。物騒な物を所持していないか、手っ取り早く調べるためだろう。下半身のデニムも似たようなありさまだった。スニーカーと靴下は脱がされている。拉致《らち》した人間が遠くにいかないよう、まず履き物を取り除く。手慣れていると美羽は思った。

男の低く落ち着いた声が中国語でいった。「予定よりも少し遅れただけだ。《ジーシービージーファワンラヨウディエン》午前三時には決行できる」《リンチエンサンディイエンケイイードン》

ほかの声が心配そうに告げる。「本当に間に合うでしょうか。《ジエンダライドゥジーマ》機材を設置しても接続テストに手間が……」

「俺に賛成できないか？」

ひやりとした反応が伝わってくる。あわてぎみに弁明する声が響いた。「いえ、夜《イエ》梟《シャオ》がそうおっしゃるのなら」

夜梟《イエシャオ》。そのひとことに感覚が研ぎ澄まされる。焦点がさだまらない、常にぼやけがちな目を、さらに上へと向ける。

ふたりの男は意外にも、かなり近くに立っていた。恰幅《かっぷく》のいいスーツと、もうひとりは粗末なTシャツに皺《しわ》だらけのスラックス、糊涂《フートゥ》こと陳景瑜《チンジンユー》だった。

美羽は息をひそめた。陳《チン》が立ち話をする相手は、李覇天《リーバーテイエン》と呼んだ人物だった。まだ意識が朦朧《もうろう》としているせいで、ふたりの会話が頭に入ってこない。ふと気を抜くと、どちらが喋《しゃべ》っているかもさだかではなくなる。けれども素性はあきらかになった。夜梟《イエシャオ》がそうおっしゃるのなら。その言葉だけで充分だ。李覇天《リーバーテイエン》なる男が夜梟《イエシャオ》だと判明した。ごく近くに立っている。こちらには背を向けていた。

徐々に視界が広くとらえられるようになってきた。ふたりの男の周りにも、私服姿の仲間たちが散開している。さっきの工場にもいた奴らだった。みな05式衝鋒槍《サブマシンガン》を肩からストラップで吊《つ》っている。夜梟《イエシャオ》がそいつらにも話しかけた。取り巻きどもは全員、少し距離を置いているせいか、美羽の目からも各々の顔面を見てとれた。禿《は》げ頭《あたま》に黒い口髭《くちひげ》の凄《すご》んだ面立ちは、鉄狼《ティエラン》と呼ばれていた。その隣、黒のタンクトップから厚い胸板が浮きあがる男は、服のいろのとおり黒虎《ヘイフー》というらしい。

遠くで物音がした。美羽はようやく、この薄暗く不衛生な空間が、思いのほか広々としているのを知った。壁も間仕切りもない屋内、等間隔に太い四角柱が立つ。フロアの果てははるか彼方《かなた》だった。放置状態にある廃ビルのようだ。

ずっと向こうで作業着らが働くようすが小さく見えている。大型機材を続々と搬入していた。エレベーターがないらしく、複数の手で階段から運びあげている。電源は墨田区の工場と同じく、送電線経由で勝手に拝借するにちがいない。

一連の作業はなかなか完了しない。予定外の慌ただしさが感じられる。みずから工場を吹き飛ばし、撤退せざるをえなかったのは、やはり想定外の痛手だったのだろう。作りかけの無人軍用車にしても、かなりの数が破壊されたはずだ。なんらかの計画が進行中のようだが、この場所に拠点を移したのは、いくつかあるバックアップ・プランのひとつと考えられる。

夜梟《イエシャオ》とおぼしき低い声がつづけた。「円安は追い風そのものだな。当初の算段より、経費が二割は安く抑えられた」

なにを企《たくら》んでいるか知らないが、華南が逃げ延びた以上、椿施設長や波戸内教育課長らが対抗手段を講じてくれるだろう。美羽は宿命を果たすことだけを考えていた。両親を無残な死にいたらしめた張本人が、いま目の前にいる。天から降ってきた最後の機会にちがいない。

禿げ頭に口髭の鉄狼《ティエラン》が命令口調でいった。「煞星《シャーシン》、その小娘を階下に移せ。三人見張りをつけろ」

短機関銃を持ったひとりがこちらに歩いてきた。痩《や》せている男たちのなかでも、煞《シャー》星《シン》なる若者は細身の部類に入った。武器のあつかいに慣れていないのか、05式のサプレッサーを持て余すように、銃口を身体のわきに向けている。肩にかけたストラップに短機関銃をぶら下げたまま、美羽を抱き起こそうと片膝《かたひざ》をついた。

美羽は跳ね起きた。煞星《シャーシン》の面食らう表情が間近にあった。自分でも驚くほどの瞬発力が生じた。美羽の蹴りは煞星《シャーシン》の顎《あご》を垂直に突きあげた。のけぞる煞星《シャーシン》に、周りの男たちがぎょっとした反応をしめす。複数の銃口がこちらに向こうとする寸前、美羽は煞星《シャーシン》の短機関銃を奪った。

わずか一秒足らずのできごとが、あたかもスローモーションのごとく目に映る。李《リー》と霸天《バーティエン》と陳景瑜《チンジンユー》は同時に振りかえった。陳《チン》の馬面に激しい動揺がひろがり、あたふたと飛び退く。肥満しきった李《リー》は、とっさのことに身動きできずにいる。ただ目を剝き、愕然《がくぜん》とした面持ちで叫びを発した。

一瞬の機会を美羽は逃さなかった。トリガーを引くや、セミオートの三発がつづけざまに発射された。狙いはしっかりと定めてあった。李霸天《リーバーティエン》の胸部に血飛沫《ちしぶき》があがった。背中まで貫通したのがわかる。李《リー》は短い絶叫と呻《うめ》き声を残し、瞬時に脱力するや仰向《あおむ》けに倒れた。大の字になった李《リー》の胸もとから鮮血が噴きあがる。水溜まりに赤いものが混ざっていくのが、暗がりでも見てとれた。

李《リー》の即死はあきらかだった。なのに手応《てごた》えがない。美羽は不穏な感覚にとらわれた。いま死に際に李《リー》が発した絶叫。想像していた声とはちがう。夜梟《イエシャオ》がそうおっしゃるのなら。さっきそう告げた声と同一に思える。

煞星《シャーシン》が逆上したようすで、美羽を至近距離から殴打してきた。頰にこぶしを食らった美羽は、その場に突っ伏した。手もとから短機関銃がひったくられた。

周りは誰も銃撃するようすがない。近づいてくる靴音がした。情報屋の糊涂《フートゥ》こと陳《チン》景瑜《ジンユー》が、いつになく真剣な顔で見下ろしてきた。

いきなり甲高い叫び声を発し、陳《チン》の片脚が猛然と飛んできた。顎に強烈なキックを浴びた。重い蹴りはあきらかに熟練の技だった。陳《チン》は矢継ぎ早の蹴りと手刀を集中的に見舞った。美羽は横たわったまま防御の体勢をとろうとした。だが陳《チン》の動きにまったく追いつけず、容赦なく滅多打ちにされた。

陳《チン》はしゃがみこむと、美羽の胸倉をつかみあげたうえ、破れかけの服を剝《は》いでいった。美羽が必死に抵抗を試みると、たちまちこぶしの応酬を食らった。鉄狼《ティエラン》と黒虎《ヘイフー》は美羽を無理やり引き立てる。陳《チン》が美羽の前に立って向き合うと、さらに殴る蹴《け》るの暴行を加えてきた。

服の裂け目が拡大していき、半裸に近くなった美羽の喉《のど》もとを、陳《チン》の右手がつかんだ。美羽は息苦しさに喘《あえ》いだ。

「痛いか」陳《チン》が口もとを歪《ゆが》めた。「フクロウは猛禽類《もうきんるい》でよ。爪も長く伸びてて強力で、木の枝にしっかりつかまりやがる。ほれ、もっと力をいれてやるぜ、ひきちぎらんばかりによ」

爪が刃物のごとく肌に食いこんでくる。歯を食いしばっても耐えがたい。呼吸ができなくなった。だが美羽の視界が涙に揺らぎだしたのは、痛みと息苦しさのせいばかりではない。

さっきまでの夜梟《イエシャオ》の落ち着いた口調が、この男のものだとは信じがたかった。しかし事実を認めざるをえない。陳景瑜《チンジンユー》が夜梟《イエシャオ》だった。

日本国内でシュエメン＝ヒョルメンを束ねる、そんな大物の立場であれば、遅かれ早かれ素性が発覚する。陳景瑜《チンジンユー》は先手を打ち、自分を下っ端と信じさせた。唯一顔の割れている情報屋だったのは、陳《チン》がみずからそのように情報を流布したからだ。

陳《チン》の声は憎悪の響きを帯びていた。「まだ養成所段階のガキばかり差し向けるとは、このちっぽけな島国もよほどの人材難だな。洗いざらいゲロさせるから覚悟しとけ」

歌舞伎町や工場での泡を食った動作とはまるでちがう。陳《チン》は軽くジャンプするや、美羽のがら空きの腹に、強烈な跳び蹴りを見舞った。美羽はふたりの男の腕を離れ、後方に吹き飛ばされ、またも水溜《みずた》まりのなかに転がった。

歩み寄ってきた陳《チン》が、今度は美羽の髪をつかみあげ、顔を水溜まりから浮かせた。陳《チン》は鼻息を荒くし、間近から美羽をのぞきこんだ。低い笑い声を発しながら陳《チン》がいった。「いっとくが助けは来ねえぜ？　おまえらの世代を捨て駒にするのは、日本の大人どものお家芸だからよ」

23

夏の盛りにくらべれば、夜空が蒼《あお》みを帯びてくる時間帯も、確実に遅くなってきている。まだ辺りは真っ暗だった。中野三丁目のタワーマンション屋上、百メートルの高さに強風が吹き荒れる。向かい風のなか、高校の制服姿の二十歳前後が駆けていく姿は、なんの酔狂かと思える。華南はそのなかに加わっていた。

吹きすさぶ風は自然に由来していない。このタワマンには中野駅周辺で唯一、緊急救助用のヘリポートがある。アルミデッキに描かれた正円に、ずんぐりとしたUH60Jヘリコプターが降下してきた。着陸後も爆音とともにメインローターが回転しつづける。

水いろの塗装のUH60Jは、ふだん江東区新木場《しんきば》にある東京ヘリポートに常時待機している。公調と警察庁警備局の管轄下で、諜工員《ちょうこういん》候補養成機関に唯一割り当てられた航空機だった。この一機に搭乗できる人数はかぎられている。

機体側面のスライドドアが横滑りに開いた。爆音のなか波戸内が怒鳴った。「日の出前だ。道は空《す》いていても、印西まで一時間はかかる。ヘリで選抜者を先に現地に送る！　呼ばれた者は乗れ。東雲、朝霧、南條、唯滝、納堂」

制服のなかから男子四人と女子ひとりが機体へと駆けていく。華南は唇を嚙《か》んだ。女は暮亜ひとりだけか。

すると波戸内の目が華南に向いた。「燈田もだ」

ぴりっと電流が体内を駆け抜ける。華南のなかに沸き立つものがあった。波戸内のまっすぐ見つめるまなざしが、すべてを物語っている気がする。

二年生の釜浦秀一が不満げにうったえた。「波戸内さん、僕たちは？」

「教員の指示にしたがえ。陸路を千葉へ向かうのも全員ではない」

「任務時運転者《オペレーションドライバー》に指名されてますから、僕は確実に行くことになるんですけど」

「ならいっとくことがある」

「なんですか」

「東関道下り、対向車線に市川《いちかわ》料金所がある辺りな。オービスに気をつけろ。ちゃんと八十キロまで落とせ」

釜浦が死んだ魚のような目つきで、つぶやくように応じた。「わかりました……」

華南はヘリに走りだそうとした。そのとき諜工員候補の群れがふいにざわついた。制服の群れを掻《か》き分けるようにして、鞠衣が姿を現した。もう松葉杖《まつばづえ》はついていないものの、跛行《はこう》で無理やり進みでてくる。肩で苦しげに息をしていた。

鞠衣が波戸内を見つめた。「わたしも行きます」

「よせ」波戸内が拒絶した。「病院に戻って安静にしてろ」

「怪しいヤードの場所はぜんぶ把握してます。データセンターの住所がわかれば、そこまでのルートもすべて見当がつきます」鞠衣は強弁した。「お願いです！ 美羽先輩が人質になってるのに、のんびり寝てなんかいられません。こういうときのために諜工員候補になったんです！」

波戸内の顔が反論の意思をしめしたが、鞠衣を見かえすうち、発言をためらう素振りに転じた。ほどなく波戸内がヘリに顎《あご》をしゃくった。「負傷者あつかいはできんぞ」

「ありがとうございます……」鞠衣が浮かべた安堵《あんど》のいろに、若干の悲哀が重なって見えた。

あくまで譲れない気持ちで申しいれておきながら、承認を受けたとたん心の昂揚《こうよう》のみならず、運命の苛酷《かこく》さに沈みがちになる。よくあることだと華南は思った。令和中野学校で学びだしてからずっとそうだ。

華南は鞠衣に手を貸しながら寄り添った。「無事でいてくれただけで充分なのに」

鞠衣の童顔には大人びた苦笑があった。「ベッドの上でのんびりするのも、半日で飽きちゃった」

「待遇がよくなかったの?」

「すごくよかったよ。だけどヨーグルトアイスボウルもドバイチョコも、ブンモジャも一回食べたらもういいって感じ」

強がっているのが身に沁《し》みてわかる。華南は心からささやいた。「鞠衣。意識を取り戻してるかどうかさえ、わたしには知らされてなかった」

「神崎君もちゃんと意識あるよ? 病院できいたもん」鞠衣の痣《あざ》だらけの顔が微妙に

曇りだした。目を潤ませ、震える声で鞠衣がいった。「華南。わたしたちの世代がきょうを生きることで、明日《あした》はきっと変わるよね」

胸の奥がじわりと熱を帯びる気がした。華南はあえて自嘲《じちょう》ぎみに皮肉を口にした。「国の犠牲になってるだけかも」

「だけど生きる意味をあたえられてる。わたしにはそう思える」

鞠衣のせつない面持ちのなかに、ふたつの相反する感情が見え隠れする。決意と悲《ひ》愴《そう》だった。同じ気持ちだと華南は思った。十八にして存在の価値を自覚できる喜びはたしかにある。SNSで必死に世とつながろうとしてきたころ、求めていた答はこれにちがいなかった。と同時にいまは、あまりの重責に打ちひしがれそうになる。世代の少数精鋭に選ばれた実感はまだない。代わりはいくらでもいる。使い捨ての駒にすぎないのではと不安に駆られる。

それでもきっと自分たちしかいない。もう強くもなければ裕福でもない国とよくいわれる。だがそんななかでみな大人になっていく。自分たちの手で変えていける。

波戸内が声を張った。「離陸準備が整った。行くぞ!」

華南は鞠衣を支えつつ、波戸内を追ってヘリへと駆けていった。機体のわきに立つ公調職員の蟹谷が、華南と鞠衣、波戸内が乗りこむのをまっていた。

蟹谷は機外に立ったままいった。「波戸内、俺はほかの者たちと東関道を飛ばしていく。あとは頼むぞ」

「わかった。そっちも充分に気をつけろ」

険しい面持ちばかりだった蟹谷だが、一瞬だけ氷が溶け去ったように見えた。蟹谷が外からスライドドアを閉めた。ただちに機体から離れていく。ヘリはまるでエレベーターのように、危なげない安定ぶりで上昇し始めた。

キャビンには五人掛けのシートが二列、向かい合わせに並んでいる。全員がヘッドセットを装着していた。爆音のなかで会話するにはそれしかないからだ。マイクがつぶやきさえも拾い、内蔵されたイヤホンのおかげで全員にきこえる。シートベルトを締めた唯滝が、心細そうに身を小さくした。「射撃場に山ほど銃器があったのに、持ってくるのは許されないんですか」

波戸内が仏頂面でいった。「きみらには気の毒だが、この理不尽さがいかにもわが国だ」

そもそも諜工員候補が独断で動いている。超法規的と呼べる免責にもおのずから限界が生じる。唯滝は不安を募らせたようすだった。「無事で帰れるかな……」

隣の朝霧がこわばった顔ながら、唯滝を勇気づけるように肩を抱いた。「朝食にはいつもどおり、好物のコーンフレークが山ほど食える」

南條が有名な漫才になぞらえたフレーズを口にした。「最後の晩餐《ばんさん》もそれでいいのかよ?」

ブラックユーモアも沈黙よりはありがたい。キャビンの空気が少しは和んだ。唯滝が力なく微笑した。「これを乗りきったあと、朝が来てからの話ですよね?」

「ああ」東雲がうなずいた。「そう考えりゃ、かまわないと思えてくるだろ。食堂が開くぐらい世のなかが平和なら」

華南は窓から眼下を眺めた。すでにかなりの高度に達している。午前三時、夜明け前の都心は、街の光もわりと暗かった。煌《きら》びやかなネオンに覆われていなくても、いまだ底知れぬ力がこの国に眠っていると信じたい。でなければあまりに心許《こころもと》ない。

24

ぐったりしていても、内臓破裂に至っていないことだけはわかる。美羽は脱力しきった状態で横たわりながらも、かろうじて意識をつなぎとめていた。

さんざん暴行を受けたうえで、男たちは美羽を機材のほうへひきずっていった。そちらでの仕事があるからだろう。半裸に等しい身体にまとわりつく布がさらに擦り切れ、いっそう全裸に近くなった。気にしてはいられない。全身の肌がコンクリート床にこすりつけられるよりは、布の切れ端が残る部分はいくらかましだった。いまのところ皮膚が剝《む》けて血が滲《にじ》みだした箇所も、いくつかにかぎられている。

フロアの端まで運ばれて、新たにわかったことがある。この廃ビルには部屋を区切る内壁が皆無だが、外壁さえも存在しなかった。機材の並ぶ向こう側、支柱が連なる狭間《はざま》は全面ガラス張りではない、夜風が吹きこんでくる。五階ぐらいの高さから外が見渡せる。ほぼ真っ暗で街明かりもほとんどない田舎だった。黒々とした平野のそこかしこに、点のような街路灯や窓の明かりが、ごくわずかに散らばっている。そんな辺りのようすを、陳景瑜《チンジンユー》らがフロアの縁ぎりぎりに立ち、揃って見下ろしていた。

鉄狼《ティエラン》がつぶやいた。「静かだな」

陳《チン》はフライドポテトの小袋を片手に、一本つまみながら鼻を鳴らした。「じきに賑《にぎ》やかになる」

冷蔵庫大の機材はＩＢＭの z16。ＡＩによる予測と自動化に特化した、高性能なメインフレームだった。そんな z16が二台もあるうえ、十数ものモニターが接続してあった。暗視カメラ映像が表示されている。いずれも定点の俯瞰《ふかん》映像だった。どの場所でも、装甲板に覆われた改造無人軍用車がすし詰めに並ぶ。敷地を囲う塀は、鉄パイプや鉄板からなる粗雑な造りだった。あきらかに見覚えがある。ヤードだ。美羽の神経は急激に張り詰めていった。ここは千葉県北西部か。車両運搬用トラックは佐倉《さくら》市や八街市、印旛《いんば》郡酒々井町《しすいまち》、印西市あたりに無人軍用車を運んだ。すると攻撃目標は……。

陳景瑜《チンジンユー》がぶらりと戻ってきた。美羽はとっさに目を伏せた。とはいえ、あえて無力を装う必要はない。事実としてもうなにもできなくなっていた。全裸に近い半裸の瀕死《ひんし》状態というだけではない。全身を縄でがんじがらめにされている。

フライドポテトを頰張る陳《チン》が近くにしゃがんだ。「小娘、いいものを見せてやる。これから無人車を一斉に発進させる。これがプーさんのハニーハントよろしく、互いにぶつかりもせずに、器用に走っていくしろものでよ」

美羽は横たわったままいった。「米軍と自衛隊の合同データセンターに突っこんで自爆でしょ」

鉄狼《ティエラン》や黑虎《ヘイフー》がびくっとし、短機関銃で美羽を狙い澄ましてくる。その殺気立つ反応こそが真実を物語っていた。美羽の指摘は図星にちがいなかった。

「へえ」陳《チン》が真顔になった。「課工員《ちようこういん》候補の養成所じゃ、合同データセンターのことまで教えてるのか。そこまでわかっときながら、小娘ひとりに特攻させるとはよ。霞が関の役人どももなに考えてるんだか」

黒虎《ヘイフー》が軽口を叩《たた》いた。「夜梟《イエシャオ》が小娘好きだからだろうぜ」

男たちが下品な笑い声をあげた。陳《チン》も同調するように口もとを歪《ゆが》めた。「ちがいねえな。歌舞伎町じゃ思いっきり油断しちまってた」

美羽は否定した。「わたしは自分の意志で来た」

「あ？」陳《チン》が睨《にら》みつけてきた。「なんでだよ」

「夜梟《イエシャオ》のせいで両親が死んだ」

「俺のせい？　さてな。殺した奴なんか多すぎてよ」

「世田谷区由良《ゆら》二丁目。住宅を次々に襲ったでしょ」

「……あー、あの夜のか」陳《チン》は不敵ににやりとした。「俺の出世のきっかけになった仕事だ。ひと晩で大儲《おおもう》けできたんでな。自宅に現金や貴金属を置いてる馬鹿が多くてよ。初めから田舎じゃなく都心を狙うべきだったぜ」

「うちに現金はなかった。それを知ったとたん父を滅多刺しにして、母は陵辱したうえで浴槽に沈めて溺死《できし》させた」

「おまえの年齢に陵辱なんて言葉を使わせるのは、養成所の教育方針か？　あいにく俺は全体を取り仕切ってたんで、一軒ずつまわったわけじゃなくてな」陳《チン》が顔をあげ、男たちを振りかえった。「おぼえがあるか?」

鉄狼《ティエラン》が首を横に振った。「俺かもしれねえが記憶にねえな」

「俺も」と黒虎《ヘイフー》がいった。「あの晩は忙しかったからよ」

陳《チン》が美羽に目を戻した。「ってことだ。シラス丼を食うとき、一匹ずつに目がついてて、それだけの数の命があったんだなとは思う。でも何匹かはぽろぽろとこぼしちまって食わずじまいだろ。あいつらはなんのために死んだんだろうな。そんなふうに記憶に残るのが数匹いたとしても、顔や名前まではよ」

美羽は陳《チン》を見かえした。「あんたたちも今夜そうなる」

フロアは静まりかえった。陳《チン》はしゃがんだまま、澄まし顔でフライドポテトを一本口に運んだのち、小袋のなかをまさぐった。「雪上加霜《シユエシヤンジヤーシユアン》。俺たちの国の諺《ことわざ》だ。雪の上にさらに霜が積もるってな。辛《つれ》え状況がさらに酷《ひど》くなるって意味だが、いまいちぴんと来ねえよな? その点、日本のほうが的を射てる。泣きっ面に蜂とか、傷口に塩とかよ」

陳《チン》の指先が小袋からつまみだしたのは塩だった。美羽ははっと息を呑《の》んだ。逃れようとしても身じろぎひとつできない。

破れたデニムから露出した臀部《でんぶ》の、擦り傷に陳《チン》が塩をまぶした。とたんに雷に打たれたような痺《しび》れが走る。美羽は悲鳴とともにのけぞった。男たちがげらげらと笑い声を発する。陳《チン》はなおもしつこく、美羽の全身の傷に塩をすりこんでくる。

水に溶けやすい塩が細胞の水分を奪う。傷口への浸透度の高さが燃えるような激痛をもたらす。あまりの苦痛に、視界が涙に揺らぎだした。美羽は痙攣《けいれん》しながら転げまわった。耐えられない。また意識が遠のきかける。

作業着のひとりがいった。「夜梟《イエシャオ》。時間だ」

だらしなく目を細めていた陳《チン》が、むかっ腹を立てたように作業着を振りかえる。娯楽に水を差すなといわんばかりの態度だったが、すぐに我にかえったようすで立ちあがった。機材に向き直ると陳《チン》はいった。「全車ロック解除、エンジン始動。自動運転機能オン」

塩責めから解放され、美羽は半ば力尽きて伸びきった。なおも鋭い痛みが尾を引く。涙が滲《にじ》んだままではなにも見えない。必死に目を瞬かせ、機材のモニターに焦点を合わせる。

あらゆるヤードに隠れていた無人軍用車が、あたかもレースのごとく、いっせいに急発進した。ヘッドライトを灯《とも》さないのは、行く手を赤外線カメラがとらえているからだ。どんな熟達したドライバーでも、相互の接触は不可避といえるほどの間隔の狭さだったが、すべての車両が難なく走行していく。出入口を塞《ふさ》ぐゲートを突き破り、車列が公道へとでていった。

エンジン音があちこちからきこえてくる。外壁のない廃ビルの周辺、各方面から印西市内へ迫ってくる、無人軍用車の群れが放つノイズだった。

男たちが外を見下ろしている。黒虎《ヘイフー》が興奮ぎみにいった。「来たぜ！　四方八方から押し寄せやがる」

陳《チン》が振りかえり、悠然と美羽を見下ろした。「田舎は平和だな。印西署には数人の当直がいるだけだ。阻むものはなにもない。見ろ。じきに派手な花火があがる。完成祖国統一大業《ワンチョンズーグオトンイーダーイエ》。台湾の併合と統一、わが国の悲願がいま果たされる。俺は歴史を変えた英雄だ！」

美羽は黙っていた。得意げな陳《チン》がまた外に向き直るのをまった。やがて陳《チン》が背を向けた。

絶望的な状況であっても、勝機がないわけではない。なぜなら美羽は亀甲縛りで拘束されていた。そもそも股《また》縄を通される縛り方自体は、縄抜けを防ぐための古来の知恵だが、現代の世で人質の行動を封じるには適していない。身動きできなくはないからだ。しかし陳《チン》の性的趣味がこの縛り方を選ばせた。

教官に教わったとおり、縛られるときには身体が硬いふりをしておいた。隠してきたぶんの可動域に、関節をひそかに曲げていく。痛みを無理やり頭から追い払いつつ、後ろにまわった両腕を少しずつずらしていった。

一刻の猶予もない。それでも敵陣の奥深く、事件の渦中にいる。傍観したまま人生を終わらせたくない。まだ両親には会えない。命に替えてでも悪夢は絶つ。

25

中野三丁目タワマンの屋上ヘリポートから、千葉県印西市萩手《そうて》一丁目、合同データセンター上空まで四十キロ足らずだった。

UH60Jヘリは時速二百六十キロで巡航しつづける。到着までわずか十分少々しかかからない。もう五分は経過している。

ヘッドセットのイヤホンには、キャビンにいる者どうしの会話以外にも、操縦席のパイロットの音声が届く。受信した各種無線もきこえてくる。

華南のイヤホンから、ノイズにまみれた男の早口が響いてきた。「至急、至急。広域221から千葉本部」

パトカーから至急報の連絡だった。通信指令室が応答する。「至急、至急。広域221、どうぞ」

「牧《まき》の原《はら》駅前交差点にて、鉄板でボディを覆い尽くした不審車両、ナンバーなし。赤信号待機中に接近したところ逃走。同様の車両の暴走、ほか数台を確認。場所にあっては印西市中央南一。応援車両願います」

「千葉本部了解」

波戸内が難しい顔で唸《うな》った。「防犯警戒が職質をかけにいったか。呑気《のんき》なもんだ」

朝霧が眉《まゆ》をひそめた。「赤信号で停車してたのか？　無人軍用車が？」

鼻を鳴らしたのは東雲だった。「標的に接近するまでは人目につかず、おとなしく走る予定だったんだろう。制限速度を超えるのは最後の数キロだ」

「見つかっちまったいまは、もうそのかぎりじゃないかもな」

パイロットの声が割りこんできた。「間もなく第一目標地点の上空だ。高度を下げる」

キャビン内の全員が窓の外に視線を向けた。華南も身を乗りだし、眼下をのぞきこんだ。

都内よりははるかに暗い千葉県北西部上空。ここは佐倉市の外れあたりか。鞠衣が指摘した不審なヤードのなかで、中野方面から最短で行ける住所と、合同データセンターを結ぶ国道464号、北千葉道路。なにも見えなかったが、ヘリが高度を下げるにつれ、路上のようすがあきらかになってきた。黒々とした影が連なり疾走していく。ヘッドライトはいっさい灯さない。車間距離はごく短いが、追突する危うさもなく、まるで連結列車のように猛進しつづける。

はるか彼方《かなた》のあちこちに赤色灯が点滅し、北千葉道路へと集まってくる。すでにパトカーに発見されたからだろう、どの無人装甲車も制限速度を大幅に超えるスピードで、赤信号を連続突破していった。ほかのあらゆるヤード方面からも、続々と無人装甲車が繰りだしてきている。

南條が暗視双眼鏡を地上に向けた。「目視できるだけで五十、いや六十台前後か。一般車両は全然いないな。こりゃ数分で到達しちまう」

波戸内がヘッドセットのマイクを通じ、パイロットに指示した。「先まわりしてデータセンターへ行ってくれ」

ヘリが無人装甲車の車列を追い越し、標的となるビルをめざし、超低空飛行をつづける。唯滝がこわばった表情でいった。「装甲車の一台ずつが、位置情報を正確に把握しながら走る仕組みでしょうか」

東雲が首を横に振った。「接触を避けるセンサー類は完全自律型だろうが、相互リンクだけじゃなく、別のどっかでAIが作戦全体を取り仕切ってる」

「全車がホストコンピューターと無線で結ばれてるわけですか」

「シュエメン＝ヒョルメンの立場になって考えてみろ。なにもかもすべてを車載コンピューターに託したんじゃ、一台が捕獲されただけでも作戦の全容を解析される恐れがある」

たしかにそうだと華南は思った。個々の兵力だけでなく司令塔となるAIが要る。作戦の進捗《しんちょく》状況を俯瞰《ふかん》できる別の目がなければ、盤上の駒など動かせない。

千葉ニュータウンの中心部より西寄り、整然と区画整理された一帯に、ヘリが降下していった。新しく開発が進んだらしく、片側三車線の道路のみならず歩道まで広く、近代的でゆとりある街並みだった。民家や商業施設は近くになく、路上はひっそりとしている。まだ無人装甲車は到達していない。

鉄筋コンクリートの無骨な箱としかいいようがない、窓もほとんどない巨大なビルばかりが点在する。グーグルやアマゾンのほか民間企業のデータセンターが集中している。ヘリが路上すれすれに接近したのは、ビルの敷地のゲート前だった。関係者間でＡＪＤＣ１と呼ばれる、在日米軍と自衛隊の合同データセンター。むろん門柱にそんなプレートはない。

データセンター内にはコンピューターやネットワーク機器、ストレージデバイスなどのＩＴ機器がある。組織のデジタルデータを常時保存し、処理するための物理的な場所だ。よってどのデータセンターも、建物が大きくとも内部はサーバーだらけで、ほとんど無人だった。だがＡＪＤＣ１は国家防衛の要《かなめ》だ。ごく少数ながら武装した警備要員が、ひそかに配置されていると考えられる。

いまゲート前に人影は見えない。緊急事態に陥らねば警備要員も姿を現さないのだろう。波戸内が声を張った。「朝霧、唯滝。ここで降りろ。データセンターの警備がでてきたら、事情を伝えて一緒に死守するんだ」

唯滝が怯《おび》えのいろを浮かべた。「あの、死守って……。このビルには無人装甲車が一斉に突っこんでくるんですよね？　僕らは丸腰で……」

朝霧はヘッドセットとシートベルトを外し、さっさと腰を浮かせた。「警備は銃を持ってるだろ。いまさらそう不安がるな。コーンフレークがまってるぜ」

「そんなに食べたいわけじゃないんですけど」

鞠衣がしんどそうな面持ちながら気丈にいった。「行かないならわたしが代わりに行きます」

首をギプスで固めた鞠衣に無理をさせられるわけがない。唯滝は逆らえない空気を察したらしい。震える手でシートベルトのロックを解除し、ふらつきながら立ちあがった。

Z世代の基準でいえば、こういう無言の圧力も、職場のパワハラ認定だ。けれどもそんな泣き言に耳を傾けてもらえる状況ではない。もとより二十歳前後だからといって、そんなにひねくれてはいない。バイト先でもそうだったと華南は回想した。突っぱねたくなるのは威張りたがりの上司による、理不尽な命令ぐらいにかぎられる。

側面のドアが横滑りに開け放たれた。爆音がいっそう激しくなり、強風が吹きこんでくる。波戸内が声をかけた。「ふたりともしっかりな。幸運を」

ヘリは着陸寸前の低さまで路面に迫っていた。朝霧と唯滝が飛び下り、データセンターのゲートへと駆けていった。ふたたびヘリは急上昇した。スライドドアを開放したまま、地上十メートルていどを超低空飛行していく。

振動するキャビンのなかで波戸内が立った。「よくきけ。すべての無人装甲車は、どこかにあるホストコンピューターが統括管理していると推定される。だがこの広範囲にわたり、高出力の電波を発信したところで、全車に対する完璧《かんぺき》な遠隔操作を期すとなるとリスクが大きい」

東雲がいった。「どっかのキャリアのケータイ電波を不正利用してます」

「そうだ。だがキャリア本社に連絡して停波を申しいれるのは、こんな時間には不可能だ」

暮亜が波戸内にきいた。「じゃあどうするんですか」

「授業でも教わったと思うが、ケータイ電波なら受信デバイスを解析し、発信源の位置情報を特定できる。ふたりひと組で装甲車の屋根に飛び下りろ。燈田の話ではルーフはビス留めだ。ビスはM16のマイナス。ルーフを剝《は》がしとって車内に入れ。停車できてもできなくても、発信源を取得しろ」

大きめのバッグのジッパーを東雲が開ける。なかからとりだされたふたつの物体は、いずれも透明ビニール製のポシェットで、それぞれ同じ道具類が入っていた。プロトコル解析ツールをインストール済みのモバイル機器は授業で使った。ほかに電動ドライバーもある。

ポシェットは華南と暮亜、女子ふたりに渡された。暮亜が膨れっ面になった。「道具を押しつけられた以上、パートナーを選ぶ自由ぐらいはあっていいと思うんですけど。南條君と組みたいんですが」

南條はすでに座席を離れ、降下準備に入っている。チャラそうな見た目に反し、なにごとも真面目にてきぱきとこなす。表情にはなんの変化もなかった。すでにヘッドセットを外していて、会話がきこえないせいもあるだろう。

波戸内が同意した。「いいだろう。東雲は燈田と行け」

東雲も異論を唱えるようすはなかった。南條とともに肘《ひじ》や膝《ひざ》にプロテクターを装着にかかる。

華南も身体のあちこちを保護しておかねばならない。制服のスカートからのぞく素足に、片脚ずつプロテクターを巻く。その作業上の都合からか、男女は自然に分かれていた。華南と暮亜は互いの装着を手伝いあった。

作業の手を休めず華南はたずねた。「なんで南條さん？」

暮亜が応じた。「前からふたりきりになりたかった。同期のなかじゃかっこいい人でしょ」

案外チャラ男好きのようだ。華南は苦笑しかけた。「ふたりきりになる望みが叶《かな》っても……」

「それが無人装甲車のなかだなんてね」暮亜は仏頂面のまま鼻で笑った。「工場で見たんでしょ？　無人でも座席は横並びなの？」

「そんなの気にします？」

「モチベーションが変わる」

「あー、カップルシートとまではいかないけど、もとはアルファードやランドクルーザーですし」

「ウィンドウがぜんぶ塞《ふさ》がれてるのもいい感じ」暮亜はポシェットを腰に巻くと、さばさばした態度をとりだした。「ありがと。少しはやれそうに思えてきた」

むろん冗談にちがいなかった。軽口を叩《たた》き合わねばやっていられない。非常識に慣らされていき、突発的な緊急事態に直面したときには、もはや選択肢を失っている。

かつて戦争に駆りだされた十代も、出陣前はこんな心境だったのだろうか。

けれども当時の不幸な若者たちと、自分たちはきっとちがう。近接戦術の訓練を積み、通信プロトコルや暗号技術に関する知識を得たうえ、なにがあっても生き延びろと教わった。みずからの意志でここにいる。日本がお先真っ暗だとか、物価高がとまらないとか、将来はどうせ年金がもらえないとか、我が身の不幸を託《かこ》つばかりの日々などまっぴらだ。権力も権限もない十代がイキっても無意味、そんな嘆きこそ意味がない。東アジアを戦場にはさせない。明日《あした》は自分で変えてやる。

開放された側面ドアの外、眼下に道路を猛進する無人装甲車の群れが見える。ヘリがさらに高度を下げた。無人装甲車のうち一台の真上に迫る。

南條が暮亜の腕をつかみ、わきに引き寄せた。「飛び下りるぞ、一発勝負だ。屋根の上で腹這《はらば》いになれ」

暮亜はこわばった顔で南條にすがりついていた。さして嬉《うれ》しそうでもないのは、状況を考えれば当然のことだった。ヘリが装甲車に速度を合わせる。機体下部を装甲車の屋根にこすりつけそうなほど、ぎりぎりまで接近した。

ふたりは跳躍した。暮亜は腹這いの姿勢を急がず、南條とともに足から落ちた。両足が屋根を踏むや、ただちに前のめりに伏せたのち、振り落とされまいと必死にしがみつく。もし滞空中に身体を水平にしていたら、空気抵抗が増えて落下が遅れる。装甲車が通過した直後の路面に叩きつけられただろう。幹術の教えが生きているとわかる。

ヘリがわずかに上昇し、前進する速度を低下させる。無人装甲車の群れに追い抜かせたのち、あらためて車列後方を追いかける。今度は華南と東雲の番だった。華南はスライドドアの手前に進みでて、東雲と横並びに立った。

最後尾の無人装甲車はランドクルーザーの改造型だった。その真上へとヘリが高度をさげていく。跳躍の機会が訪れた。華南は膝を曲げ、空中に身を躍らせようとした。

ところが眼下の一台のみが突然、急ブレーキをかけた。無人装甲車は後方へ遠ざかった。なにもない路面が流れている。危うくそのままジャンプしそうになった華南を、東雲が両手で身体ごと支えた。ふたりはかろうじて機内に踏みとどまった。

東雲がじれったそうにため息を漏らした。「ヤバかった……。華南、だいじょうぶか」

寒気が襲ってくる。華南は勇気を奮い立たせようと躍起になった。「なんとか……」

まだ東雲に肩を抱かれている。彼の気遣いを嫌悪できない。思えば東雲は最初から華南に配慮してくれていた。事実を伏せ、欺瞞《ぎまん》を働き、華南が諜工員《ちょうこういん》候補になるのを強いた、それはたしかだ。とはいえその判断は彼が下したものではない。波戸内も椿施設長も、華南に生きるべき道を示唆してくれた。押しつけてきたというべきかもしれないが……。

父をめぐるできごとは苛酷《かこく》すぎて、いまも頭から閉めだしたくなる。ただし思考停止ではない。

ヘリが減速した。さっきの装甲車がふたたびスピードをあげ、ヘリを追い抜いていく。

装甲車のセンサーがヘリの接近を感知、乗り移られるのを回避しようと、ＡＩがイレギュラーな運転を試みたのだろう。暮亜と南條組の行動を学習したのかもしれない。ヘリはふたたび装甲車の後方へと急速に食らいついていった。機体が装甲車の真上につける。

今度は減速される前に飛び下りねばならない。東雲がいった。「行くぞ」

「はい」華南は応じた。

ふたりは同時に身を躍らせた。凄《すさ》まじい風圧が襲った。垂直に足から落ちるとき、思いのほか高度があると気づいた。スカートのせいで東雲よりわずかに落下速度が殺される。空中で膝を曲げて調整した。屋根の上で前方へと倒れ、しっかりと腹を密着させる。装甲車がまた急ブレーキをかけた。ふたりは慣性でボンネットに放りだされそうになった。華南は歯を食いしばり屋根にしがみついた。東雲も屋根の上に留《とど》まった。

また装甲車が速度をあげた。しきりに蛇行してふたりを振り落とそうとする。鉄板の縁をつかむてのひらに汗が滲《にじ》んだ。長くは体勢を持続できない。華南は苛《いら》立《だ》ちと怒りを募らせた。飲酒運転者並みに腹立たしい。じつは無人でなく誰かが乗っていたら、ただちに鉄槌《てっつい》を食らわせてやりたい。

東雲が要請した。「電動ドライバー」

華南は伏せたまま、片手で腰のポシェットをまさぐった。ヘアドライヤー形の機器を探りあてるや引き抜き、東雲に渡す。受けとった東雲が電動ドライバーをビスにあてがった。トリガーを引くと、耳障りな騒音とともにビスが高速回転する。東雲は少しずつ位置を変えながら、ビスを一本ずつ除去していった。

北千葉道路は北総線に並行しているが、むろんこの時間に列車は走っていない。前方右手にニトリの看板が見えた。把握している地理から考えると、合同データセンターまでもう間もない。

ふいに東雲が大声で指示した。「一瞬だけ身体を浮かせろ。ルーフが外れる」

華南は屋根の縁をつかんだまま、密着させていた胸や腹をわずかに上昇させた。東雲がルーフの装甲板を横方向に滑らせ、路上に投げ捨てた。サンルーフの部分だけが開口部と化した。ふたりは足から車内に入りこんだ。

落下してシートに尻餅《しりもち》をつく。前部座席におさまった。華南は助手席、東雲は運転席だった。正面も左右も装甲板に塞がれ、周りはまったく見えない。東雲に運転できる手段はなかった。ダッシュボードには、改造で付け加えられた機器類がぎっしり並び、ナビ画面も速度計も見えなくなっている。なにより運転席にステアリングがない。きれいに取り払われている。

東雲が唸《うな》った。「足もとにペダルが一個もない。ギアも」

「エンジンを切れませんか？」華南はきいた。

スタートボタンを連打したのち、東雲が鼻を鳴らした。「そんな簡単にいくわけないな。解析ツールを用意してくれ。支障のある配線はすべて切断する」

ポシェットからモバイル機器をとりだす。東雲はダッシュボードの機器類のうち、いくつかのパネルを電動ドライバーで開けにかかっている。

時間がない。華南の脈搏《みゃくはく》は異常なほど亢進《こうしん》していた。装甲車は猛烈な速度で走りつづける。合同データセンターに達しても減速せず、むしろ全速力で体当たりを食らわせる、それがこの無人装甲車の使命だ。そうなるまで数分とかからない。運命は自分たちの手に委《ゆだ》ねられている。

26

美羽は横たわったままだったが、後ろにまわした腕を深く曲げ、指先がうなじ近くの結び目に達していた。

全裸に近い半裸状態のいま、背中に仕込んであったヘアピンは失われている。しかし薄汚い床から短い針金を拾った。いま人差し指と親指でつまんでいる。これを結び目のなかに挿しさえすれば……。

作業着らの動きがあわただしい。陳景瑜《チンジンユー》も機材の上に据えられたモニターを注視している。短機関銃で武装した男たちも同様だった。警報が鳴り響いているからだ。

鉄狼《ティエラン》が険しい目を陳《チン》に向けた。「二十二号車のルーフが開いたぞ」

別のモニターに向き合っていた作業着が報告した。「車内人感センサーも反応してます。侵入されたようです」

間髪をいれず陳《チン》がいった。「爆破しろ」

キーボード上で両手の五本指をさかんに動かしつつも、作業着は青ざめだした。

「自爆コードを受けつけません」

陳《チン》が苛立ちをしめした。「二十二号車だけコースアウトさせろ」

「それも……。物理的に回路を断ったようです」

黒虎《ヘイフー》がなだめるようにいった。「夜梟《イエシャオ》。じきに二十二号車もほかの車両と一緒に、データセンターに突っこむんだぜ？　ガソリンに起爆して吹っ飛んじまう。ほっときゃいい」

だが陳《チン》はいきり立った。「奴らもそれは承知してるはずだ！　なにかを狙ってやがる。近くの別の車両に命令を送れ。二十二号車に体当たりして、もろとも自爆しろとな」

　針金の先が結び目のなかにおさまらない。縄を突き刺してばかりだ。慎重を期すのみでは埒《らち》があかない。陳《チン》たちの目は逸《そ》れている。いまは大胆に動くしかない。

　美羽は勢いをつけ、大きく上半身を振った。肘《ひじ》がひときわ深く入り、指先の針金が結び目に挿入された。代償もあった。肩を脱臼《だっきゅう》しそうになり、美羽は苦痛の呻《うめ》き声を漏らした。

　陳《チン》は反応しなかった。しかし鉄狼《ティエラン》の視線がこちらに向いた。禿《は》げ頭《あたま》に口髭《くちひげ》の鉄狼《ティエラン》がぎょっと目を剝《む》く。美羽の縄が極端に緩んでいるのを見たからだ。

　鉄狼《ティエラン》が短機関銃を構えながら怒鳴った。「小娘が逃げやがる!」

　全員がいっせいに振りかえると同時に、鉄狼《ティエラン》の短機関銃が火を噴く。だが寸前に拘束は解かれた。美羽は一瞬早く縄を抜けだし、飛びこむようにコンクリート床を前転した。フルオート掃射の跳弾が、美羽のさっきまでいた位置の床面を削り、粒状の破片を舞い散らせる。煙のなかで残された縄が蛇のように躍った。

　美羽は身体を起こすや階段へと駆けだした。もはや死にものぐるいの全力疾走に等しい。敵勢が一斉射撃を控えたのは、作業着らや機材に弾が当たるのを嫌ったからだ。

それでも行く手に短機関銃がひとり立ち塞《ふさ》がった。しかし銃撃を受けるより早く、美羽は敵の足もとに滑りこみ、足首をつかんで引き倒した。地肌がまたしてもコンクリート床にこすりつけられ、皮が剝ける激痛が生じたものの、水溜《みずた》まりが摩擦を多少なりとも軽減した。階段に達すると美羽は立ちあがり、ただちに駆け下りようとした。

そのとき視界の端に陳景瑜《チンジンユー》の姿をとらえた。陳《チン》は右腕をまっすぐ伸ばしている。拳銃《けんじゅう》を握っていた。美羽が階段を下りかけたとき、銃声が轟《とどろ》いた。背中に喩《たと》えようのない激痛が走り、階段わきの柱に血飛沫《ちしぶき》がひろがった。美羽は呻きながら、ほとんど転げ落ちるも同然に、階段を駆け下りていった。

一階下も柱ばかりが立ち並ぶ、外壁も内壁もない空洞のフロアだった。美羽は床につんのめった。

背中と脇腹がやけに熱い。肉体に被弾すると、痛いというより熱い、授業でそんなふうに習った。さっきの血飛沫の散りぐあいからして、弾は身体を貫通した。体内に残るよりはましかもしれない。

階上から陳《チン》の声が飛んだ。「下りて殺してこい！」

朦朧《もうろう》とする意識のなか、美羽は血まみれの身体をひきずり、柱の陰へと退避した。ひとまず敵が階段を下って、すぐに目にとめることのできない位置に、美羽はへたりこんだ。背を柱にもたせかける。

自分の呼吸がやけに荒く反響する。わずかに残ったシャツの切れ端を破りとり、背中の撃たれた辺りに押しつけた。あまりの痛さに悲鳴を発しそうになる。だが靴音が複数、階段を駆け下りてきた。美羽は自分の手の甲を噛《か》み、かろうじて叫びを堪《こら》えた。

「畜生」また階上から悪態がきこえた。今度は鉄狼《ティエラン》の声だった。「十四号車もルーフが開きやがった。そっちも侵入されたぜ！」

美羽は息を殺していた。逃げ延びられるとは思えない。だが無人装甲車のうち、少なくとも二台に何者かが侵入を果たした。陳《チン》は気づいていないようだが、侵入の目的はおそらく、発信源の位置情報を探りだすことにある。急いでほしいと美羽は思った。美羽自身のためではない。暴走車の群れがデータセンターに迫っている。

27

ようやく助手席におさまった暮亜にとって、装甲車内は棺桶《かんおけ》のなかに等しく思えた。

真っ暗だった。前後左右すべてのウィンドウを装甲板が覆い尽くしている。息詰まるほどの閉塞感《へいそくかん》と、荒い運転が繰りかえされるせいで、たちまち吐き気がこみあげてくる。ここからすぐにでも抜けだしたい、そんな強い衝動に駆られるばかりになった。

隣の運転席で南條がいった。「落ち着け、暮亜。モバイルを接続しろ」

ビニール製のポシェットから取りだした小型機器が、手のなかで震えて仕方がない。信じがたいことについさっきまで屋根にしがみついていた。永遠に感じられるほどの苦痛だった。そのとき力をいれすぎたのか、まだ指先の感覚が戻らない。USBケーブルをつまみあげることさえ難しかった。ましてコネクターをポートに挿入するなど、まったく不可能に思える。

すると南條が手を伸ばしてきて、暮亜の手の甲を上から覆った。そのてのひらの温かさに、ふと生気が戻るような感覚がひろがる。暮亜は思わずため息を漏らした。

こんな状況下だというのに、南條のまなざしは穏やかだった。「そう緊張すんな。怖いのは俺も同じだって。でも俺たち、他人が運転するバスには、いつも平気で身をまかせてるだろ?」

「それはそうだけど……」

「ケーブルも接続できるように作られてる」南條がうながした。「そのまま挿しこむだけだ。そっちを頼む。俺はバッテリー電圧を維持しなきゃいけない」

南條は開けたパネルのひとつに、電動ドライバーの先をそっと挿しいれ、プリント基板の細部をいじっている。車載コンピューターが防御のために通電をカットするのを、物理的手段で防ごうとしていた。こんなときにも驚くべき集中力を発揮しつづける。

ややや軽薄そうな外見、校内でもふざけているのをよく目にするものの、本当は頼りになる。暮亜は南條のそんな一面に気づいていた。この同期生とともにいれば、恐怖を振りきれる気がする。たとえいまが最期の瞬間だったとしても、一緒にいられるのなら。

手の震えはいつしか消えていた。暮亜はコネクターを挿しこんだ。モバイル機器の小型液晶画面に、プロトコル解析ツールのメニューが表示される。タッチパネル式の画面に人差し指で触れ、周波数スペクトルのスキャンを開始する。

ケータイキャリアは早々に判明した。暮亜は表示を読みあげた。「NTTドコモ。暗号化方式はAES－256」

「なら解析しだい、接続相手の位置情報にアクセスできるな?」

プログレスバーがじわじわと横に伸びていく。70パーセント、80パーセント……。あと少しだった。はやる気持ちを抑えながら暮亜はいった。「もうすぐ解析が終わ……」

装甲板の向こう側から、タイヤのきしむ甲高い音がきこえた。別のエンジン音がこちらに急接近しつつある。危険は察知した。けれども気づきえたところでどうにもならない。

激しい衝撃音が車内を貫き、瞬時に車体が縦にひしゃげた。横からの衝突を受け、強く圧迫されたせいにちがいなかった。暮亜は悲鳴を発した。上下左右に揺さぶられ、シートベルトが肌に食いこむほどに締めつけてくる。装甲板が歪《ゆが》むのをまのあたりにしたものの、いまどんな状況かは理解できない。考える余裕もなかった。ただ混乱状態のなかで、唐突に重力の方向が変わった。車体が横転しているようだ。足もとが天井になり、ルーフの向こうがアスファルトに塞がれたと思いきや、なおも横回転がつづく。車内のあらゆる物が宙を舞い、顔にぶつかってきた。

横転中にもかかわらず、南條の手が暮亜のシートベルトを外した。にわかに身体が浮きあがるのを感じた。ふたりとも遠心力により、ルーフの開口部から車外へと投げだされた。

路面への落下に激痛はともなわなかった。南條が暮亜をしっかり抱きしめたうえで、背中から転がったからだとわかる。いきなり夕陽が照らしたかのように、辺りが真っ赤に輝いた。熱を帯びた爆風が襲いかかり、ふたりを路上に転がしつづける。暮亜は南條と抱きあったまま転がっていった。閃光《せんこう》とともに爆発音が轟き、地響きが一帯を揺るがす。火の粉とともに大小の破片が降り注いでくる。

気づけば暮亜は静止していた。覆いかぶさっていた南條が、ゆっくりと身体を浮かせる。暮亜もめまいを堪えながら上半身を起きあがらせた。

乗っていた装甲車は上下が逆さまになり、激しく炎上していた。車体の亀裂から火が噴きだしている。人が通り抜けられるほどの隙間はない。回転の最中から南條が脱出に動いたのも、こうなるのを予測したからだろう。横転が逆さの状態で止まればルーフが塞《ふさ》がれる。事実としてそうなったいま、熱風のなかにもかかわらず、暮亜は背筋が冷えきるのを感じていた。

車両自体が起爆したのではなかった。別の装甲車が一台、横から突っこんできていた。そちらはシャーシのみを路上に残し、ボディは粉々に吹き飛び、もはや跡形もない。

悔しさがこみあげてくる。暮亜は唇を嚙んだ。あと少しだったのに。

街路灯はまばらで暗く、ほかに車両の往来もなかったが、さすがに爆発音は広範囲に轟いたらしい。道路沿いのマンションの外廊下に人影が連なる。なにごとかと住人らが起きだしてきたのだろう。通報が相次ぐだろうが意味はない。

そう思える理由は、後方の道路を振りかえればわかる。道端にいくつか赤色灯が閃《ひらめ》いていた。パトカーが装甲車に横からぶつけられ、コースアウトしたうえでひっくりかえっていた。警察では歯が立たない。

装甲車の群れはとっくに走り去っている。暮亜は立ちあがろうとした。「ヘリに拾ってもらわないと……」

南條がうずくまったまま呻《うめ》いた。異変を感じ、暮亜は南條をのぞきこんだ。思わず言葉を失う。南條の腹に装甲板の破片が深々と突き刺さっていた。制服が黒く染まっているのは、大量の出血のせいだった。

暮亜はあわてた。「な、南條君……」

「……いいから」南條が苦痛に顔をしかめつつも、ささやくような声を漏らした。「爆発を見てヘリが来るだろ。なんとか合図を送ってピックアップしてもらえ」

「すぐ手当てするから」

「ひとりで行け。俺は置いていけばいい」

絶句せざるをえない。暮亜は声を震わせた。「そんな……。ここに残ったら警察が……」

「捕まらないように道端に隠れておくよ。心配ない」南條の表情は曖昧《あいまい》になってきた。

虚《うつ》ろな目をさかんに瞬かせている。「暮亜とのドライブ、楽しかった」

「……きこえてたの？　華南との会話……」

「チャラ男は評判を気にする。わりと地獄耳だからな」

涙がこみあげそうになるのを、暮亜は必死に堪《こら》えた。ほんの数分前のヘリでのできごとが、遠いむかしのように感じられる。そのせいか耳に届く爆音までも、ふたしかな幻聴に思えた。だが烈風を伴っている。暮亜は顔をあげた。

UH60Jヘリが迫ってくる。炎上する装甲車のすぐわきに、暮亜と南條の姿をみとめたらしい。空中停止飛行《ホバーリング》しながら高度をさげてくる。

暮亜は南條に肩を貸そうとした。「つかまって。一緒にヘリに」

「勘弁してくれよ。いまいったばかりだろ」

「だめ！」暮亜は声を荒らげた。「ドライブの帰りがひとりだなんて！　わたしはそんな安い女じゃない！」

沈黙があった。冗談にきこえたのか、南條は軽く吹きだしたが、そのせいで痛みが走ったらしい。また苦しげに悶《もだ》えた。暮亜は申しわけなく思った。だが感覚が鈍くなるばかりだった南條に、人間らしい反応が戻ったのはたしかだ。

暮亜が目でうながすと、南條は黙って身体を預けてきた。なるべく苦痛を生じさせないよう配慮しつつ、南條をゆっくりと立ちあがらせる。南條の長身を支えながら、暮亜は夜空を仰ぎ見た。降下してくるヘリのサーチライトが涙に揺らぐ。まだ泣くには早い。訓練を積んだ同世代が大勢いる。酷《ひど》い国だ、それでも希望はある。

28

華南は激しく揺れる車中で、モバイル機器に表示されたプログレスバーを、食いいるように見つめていた。バーが右端に達する。画面が地図に切り替わった。

「でた！」華南は思わず叫んだ。胸が躍るとは、まさにこの瞬間のことにちがいない。NTTドコモがキャリアの業務上データとして捕捉《ほそく》する位置情報。マーキングとともに座標が表示されている。華南は早口にまくしたてた。「北緯35度48分52秒、東経140度06分27秒」

運転席の東雲は電動ドライバーの尖端《せんたん》で基板を引っ掻《か》いていた。自爆やコースアウトを阻止すべく、緊急対処用のサブルーチンを回避しつづける。基板から目を離さず東雲がいった。「悪いけどいまは暗記に費やせるほど脳に余裕がない。頭に叩《たた》きこんどいてくれないか」

「まちがいありません」華南がそういった瞬間、モバイル機器の画面がフリーズし、すぐにエラー表示に切り替わった。華南ははっとした。「接続が断たれました」

「たしか？」

「おぼえました」

ふいに装甲車が大きく蛇行し始めた。この一台が遠隔操作から切り離されたのはあきらかだ。東雲が電動ドライバーを投げだし、シートベルトを外しにかかった。「コントロールを失ってる。すぐにでるぞ」

華南も東雲に倣い、シートベルトのロックを解除するや、伸びあがるように立った。ふたりでルーフの開口部から顔をだす。猛烈な風圧が押し寄せてきた。すでに北千葉道路を抜け、データセンターの集中する地区、片側三車線の道路に入っていた。周りをほかの装甲車が十数台、それこそレースのデッドヒートのごとく、競いあいながら併走している。うち一台が急速に近づいてきた。体当たりを食らわせる軌道だとわかった。自爆の巻き添えにする気だ。

爆音をきいた。サーチライトの光が辺りを真っ白に照らす。華南は背後を振りかえった。UH60Jヘリが旋回後、機体下部を路面にこすらんばかりの低さで飛び、みるみるうちに追いあげてくる。

東雲が華南に怒鳴った。「屋根の上に乗れ！　一発勝負だ、しくじるな」

穴から抜けだすように両腕を突っぱらせ、みずからの身体を引きあげる。東雲が屋根に足をかけた。華南も同じ行動をとったものの、恐ろしく不安定な体勢だった。いまにも転落してしまいそうだ。コントロールを失った車両が蛇行しつづけるうえ、体当たりを食らわせようとする別の車両もぐんぐん迫る。衝突まで数秒とかからない。

体当たりを食らうよりも一瞬早く、ヘリのほうが頭上をかすめた。華南は跳躍した。機体側面の開放されたスライドドア、その下端に両手をかけ、東雲と並んでぶら下がった。ヘリの急上昇に握力が維持できなくなる。華南は歯を食いしばった。

眼下で衝突音が鳴り響き、次いで目に映るすべてが深紅に染まった。爆発の火炎に照らしだされたせいだと気づく。凄《すさ》まじい爆速の熱風が吹きあげてくる。ヘリの飛行が不安定になりかけたが、華南と東雲にとってはまさしく追い風だった。背中を押すのではない、下から圧をかけてくる猛烈な順風だ。爆風に浮きあがった身体を、さらに懸垂のように引きあげ、前転しながら機内に転がりこませる。ふたりともキャビン内で仰向《あおむ》けになった。硬い床に背を打ちつけた痛みよりも、その冷たさに安堵《あんど》をおぼえる。

鞠衣が四《よ》つん這《ば》いになり、華南を奥へと引っぱりこんでくれた。首のギプスが痛々しい。華南は鞠衣にいった。「ありがとう。もうだいじょうぶだから……」

激しく振動する機内で、波戸内の顔が見下ろしてきた。なにか喋《しゃべ》っているが、爆音のせいできこえない。だが口の動きでおおよそわかる。波戸内は問いかけていた。位置情報は?

華南は跳ね起きると、近くの座席からヘッドセットを手にとり、ただちに装着した。「北緯35度48分52秒、東経140度……ええと」

上半身を起こした東雲が、ヘッドセットを装着後、冷静な物言いで補った。「06分27秒」

自然に東雲に目が向く。東雲も華南を見かえした。あきれ顔がそこになかったのは幸いだった。むしろ気遣うまなざしを向けてきている。東雲の頬と顎《あご》にこびりついた煤《すす》と、ふたりから漂う髪の毛が焦げたにおいが、さっきまでの壮絶さの名残だった。

やっと座席に目を向ける余裕が生じた。とたんに華南のなかに衝撃が走った。ぐったりと背もたれに身をあずけているのは南條だった。隣に座る暮亜が涙ぐみながら、南條の腹部にガーゼを押しつけている。白かったはずのガーゼは褐色に染まりきっていた。

東雲がにじり寄った。「南條」

暮亜は真っ赤に泣き腫《は》らした目を瞬かせた。「破片は除去したけど……。早く縫合しなきゃ」

顔面蒼白《そうはく》の南條は力なくささやいた。「いいっていってるだろ……。なんとか持たせられる。それよりホストコンピューターのもとに……」

電子音がきこえた。ヘッドセットのイヤホンに、パイロットの声が届いた。「座標は千葉ニュータウンの北東だ。畑や雑木林ばかりのなかに、建築が放棄された廃ビルがある」

波戸内が応じた。「そこに向かってくれ。至急だ」

授業で習った。千葉ニュータウンの開発は昭和四十年代からだ。市街地化を想定してビルの建設工事が始まったが、平成初期のバブル崩壊で頓挫《とんざ》。いまでは郊外でしかない場所にぽつぽつと、工事の途中で放棄された廃ビルが、取り壊しの費用を捻出《ねんしゅつ》できず放置されている。

墨田区の工場を追われたシュエメン＝ヒョルメンは、廃ビルのうちのひとつに陣取ったか。高台と同じく平野部を見渡せる。作戦を指揮する臨時の砦《とりで》としては申しぶんない。

東雲が腕時計に目を落とした。「時間がない……。もう装甲車の群れがデータセンターに達するころだ」

ヘリは猛然と飛行しつづける。華南はひるむことなく吐き捨てた。「あいつらの好きにはさせない」

29

暗がりに沈む片側三車線の道路は、自転車の一台すら走行していない。UH60Jヘリが飛び去り、爆音が遠ざかったのち、辺りは奇妙なほどの静寂に包まれている。

一年生の唯滝駿は駆けながら足がもつれそうになった。先輩の朝霧翔真のほうは危なげない走りで、AJDC1のゲートに近づく。外見上は巨大倉庫の敷地の正面にすぎない。だが見上げんばかりの高さを誇る鉄格子フェンスは、単なる鋳物ではない。距離を縮めると、闇のなかでもずいぶん明るい光沢を放っていた。チタン製だ。きわめて頑丈な一方、非常に高価な素材だった。一企業の設備なら、こんな贅沢《ぜいたく》な用途はありえない。

敷地内は無人のようでいて、じつはそうではないとわかった。コンクリート敷きの広大な空間に、人影が四つほど点在する。ふたりがゆっくり近づいてきた。あとのふたりもそれに倣った。シルエットからすると警備員の制服のようだ。

先にゲートの向こう側に歩み寄ってきたふたりは、どちらもずいぶん大柄だった。うっすらと見える面立ちが日本人ではないとわかる。悠然とした歩調ではなく、常に腰を引き、警戒の姿勢をとっている。

通常なら人前に姿を晒《さら》さないのはあきらかだった。ふたりともオートマチック拳《けん》銃《じゅう》を手にしているからだ。それもシグ・ザウエルのM17。米軍の制式軍用拳銃だった。

ふたりは鉄格子の門扉越しに、揃って銃口をこちらに向けた。唯滝の心臓は喉《のど》もとまで跳ねあがりそうになった。

「動くな！《フリーズ》」ひとりが命じた。「さがれ。《バックオフ》両手を見えるところにだしとけ！《キープユアハンズホエアアイキャンシーゼム》」

公道にヘリが違法に降下したからには、警戒をしめされるのも当然ではある。唯滝は手をあげながら、しどろもどろに弁明した。「僕たちは……《ウィーアー》あなたがたの味方で《ユアフレンズアンド》……」

朝霧が流暢《りゅうちょう》に告げた。「公安調査庁の関係者です。《ウィアーアフィリエイテッドウィズピーエスアイエー》ここは間もなく襲撃を受けます《ヒアウィルビーアンダーアタックスーン》」

ふたりの米軍関係者はなんの反応もしめさなかった。高校生コスプレの不審な若者、いやアメリカ人の目には、本物の高校生と区別がつかないかもしれない。唯滝はうろたえながら日本語で朝霧にささやいた。「子供のいたずらに思われてるかも……」

「なわけないだろ」朝霧がため息まじりに反論した。「UH60Jから降り立ったのにかよ」

たしかにそうだ。問題は唯滝らが脅威ではないと、彼らに納得してもらえるかどうかにある。

するとさらに人影がふたつ接近してきた。低く落ち着いた日本語が問いかけた。「関係者とは、どんな関係だ？」

今度のふたりも制服っぽいシルエットではあるものの、あきらかに日本人だった。当直の自衛官だろう。唯滝はほっとしたものの、どう説明すべきか迷った。「あ、あの……。関係者というより、正確には、現場仕事の訓練段階と呼ぶべき立場で……」

空気の振動を感じる。最初は微音にすぎなかった。だが獣の咆哮《ほうこう》に似たノイズの多重奏が、たちまち猛進してきた。唯滝は鳥肌が立った。敷地内の四人も緊迫の面持ちで凍りついている。

接近が唐突に思えたのは、ヘッドライトを灯《とも》していないせいかもしれない。いきなり闇から装甲車の群れが間近に出現した。いっせいにドリフトのごとく後輪を滑らせつつ、交差点で向きを変え、左右に広がるや波状に押し寄せてくる。

警備の四人が後ずさる。だが彼らは鉄格子の向こうにいる。危険に晒されているのは自分たちのほうだと唯滝は悟った。思わず鉄格子にしがみつき、門扉をこじ開けようと押したり引いたりした。むろんびくともしなかった。

朝霧が怒鳴った。「登れ！」

いうが早いか朝霧は門扉をよじ登りだした。唯滝も鉄格子にしがみつき、靴底を無理やり這《は》わせ踏ん張ると、強引に身体を上昇させた。勢いに乗り、門扉の上端に手をかけるや、朝霧とともに乗り越える。

ふたりは敷地内に転落した。柔道の受け身で回転しつつ門扉から遠ざかる。その直後、先頭の装甲車が門扉に外側から衝突した。衝撃が車体を歪《ゆが》めるより早く、ガソリンタンクが起爆、放射状に炎を噴射した。目も眩《くら》む閃光《せんこう》に、耳をつんざく爆発音が轟《とどろ》く。

チタン製の門扉とフェンスゆえか、火球が鉄格子をすり抜けたものの、大規模破壊は敷地外に留《とど》まった。しかし爆発はその一台だけではなかった。次から次へと装甲車がぶつかってきては、轟音《ごうおん》とともに巨大な火柱と化す。熱風が吹き荒れる敷地内は灼《しゃく》熱《ねっ》地獄と化した。

矢継ぎ早の体当たりと自爆の連続に、あろうことか頑強なフェンスが傾きだしている。米軍の武装警備員ふたりが、焦燥に駆られたように銃撃するものの、突進してくる装甲車には意味がない。激しい爆風に耐えきれなくなり、いずれも退避しだした。

唯滝と朝霧は、まだ尻餅《しりもち》をついたまま立ちあがれずにいたが、ふいに背後から抱えあげられた。自衛官らふたりだった。ひきずられるように建物のほうへ後退していく。ひとりの自衛官が大声で呼びかけた。「しっかり立て！　自分の足で走れ！」

まさしくそうすべきだ。唯滝はもつれる足を必死に突き動かし、手で空を掻《か》きむしりながらも、死にものぐるいで逃走した。朝霧とふたりの米軍武装警備員、ふたりの自衛官とともに、ひたすら全力で駆けていく。

箱型の巨大なメインビルディングは、正面に車両乗入口に似たエントランスを有している。シャッターがわずかにあがっているのは、さっき四人が外にでたからだろう。警備員らがコンクリートの上を這い、転がるようにシャッターの下から内部へと消えていく。唯滝と朝霧は同時に突っ伏し、匍匐《ほふく》前進でシャッターに迫った。先に入った自衛官らが、なかからひっぱりこんでくれた。

ひんやりとした空気に包まれる。建物内は冷房が効いていた。ひどく薄暗いのは、人が働く場所ではないからだろう。体育館よりはるかに広い内部に、満天の星に似た無数の煌《きら》めきが浮かびあがっている。何百何千ものサーバーの作動をしめすＬＥＤの点滅だった。

武装警備員のひとりが壁のタッチパネルに指を走らせる。もうひとりが切羽詰まった英語で、早くしろと急《せ》かしていた。シャッターが下り始める。じれったいほどゆっくりした速度に思える。

閉じかけたシャッターの下方、コンクリート面との隙間から、外がわずかにのぞける。タイヤのきしむ音がきこえた。装甲車の数台が突っ走ってくる。唯滝はまた尻餅をついてしまった。「来た！」

衝突とともに爆発が起きる。シャッターは下端がボンネットより低くなっていたため、かろうじて車両の突入を免れた。それでも隙間からの火炎噴射が、たちまち帯のごとく左右にひろがり、建物内の床を舐《な》め尽くす。全身が丸焼けになりそうなほどの高温だった。唯滝のみならず、全員がシャッターから跳躍とともに遠ざかった。火炎地獄は一定の範囲内に留まり、いまのところはサーバーまで到達していない。

ほどなくシャッターが閉じきり、炎は閉めだされた。くすぶる床にあちこち残る焦げ痕《あと》に、黒煙がうっすら立ち上っている。また冷房が効きだした。熱が奪われるにつれ、今度はぞくっとする悪寒が襲う。

なおも衝突音が次々に建物全体を揺るがす。シャッターは鋼鉄板の組み合わせで、きわめて頑丈そうだが、内部に大きくしなりだした。

冷気のなかでも汗だくの武装警備員と、朝霧が英語でなにやら会話している。唯滝が授業で学んだリスニングの技術が、まるで頼りにならないのは明白だった。

会話が終わると唯滝は震える声できいた。「朝霧さん、いまはなにを……」

朝霧の顔もひきつっていた。「何台まで耐えられるか質問した。クルマの突入は五台が限度だそうだ」

五台はとっくに超えている……。それもただの体当たりではない、すべて自爆をともなっていた。恐怖にひとことも口にできない。

すくみあがってばかりもいられない、唯滝はそう思い直した。だがなにができる。このまま死をまつしかないのか。一年生にはあまりに苛酷《かこく》な学業だ。

30

美羽は廃ビルの柱に背をもたせかけ、両足を投げだし、床に座りこんでいた。あちこち切り裂かれた服と、肌にできた擦り傷に目を落とす。脇腹近くの出血がひどかったが、手で強く押さえるうちにおさまってきた。弾が貫通した痕は、ずっと燃えるほど熱く感じられていたが、いまはただ耐えがたい痛みに変わりつつある。嘔吐《おうと》感はいつまで経っても消えない。ときおり咳《せ》きこむたび自分の吐いた血を目にする。

視界がうっすら赤く輝くように明滅した。美羽は視線をあげた。遠雷のような重低音が響いてくる。

外壁のない廃ビルだけに、遠くまで見通せる。千葉ニュータウン方面に火の手があがった。暗闇に火球がいくつも膨張しては、火柱となり夜空に噴きあがる、その繰りかえしだった。

絶望的な気分に浸らざるをえない。合同データセンターへの攻撃が始まった……。

膨大な量のサーバーを格納するメインビルディングは、テロ攻撃を想定したうえで、あるていど持ちこたえられるよう設計されている、そうきいた。けれどもそれはシュエメン＝ヒョルメンも想定済みだろう。無人装甲車による体当たりと自爆がつづけば、鉄壁の防御もいずれ破られる。そう長くかかるとも思えない。

ゆっくりした歩調の靴音が、柱をまわりこんできて、美羽の前に立った。短機関銃を向けられている。美羽は目の前に立つ男を仰ぎ見た。禿《は》げ頭《あたま》に口髭《くちひげ》の顔が見下ろしていた。鉄狼《ティエラン》の表情に興奮のいろがのぞく。獲物を仕留められる喜びを禁じえないのだろう。

美羽は横目にがらんとしたフロアを眺めた。本来なら壁があるはずの、フロアの端ぎりぎりに、短機関銃の私服らが散開している。人数からすると、武装した連中のほぼ全員だったが、黒虎《ヘイフー》という黒タンクトップの男はいない。陳景瑜《チンジンユー》もだ。まだ上階に留《とど》まっているのだろう。

武装要員はビルの外を警戒しつつ、美羽に対する包囲網を敷いていた。戦術的に抜け目がなかった。

「小娘」鉄狼《ティエラン》が凄《すご》んだ。「俺からは逃げられねえ」

声を絞りだすのにも痛みがともなう。それでも美羽は鼻を鳴らしてみせた。「波平《なみへい》型のハゲって男性ホルモン過多でしょ。女を追いまわすのに向いてる」

離れた場所にいた私服のひとりが愉快そうに笑った。だが鉄狼《ティエラン》が睨《にら》みつけると、ほかのニヤニヤしている連中も含め、あわてぎみに口をつぐんだ。

鉄狼《ティエラン》が美羽に目を戻した。「女なんて穴がありゃいいんだ。三つじゃ足りねえ。いま何百と開けてやる」

短機関銃のトリガーにかけた人差し指に、鉄狼《ティエラン》が力をこめようとする。美羽は鉄狼《テイエラン》の勝ち誇ったまなざしを見かえした。敗北など認めない。けれども身体の震えがとまらなかった。いまにも銃口が火を噴きそうだ。

ふいに突風が吹き荒れた。禿げ頭の側面に残る髪をなびかせ、鉄狼《ティエラン》が風圧に重心を崩しかける。嵐のなかに爆音が鳴り響いた。

はっと息を呑《の》んだのは美羽だけではなかった。フロアの端に立つ私服らが、驚いたようすで外に向き直っている。その向こうに見える夜空のなかを、水平に急接近してきたサーチライトが、男たちのシルエットをくっきりと浮かびあがらせる。UH60Jは廃ビルに衝突しそうなほど迫ったのち、今度は垂直に急上昇していった。

サーチライトは目眩《めくら》ましだと美羽は気づいた。機体下部にロープでぶら下がった身体が三つ、突進の慣性にしたがい、フロアへと飛びこんできた。ロープは突っ張ると同時に切り離され、三人はそれぞれ短機関銃の男たちに飛びかかった。蹴《け》りに慣性の威力が加わり、男たちのうち三人が同時に打ち倒された。むろん息の根をとめるまでには至っていないが、目的がそこにないのは明白だ。高校生に似た制服の三人が、即座に短機関銃を奪いとった。

男子がひとり、女子ふたり。フロアに残る敵勢が驚きの反応とともに短機関銃を身構える。しかし東雲と暮亜の短機関銃が、先にフルオート掃射を食らわせた。絶叫が重なり合い、男たちは血飛沫《ちしぶき》をあげ、片っ端からくずおれた。

女子ひとりのシルエットだけは敵を銃撃せず、猛然とこちらへ突っ走ってくる。美羽に流れ弾を当てないためにちがいなかった。迫り来るのはほかならぬ華南だった。

鉄狼《ティエラン》はすばやく身を翻し、接近中の華南を銃撃にかかる。

美羽はとっさに両脚を伸ばし、鉄狼《ティエラン》の足首を挟んだ。梃子《てこ》の力を借りつつ引き倒す。鉄狼《ティエラン》は目を剝《む》きつつ前のめりになった。短機関銃が火を噴いたものの、銃弾はあさっての方向に逸《そ》れていった。突っ伏す鉄狼《ティエラン》の顔面が床に叩《たた》きつけられた。

起きあがろうとした鉄狼《ティエラン》に、華南が駆け寄ってくるや跳び蹴りを浴びせた。幹術の授業でも、いちども見たことがないほどのクリーンヒットをきめ、華南の靴底が鉄狼《ティエラン》の喉《のど》もとを蹴り飛ばした。鉄狼《ティエラン》が苦痛の呻《うめ》きとともに後転し、膝《ひざ》立ちになると同時に、華南はスカートを翻すや、キックの連打を繰りだした。掃射に等しい連続蹴りに、鉄狼《ティエラン》はたちまち鼻血を噴き、口から折れた前歯が宙を舞った。

猛攻をまともに食らいながらも倒れないあたり、鉄狼《ティエラン》の肉体がいかに鍛え抜かれているか、その証明ではあった。右手に握った短機関銃もけっして離さない。華南の蹴りが中断すると、鼻血まみれの顔の鉄狼《ティエラン》はすかさず、短機関銃を水平に持ちあげた。銃口がまっすぐ華南を狙い澄まそうとする。

しかし華南はただ棒立ちになっていたのではない。華南の右手も短機関銃を突きだしていた。鉄狼《ティエラン》の目がぎょっとなった。セミオートの短い銃声とともに、銃火の閃光《せんこう》が走った。発射された弾丸は鉄狼《ティエラン》の胸部を深々と抉《えぐ》った。

大量の血液を噴出しつつ、鉄狼《ティエラン》は後方へと倒れていった。後頭部を床に打ちつけ、大の字に伸びた。絶命はあきらかだった。

華南はしばし凍りついていた。撃ったばかりの銃口から、煙がひとすじ立ちのぼる。横顔になんともいえない悲哀のいろが浮かびあがっていた。

銃殺を初めて経験したのだろう。美羽は自分のことのように心を痛めていた。華南の気持ちが手にとるようにわかる。

一線を越えてしまった、そんな自覚とともにこみあげてくる、罪の意識にさいなまれる。もう戻れないと悟る瞬間でもある。この醜悪な男にも母親がいて、赤ん坊として生まれた過去があり、妻子もいたかもしれない。そういう思いが急に内なるものを満たす。すべて美羽も通ってきた道だった。

だが華南は迷いを振りきるように目を閉じ、いちど深呼吸すると、また目を開けた。華南は気遣わしげな表情とともに、美羽の近くにひざまずいた。「美羽さん。無事ですか」

痛ましそうな面持ちは、華南の見つめる美羽の顔が、いかに酷《ひど》い状態にあるかの表れだった。美羽は掠《かす》れた声を絞りだした。「平気……。華南こそだいじょうぶ?」

華南は一瞬泣きそうな顔になったものの、気丈に状況を口にした。「ＡＪＤＣ１が攻撃に遭ってます」

東雲と暮亜が駆けてきた。ふたりとも短機関銃を油断なく構え、上り階段方面を警戒している。ヘリで接近中に目撃したのだろう、この階上に遠隔操作用の機材が並んでいることを。

不気味にも、階段を下りてくる敵の姿は途絶えている。短機関銃の私服らの大半は、このフロアで死んだ。だが全滅したわけではない。黒虎《ヘイフー》はまだ上にいる。作業着たちもだ。なにより夜梟《イエシャオ》が……。

暮亜が緊張のささやき声を響かせた。「なにか音がする」

データセンターからきこえつづける爆発音とは異なる。風が吹きすさぶ音に交じり、ヘリの音が耳に届いた。UH60Jとはまた別のヘリ、しかも複数機が飛来している。

東雲がつぶやいた。「低音で重みがある。ツインローターだ。CH47Jだな」

陸上自衛隊にちがいない。木更津《きさらづ》駐屯地から飛来したか。合同データセンターのセンサーが攻撃を感知すれば、通報は自動的におこなわれる。メインビルディングはまだ持ちこたえているのかもしれない。とはいえヘリのローター音は依然としてかすかなものだ。数秒の遅れが破滅を生む。

電子音とともにノイズがきこえた。東雲がポケットをまさぐり、無線機をひっぱりだす。アンテナを伸ばすと応答した。「東雲です」

波戸内の声がいった。「陸上自衛隊の第一ヘリコプター団が間もなく到着する。撤退しろ」

耳を疑う指示だと美羽は思った。仲間たち三人の顔にもそう書いてある。

華南が心外だというように口をはさんだ。「波戸内さん。いま美羽さんとともにいます。無人装甲車群の制御は一階上です。ヘリの到着まではまだ時間がかかります」

すると通信に新たな声が割りこんできた。老練でぞんざいな物言いだった。「自衛隊との連携はこちらでおこなう。諜工員《ちようこういん》候補はただちに現場から退け」

諜工員候補といった。先方の声は公安調査庁幹部にちがいない。

冷ややかな沈黙が生じる。美羽ら四人は視線を交錯させた。見るかぎりどの顔にも、不満のいろしか浮かんでいない。

東雲が無線機に抗弁した。「間に合いません。階上の敵を排除します」

「よせ」先方の声も頑《かたく》なに譲らなかった。「そもそも誰が諜工員候補にそんな権限をあたえた？　支援に動員したわけでもないのに、目先にとらわれて勝手な行動をとるとは言語道断だ」

波戸内の当惑ぎみな声がふたたび告げてきた。「東雲、撤退だ」

華南がまた身を乗りだした。「議論してる暇はありません」

「燈田。何度もいったろう。年長者で権力者の権限には……」

「いまここにいるわたしたちこそが、前に進むか撤退するかをきめられる権限を持ってるんです。なにもしてない人たちが権力者だなんておかしくないですか」

公調幹部らしき声が面食らったように、また割って入った。「なんだ？　いまの声は課工員候補か。波戸内、どういう指導をおこなってきた？」

だが波戸内が応答しないうちに、華南の語気が強まった。「人生百年時代なら、わたしたちはまだ八十年以上あるんですけど。偉い人たちはせいぜい三十年か四十年か、それぐらいですよね？　わたしたちのほうが〝年長者〟じゃないんですか？」

先方が絶句したのがわかる。暮亜が目を丸くしたものの、すぐに微笑を浮かべた。

美羽もつられて笑いかけた。互いに見つめ合う四人の表情は穏やかだった。

「行くか」東雲が控えめにうながした。「明日《あした》は自分たちで、ってやつだな」

「やめろ！」幹部の怒号が響いてきた。「懲戒の対象になるぞ。波戸内、課工員候補の即時撤収を……」

東雲が無線のスイッチを切った。吹きつける風の冷たさが若干和らいだように感じられる。

データセンター方面から轟《とどろ》く爆発音に変化が生じた。火球の膨張する位置が一か所ではなくなっている。その付近の低空に、ツインローターのずんぐりした機体がいくつも浮かんでいた。CH47Jの編隊だった。機体下部から点のような自衛官らが、ロープで降下していく。地上に降り立つや無人装甲車群を迎撃しているらしい。爆発がデータセンターから遠ざかったのは、まだ距離があるうちに車両を破壊できているからだ。

暮亜がしらけたようにつぶやいた。「結局こっちはほったらかし。目先にとらわれてるのはどっちよ」

陸上自衛隊には充分な装備がある。携SAMこと91式携帯地対空誘導弾を撃てるうえ、手榴弾《しゅりゅうだん》も投げつけられる。時間があれば道路に地雷を敷くことも可能だろう。だがあいにく兵力が足りないようだ。無人装甲車が自衛隊の迎撃をすり抜けたのか、メインビルディングへの体当たりとおぼしき爆発が、やはり断続的に発生しつづける。防御は完璧《かんぺき》ではない。いずれ崩落してしまう。

美羽は華南を見つめた。「手を貸してくれない？」

立とうとする意思を目で伝える。華南は心配そうに見かえした。「だいじょうぶですか」

ここにへたりこんではいられない。戸惑いがちに差し伸べられた手をとる。美羽はもう一方の手で、鉄狼《ティエラン》の投げだした短機関銃を拾った。鉛のような重さに感じられる。身体をまっすぐにするのも、背骨が砕けそうなほどの苦痛をともなう。それでも美羽は立ちあがった。

闘志だけが湧き起こる。華南もそれを理解したらしい。美羽に歩調を合わせてきた。四人はひとかたまりに階段へと突き進んだ。しだいに速度があがっていく。

ふしぎだ。死にかけているかと思いきや、いまこそ生きている実感に満ちている。これを無鉄砲と呼ぶべきかなんなのか、難しいことはわからない。そこまで人生経験を積んでいない。根拠もなくビギナーズラックを信じられる、それが十九歳の証《あかし》かもしれない。

31

唯滝は薄暗かったデータセンター内部が突然、眩《まばゆ》い光に包まれるのをまのあたりにした。

シャッターが内側に大きく膨らみ、とうとう亀裂を生じた。外側に衝突した無人装甲車は、そこで食いとめられたものの、炎をともなう爆風が亀裂から噴きだしてくる。破壊された車体の部品もぶちまけられた。高温を帯びた疾風に米軍の警備員らが吹き飛ばされ、床に叩《たた》きつけられた。

地獄絵図のような光景に唯滝は慄然《りつぜん》とした。亀裂はかなり大きく、人の出入りが可能なほどひろがっている。ここにあと数台の体当たりを食らえば、シャッターはまず確実に突き破られる。

火災報知機が鳴り響く。床のそこかしこに火がくすぶるなか、警備員が手放した拳《けん》銃《じゅう》が落ちている。

迷いは一瞬のみでしかなかった。唯滝は拳銃をつかみあげ、シャッターに駆け寄ると、亀裂に身をねじこませた。

朝霧の驚いた声が追ってくる。「唯滝！　よせ、外にでるな。危険だ！」

先輩の指示にいまはしたがえない。唯滝はシャッターの向こう側、燃え盛る炎のなかに身を躍らせた。無数に立ち上る火柱の隙間を縫うように駆け抜ける。

無駄死にしたくない。なんの役にも立たず人生を終えるなんて冗談ではない。高校でサッカーの全国大会に出場しても、将来はなにも変わらないと虚無に浸るしかなかった。両親が事故死したからだ。

人権支援団体が大学受験に備え、家庭教師を寄越《よこ》してくれた。やさしくて美人の女子大生だった。あの家庭教師が、いまは諜工員候補の三年生だと知っている。あれはスカウトでしかなかった。なにもない灰いろの人生が期せずして、さらに厚い雨雲に覆われてしまった。しかし雲の切れ間から陽が射すかもしれない、それだけを信じて身をまかせてきた。

超法規的対処の名のもとに人命を奪う、そんな任務に心が荒《すさ》んでいくばかりだった。希望を抱けるとすれば、この絶望の淵《ふち》に近い矛盾に満ちた世のなかを、さらなる悪化から引き戻せることだけか。そこにのみ生き甲斐《がい》を求めるしかなかった。

恐怖は克服せねばならない。合同データセンターが攻撃に晒《さら》されている。台湾有事兆候が本物の侵攻に変わる危機だ。いま動かなくてどうする。なにもできず両親の死に打ちひしがれるばかりの、無力な高校生のころに戻っていいのか。

炎に包まれた無人装甲車の残骸《ざんがい》が密集する、熱と黒煙ばかりが渦巻く一帯を駆け抜けた。陽炎《かげろう》に揺らぐ不安定な視界がひろがる。破壊された門扉から敷地外へと駆けだした。

交差点から片側三車線の路上にかけても、いたるところに火の手があがっている。これらの無人装甲車はメインビルディングに体当たりすることなく、路上で爆発したようだ。唯滝は奇妙に思った。いったいなにが起きたのか。

ふいに轟音《ごうおん》が真正面から迫った。陽炎が揺らぐ向こうの闇から無人装甲車の一台が出現した。ヘッドライトの光がないため直前まで気づけなかった。唯滝めがけてまっすぐ突進してくる。原型はおそらくアルファード、無骨なワンボックスカーのボディが頑強そうな装甲板に覆い尽くされている。そのフロント部分が猛然と迫り来る。

唯滝は半ばすくみあがりつつも、ほぼ反射的に銃撃した。拳銃の両手撃ちでエンジンを狙う。跳弾の火花があがった。撃ち抜くのは無理と悟り、今度はタイヤに向け発砲を繰りかえす。当たらない。無人装甲車は減速することなく突っこんできた。唯滝は寒気に包まれた。避《よ》けきれない、轢《ひ》かれる。

鳥肌が立った瞬間、車体の片側に爆発が起きた。放射状にひろがる爆煙が無人装甲車を大きく傾ける。片輪走行になり制御を失った車両が、地響きとともに横転した。

固唾《かたず》を呑《の》む唯滝のわきで、迷彩服の群れのうちひとりが、携ＳＡＭを肩に掲げていた。水平に保たれた円筒の口が火を噴く。轟音とともに発射された砲弾が横転車両に命中、ひときわ大きな火球が膨れあがった。落雷に似た爆発音が耳をつんざき、超高温の熱風が押し寄せてくる。

唯滝ははっとした。陽炎に揺らぐ一帯に、大勢の迷彩服が繰りだしてきている。陸上自衛隊だとわかった。携ＳＡＭによる砲撃、あるいは手榴弾の投擲《とうてき》により、続々押し寄せる無人装甲車に対抗している。96式40ミリ自動擲弾銃も三脚架に据えられ、路上のそこかしこで発射を繰りかえしていた。

吹き荒れる風に炎がいっせいになびく。頭上に潜水艦のような巨体がいくつも浮かんでいた。ツインローターのＣＨ47Ｊ数機がホバーリングし、さらなる増援の迷彩服をロープ降下させる。

迷彩服のひとりが唯滝に目をとめた。「きみ！　危ないから避難しなさい」

その視線が唯滝の手もとに釘付《くぎづ》けになる。自衛官の顔に不審のいろが浮かんだ。

唯滝はあわてて拳銃を後ろにまわした。「僕はですね、高校生じゃなくて……」

クラクションが鳴り響いた。散開した迷彩服らが、一方向に両手を大きく振っている。そこにヘッドライトが複数台、滑りこんできて急停車した。唯滝はとっさに拳銃を構え直した。

無人装甲車ではない、もっと大型のバスが連なっていた。降車してくるのは唯滝と同世代ばかり、高校生然とした制服姿だが身のこなしが軽い。男もいれば女もいる。

驚いたのは全員が武装していることだった。校舎の地下射撃場で見た、榴弾発射機付きのアサルトライフルを、どの諜工員《ちようこういん》候補も携えている。誰もが実戦訓練のままに展開し、路上の警戒にあたりだした。自衛官らが唖然《あぜん》としている。

駆け寄ってきたのは顔見知りの二年生、釜浦だった。唯滝の拳銃を見るなり釜浦は怒鳴った。「なにしてる！　そんなんじゃダメだ。ほら、こいつを使え」

ずしりと重いアサルトライフルが押しつけられる。M4カービンにM203A2《グレネードランチャー》が装着してあった。

唯滝は釜浦を見つめた。「早かったですね」

「オービスなんか真っ赤に光らせてぶっちぎってやった。文句あるか」

「な」自衛官が目を瞠《みは》った。「なんだきみらは」

スーツの中年男が割って入った。公調職員の蟹谷が自衛官にいった。「増援だ。説明してる時間はない。防衛大の学生みたいなもんだと解釈してくれ」

「彼らはどう見ても高校生……」

ふいに大声が飛んだ。「来たぞ！　二時の方角だ」

びくっとした自衛官らが路上に向き直る。ヘッドライトを持たない黒々とした物体が群れをなし襲いかかってくる。無人装甲車だ。守備を蹴散《けち》らさんばかりに猛スピードで急接近してくる。

自衛官と諜工員候補の集団が入り乱れ、いっせいに無人装甲車群に砲撃を開始した。

閃光《せんこう》の連続に爆風が渦巻き、轟《とどろ》く爆発音が一帯を揺るがす。無人装甲車の数台が横転しつつも、後続の車列が防御ラインを突破していく。

釜浦が新たにアサルトライフルを装備し、間近に迫る車両にフルオート掃射を浴びせた。タイヤをバーストさせた車両は大きく蛇行し、ほかの車両に激しく衝突した。

「唯滝！」朝霧が後方から駆けつけた。すでにM4カービンを手にしている。「ためらうな、撃ちまくれ！」

朝霧の銃口が接近中の無人装甲車に弾幕を張る。もう及び腰ではいられない。唯滝も敵車両に向け、グレネードランチャーのトリガーを引いた。車体そのものを標的にするのではない、進路前方の路面をあえて狙った。着弾した瞬間、その路上に無人装甲車が差しかかる。噴火さながらの爆発が車両を撥《は》ねあげ、後方にひっくりかえした。ひしゃげた車体から装甲板の破片が粉々に飛び散る。

火炎地獄にいつ焼き尽くされるかもしれない、まるで悪夢のような一帯に轟音と叫びだけがこだまする。なおも押し寄せてくる無人装甲車群に、唯滝はM4カービンの掃射を浴びせつづけた。

これだけの数をもってしても、おそらく防御しきれない。だがもう逃げたりしない。恐れに震える心はもう手放した。たとえ嵐が襲おうと、最期まで抵抗はやめない。

32

華南は廃ビルの階段を駆け上るにあたり、短機関銃を目の高さに掲げていた。照門と照星を行く手に合わせ、仰角に保つのを忘れない。上り下りのどちらにせよ、階段には手すりがある以上の確率で待ち伏せがある、そう教わった。

いまは銃声をいちどもきくことなく階段を上りきった。それ自体が奇跡に思える。華南と東雲は左右に大きく展開した。後続の美羽と暮亜がフロアに足を踏みいれるのを、先んじてバックアップする。美羽は右手のみで短機関銃を保持し、左手は被弾した腹を庇《かば》っていた。息があがっているようだが、それでも一瞬たりとも銃口を下げたりしない。長い黒髪が顔にかかっている。

意外なことにフロアはがらんとしていた。モニター類は床に転がっているが、どれも通電せずオフ状態だった。さっきヘリから見たかぎりでは、ここに機材が並んでいたはずが、妙に数を減らしている。

フロアの隅に、なぜか作業着ら数人の後ろ姿が、ひとかたまりに寄り集まっていた。靴音をききつけたらしく、全員があわてぎみに振りかえった。どの顔にも怯《おび》えのいろがひろがる。

華南がヘリから眺めたときよりも、作業着たちは大幅に数を減らしている。理由はすぐそこに見えていた。垂直式救助袋の入口がある。ポリエステル製のチューブがビルの外壁を地上まで垂れていて、そのなかを滑り降り脱出できる。すでに大半が撤収済みで、残る作業着らも順番待ちをしていたようだ。

丸腰の作業着たちを銃撃できない。華南らがトリガーを引くことはなかった。作業着たちが我先にと垂直式救助袋の入口に殺到し、次々に滑降していく。

東雲の声が呼びかけた。「見ろ」

別方向の端から東雲が外を見下ろしている。華南はそこに駆け寄った。

五階の高さから真下、地面にぽつりと機材のひとつが据えてある。冷蔵庫ほどのサイズだった。LEDがさかんに点滅し、電源が入っていることがわかる。

華南は慄然《りつぜん》とした。「あんなところに……」

このフロアの端には、いたるところにウィンチが設置されていた。東雲がいった。「これも本来は緊急脱出用のウィンチだ。急降下できるが地面に叩《たた》きつけることなく、すれすれでブレーキがかかる」

「これを使って機材を下ろした？」

「たぶんな。あれが無人装甲車群を統合管理するホストコンピューターか……」

暮亜の声が飛んだ。「こっちにもある！」

フロアの端に沿って数十メートル離れた場所で、暮亜と美羽がやはり外を見下ろしていた。華南と東雲はそちらへ駆けていった。

美羽たちの真下にあたる地面にも、同じサイズの機材が置かれていた。電源だけでなく光ファイバー接続がなされていても、もはやなんの驚きもない。そもそもそれらのケーブル類は、廃ビルの外から引きこまれていた。機材を下ろしてから再接続したのだろう。

美羽が唸《うな》った。「IBMのz16二台に、ホストコンピューターの機能を等しく分け与えてる。しかもこれがすべてじゃない」

華南はきいた。「どういう意味ですか」

「一台が機能を失った時点で、もう一台が全車の車載コンピューターにホストを移行する。六十台前後の動きを制御してたときにはz16が必要だったけど、いまはもう無人装甲車が数を減らしてるから……」

車載コンピューターの処理能力で充分。華南は絶望的な気分に陥った。ここでホストコンピューターを破壊してもなんの意味もない。

轟音《ごうおん》が断続的に響いてくる。暗がりのなか遠方に火球が膨らみつづける。自衛隊が迎撃しつつも、突破した無人装甲車の体当たりはつづく。爆発の間隔はしだいに長くなっているものの、それでも突撃はいつ果てるともなく続行される。

暮亜が半泣き顔で叫んだ。「もう止める手立てがない」

「マジで？」華南は思わず声をあげた。「このホストコンピューターを撃って粉々にしても無意味なんですか」

美羽が否定した。「そうでもない……」

東雲もうなずいた。「二台同時に通信を絶つことができれば、車載コンピューターへの移管をおこなう暇もなく、機能のすべてがいっぺんにダウンする。ただし少しでも破壊に時間差がありゃアウトだな」

わざわざ離れた場所に二台を引き離したのはそのためか。華南は苛立《いらだ》ちをおぼえた。最後までこざかしい奴らだ。

五階の高さだ。ここから狙い撃つのは厳しい。二台を同時に射撃したところで、機能を停止できるとはかぎらない。どうしても時間差が生じる。

暮亜が身を翻した。「大急ぎでこのビルを下りるしか……」

だしぬけに暮亜の悲鳴が響いた。その声が途絶えたのは殴打を食らったからだ。黑《ヘイ》虎《フー》が短機関銃の銃尻《じり》で暮亜を叩き伏せた。近くの柱の陰からもうひとりが現れた。陳《チン》景瑜《ジンユー》が短機関銃を構えている。

銃口が火を噴く寸前、東雲がすばやく動き、陳《チン》に上段蹴《げ》りを浴びせた。短機関銃の狙いは大きく逸《そ》れた。ふたりの衝突をまのあたりにできたのはそこまでだった。華南が黒虎《ヘイフー》に飛びかかったからだ。手刀で黒虎《ヘイフー》の前腕をしたたかに打つ。ライフル型の銃を両手で保持する場合、どうしても右の尺側手根屈筋《しゃくそくしゅこんくっきん》が隆起する。これを強く叩けばてのひらに麻痺《まひ》を生じ、一時的に銃が撃てなくなる。華南は手応《てごた》えを感じた。不意を突かれた黒虎《ヘイフー》は短機関銃を落としてしまった。

しかし近接戦術に短機関銃が向かない点では、華南も同じ条件だった。銃を構え直す暇もなく、黒虎《ヘイフー》の繰りだしたこぶしが、華南の上腕に命中した。手から短機関銃が飛んだ。陳景瑜《チンジンユー》と黒虎《ヘイフー》は猛然と動き、蟷螂拳《とうろうけん》と通背拳の複合技で華南たちを叩きのめしてきた。美羽や東雲も一瞬にして倒され、短機関銃が床に跳ねた。

激痛にともなう麻痺状態がじれったいほど長引く。双方とも素手になった。短機関銃を拾いに行けば隙が生じる、そんな条件も同等だった。起きあがろうとする華南たちに、陳《チン》が片っ端から蹴りを浴びせてくる。逃れようと華南が転がった先には、ただちに黒虎《ヘイフー》がまわりこみ、容赦なく頭上から肘鉄《ひじてつ》を見舞う。信じられない戦局だった。

四対二、数では勝っているにもかかわらず、華南の側は手も足もでない。

それでもなんとか立ちあがり、やっとのことで向かい合う。華南と美羽は陳《チン》と対峙《たいじ》していた。東雲と暮亜が黑虎《ヘイフー》と激しく打ち合う。黑虎《ヘイフー》は左右の腕でひとりずつ攻撃を払い、すかさず反撃を食らわせていた。

重傷を負った美羽に無理はさせられない。華南は陳《チン》に蹴りを繰りだした。ところが陳《チン》はそれを難なく躱《かわ》すと、美羽へ突進していき、奇声とともに跳び蹴りを浴びせた。美羽は両腕を交差させ防御したものの、凄《すさ》まじいキックの威力に後方へ吹き飛び、床に転がった。

苦痛に呻《うめ》きながら横たわる美羽のもとに、陳《チン》はすかさず駆け寄った。片方の靴底で腹の銃創を踏みにじる。美羽が苦痛に表情を歪《ゆが》め、悲鳴に近い叫びを発した。

「やめて！」華南は駆け寄り、リーチの長い蹴りで陳《チン》に挑みかかった。

だが陳《チン》の回し蹴りは、華南以上に長く届いた。華南は顎《あご》と胸、太腿《ふともも》に連続キックを食らい、その場に突っ伏した。

陳《チン》の片足はまた美羽を踏みつけた。ニヤリとした陳《チン》が右手を腰の後ろにまわし、なにかを引き抜いた。

オートマチック拳銃《けんじゅう》、92式手槍《ハンドガン》だった。陳《チン》は真下に銃口を向け、美羽の顔を狙い澄ました。

　華南は凍りつかざるをえなかった。東雲と暮亜も同様だった。たちまち黒虎《ヘイフー》が反撃に転じ、ふたりを叩きのめした。横たわる暮亜の頰には痣《あざ》ができ、口の端から血が滴っていた。

「ほれ見ろ」陳《チン》が悠然といった。「日本の若造なんてこんなもんだ。令和中野学校？また政府のじじいどもの尖兵《せんぺい》になって命を粗末にするだけか。自分で考える頭もない未熟な小僧ども」

　鈍重な痛みを堪《こら》えつつ、華南は上半身を起きあがらせた。「わたしたちは自分の意志でここにいる」

「笑わせるな。腑《ふ》抜《ぬ》けの島国に成り下がったおまえらになにができる」

　だが陳《チン》に踏みつけられたままの美羽は、なんらかの気配を察したらしい。妙に余裕の感じられる声でささやいた。「安全保障のために侵略者の馬鹿外人を排除する。そのための訓練を受けてる」

　陳《チン》も不穏な空気を察したらしく、にわかに表情がこわばった。その直後、爆音が廃ビルをかすめていった。頭上から現れたＵＨ60Ｊの機体が、たちまち飛び去るのが見えた。

わずか一秒足らずのうちに、黒虎《ヘイフー》が狼狽《ろうばい》をしめしたのがわかる。ヘリが屋上すれすれにいた。死角だったにちがいない。いったん高度をあげたヘリが、真上から降下してくれれば、接近する機影は廃ビル内から目視できない。爆音は絶えず響いていたため、意識を向けられなかった。そんな自分たちの失点に気づいたらしい。

屋上でヘリから飛び下りたふたつの影は、すでに階段を下り、フロアに侵入していた。高校生っぽい制服の男女は、どちらも手負いの姿だった。それぞれ首と片腕をギプスで固めている。ぎこちない動作ではあってもすばやく床を這《は》い、いずれも短機関銃を拾いあげた。黒虎《ヘイフー》の顔に驚愕《きょうがく》のいろが浮かぶ。陳《チン》は拳銃をそちらに向けようとした。

すべては一瞬のできごとだった。鞠衣と神崎は短機関銃をフルオート掃射した。青白い銃火の激しい点滅のなか、黒虎《ヘイフー》の黒タンクトップは蜂の巣にされ、おびただしい量の血飛沫《ちしぶき》があがった。陳《チン》は身体をのけぞらせ、銃弾をまともに食らわずに済んだものの、被弾を免れるには至らなかった。肩や脚を撃ち抜かれ、陳《チン》はぎゃっという声を発し、仰向《あおむ》けに倒れこんだ。

だが陳《チン》は瞬時に顎を引き、後頭部を床に打ちつけるのを防いだ。すなわちまだ意識があった。血まみれの姿で呻きながらも、陳《チン》は起きあがろうと躍起になっている。

美羽がふらつきながら立ちあがった。落ちていた92式手槍《ハンドガン》を拾いあげる。横たわる陳《チン》の近くに立ち、美羽は片手に握った拳銃を俯角《ふかく》に向けた。

陳《チン》は苦しげな息遣いながら、依然として薄笑いを浮かべていた。「まるで……漫画だな。それも俺にいわせりゃ、唐突な展開で打ち切りの」

乾いたつぶやきを美羽が発した。「あんたにとっちゃそうよね」

「今度こそ見つけた……両親の仇《かたき》!!」小馬鹿にしたように陳《チン》が口もとを歪めた。「ってか?」

「ご愛読ありがとうございました」美羽はトリガーをつづけざまに引いた。

一発目が陳《チン》の心臓を貫いた。陳《チン》は大きく口を開け、白目を剝《む》いてのけぞった。その額に二発目が命中した。三発、四発と頭蓋骨《ずがいこつ》を砕いていき、五発目で脳髄がぶちまけられた。

美羽が手をとめた。硝煙の香りが漂うなか、薬莢《やっきょう》が床に落下し、うつろな軽い音を奏でる。美羽の見下ろす先、夜梟《イエシャオ》こと陳景瑜《チンジンユー》の首から上は、もはや原形をとどめていなかった。

華南はため息とともに振りかえった。鞠衣と目が合う。疲弊しきった童顔が安堵《あんど》のため息を漏らした。その隣に神崎がいた。あらためて見ると、身体のあちこちにギプスと包帯が見てとれる。どこか近隣でヘリに拾われたのだろう。病院を抜けだせたのが奇跡に思えるぐらいの重傷だった。それでも神崎は生気に満ちていた。顔いろの悪さなど問題ではない。消耗しきったように見える身体も、いまだ底知れぬエネルギーを内包しているように感じられる。

黒虎《ヘイフー》の死体を東雲がまさぐっていた。「畜生。ナイフしか持ってないな」

ホストコンピューターによる制御を中断させうる、なんらかの手段を模索しているのだろう。暮亜が焦燥に駆られた声でうったえた。「すぐビルを下りないと」

だが美羽はふとなにかを思いついたように、床に横たわる陳《チン》をボディチェックすると、やはりナイフを奪いとった。「華南」

美羽が片足をひきずりながらフロアの端へと向かう。その姿を目にするや華南は理解した。東雲に視線を向ける。彼も美羽の意図を察したらしい。ナイフを華南にトスしてきた。華南は逆手にナイフの柄をつかんだ。

華南と美羽が駆けていったのは、それぞれz16を一基ずつ、真下にのぞむ位置だった。近くのウィンチからロープをひっぱりだす。華南は叫んだ。「手伝って!」

暮亜が華南のもとに駆け寄ってきた。東雲は美羽の足首にロープを巻きつけている。三重に巻いて結んだのち、両肩まで伸ばし、左右ともに襷掛《たすきが》けにする。抜けないようにするためには必要な結び方だ。こういう即席の手法も幹術の授業で習った。

ふたりとも仲間の手を借り、各々がフロアの端ぎりぎりに立った。数十メートル離れた場所にいる美羽が声を張った。「華南、三つ数えたらジャンプする。呼吸を合わせて」

「わかりました」華南は暗がりを見下ろした。遠い地上にLEDの点滅がある。

いまさら美羽の身を案じるなど野暮だ。彼女は命を捨ててでも目的を果たそうとしている。誰がそれを阻めるだろう。華南の思いもまったく同じ境地だというのに。

「三」美羽がいった。「二、一……」

バンジージャンプはまっすぐ前に倒れるが、いま美羽は水泳の飛びこみのごとく、頭を下にして跳躍した。華南もそれに倣った。落下の風圧が全身を包みこむ。地面がぐんぐん迫る。ふたりとも身体をまっすぐに伸ばしていた。視界の端に美羽の姿をとらえる。華南のほうが若干遅い。そう思ったとき、美羽がわずかに身体を起こし、風圧でブレーキをかけた。今度は美羽の姿が斜め後ろにまで下がった。華南も身体をのけぞらせた。ほんの一瞬でまた体勢をまっすぐに戻す。落下中のふたりは横に並んだ。

もう美羽のほうに注意を向けていられない。標的をしっかり見定めねばならない。逆さに落下しながら右手でナイフを振りかぶる。視界のなかで冷蔵庫のような機材が大きくなってきた。まだウィンチのロープは張り詰めない。もう少しいける。

z16のLEDの煌《きら》めきを、眼前にとらえられるほど接近した。身体が一瞬とまったのを感じる。注視したのは機材本体ではない、そこから延びるケーブルだった。電源ではない、極細の光ケーブルに目をつけるや、華南は叩《たた》き下ろすようにナイフを投げつけた。

不可解ともいえる感覚だった。美羽のほうに視線は向けていない。けれども彼女と一瞬の差もなく、同じ目的を果たしえた。そんな確実な手応《てごた》えを感じた。

ナイフが地面に突き刺さった。光ファイバーが断たれても、切断面から目に見える光は発せられない。それでもケーブルの断絶はまのあたりにできた。両足首と両肩が強く締め付けられ、次の瞬間には反動で地面が急速に遠ざかった。美羽も同じように上昇している。ふたりが跳ねあがるタイミングは完全に一致していた。

華南は意識が薄らいでいくのを感じた。このまま気絶しそうだ。悪くすれば廃ビルの柱に叩きつけられる危険がある。しかし逆らえなかった。空を飛んで天まで昇っていく、そんな錯覚をおぼえる。この世で見る最期の光景だったとしてもかまわない。美羽と同時に光ケーブルを切断した、きっとたしかなことだ。そう信じたい。

33

唯滝の手のなかでM4カービンが沈黙した。装塡《そうてん》不良ではない、弾切れだった。向かってきた無人装甲車三台が眼前に迫る。横っ跳びに避《よ》けるしかなかった。

朝霧が手榴弾《しゅりゅうだん》を投げるや路面に伏せるのを見た。唯滝は起きあがりかけていたものの、爆風に備えただちに腹這《はらば》いになった。爆心は三台のうち一台の真下だった。弾《はじ》けるように車体が錐《きり》もみ状態で吹き飛ぶ。熱風の嵐に唯滝は耐えた。

だが問題は残りの二台だった。自衛隊や諜工員《ちょうこういん》候補の多くも弾が尽きているようだ。これまで弾幕を張りまくり、無理にでも突破を防いできたが、もう限界だとわかる。二台が突っ走っていく進路から、みな必死に退避する。合同データセンターの敷地内に突入した二台が、まっすぐシャッターへと猛進していく。

唯滝は息を吞《の》んだ。シャッターは亀裂が入ったのちも、何度かの体当たりにより大穴が開いていた。あの二台は確実にシャッターを突き破り、内部まで達してしまう。

ところが二台はいきなり蛇行を始めた。互いに車体側面を打ちつけ合い、その反動で左右に逸《そ》れていき、なおもでたらめな運転を継続する。一台は敷地内の巨木に激突し、もう一台は片輪をブロックに乗りあげ、あえなく横転した。

周りはみな路上を振りかえった。唯滝も唖然《あぜん》としつつ同調した。いつ果てるともなく押し寄せてくる無人装甲車群が、すべてコントロールを失ったかのように衝突し合っている。いずれも道路の両脇へとコースアウトしていく。ひっくりかえった車両が重なっていき、たちまちスクラップ車の山になった。いたるところで大規模な爆発が巻き起こり、大小の鉄屑《くず》を広範囲に撒《ま》き散らす。まるで空爆を受けた戦場の様相を呈している。爆風に全員がいっせいに伏せた。だが壮絶な事態は長続きせず、ほどなく轟音《ごうおん》がフェードアウトし、熱風もおさまってきた。

誰もが慎重に起きあがりだす。道端は左右ともに火の海だった。黒煙ばかりが一帯に立ちこめ、ガソリンのにおいが濃厚に漂う。

「……なんだ?」釜浦が近くでつぶやいた。「いきなりなにが起きたんだよ」

朝霧が立ちあがった。泥まみれになった制服は、ほかの課工員候補らと同じだった。額の汗を拭《ぬぐ》いもせず、微風に髪がなびくにまかせ、朝霧が静かにいった。「ホストコンピューターだ。ヘリの奴らがやったな」

そうなのか……? 唯滝は固唾《かたず》を呑み、なおも路上に伏せたまま、一帯の惨状を眺め渡した。極度の緊張がまだ解けない。気を抜くと隙を突かれるのでは、そんな警戒心がいっこうにおさまらずにいる。

　それでも周りはしだいにざわつきだしていた。みな状況の変化を感じ始めている。自衛隊はゆっくりと動きだしていた。唯滝も朝霧らに倣い、ようやく立ちあがる気になった。

　静寂のなか、くぐもった無線の声が厳かに反響した。「こちらウ頂《ちょう》。対戦車五師団、応答せよ。どうぞ」

　リュックのように無線機を背負った迷彩服が衆目を集める。迷彩服が無線機を背中から地面に下ろし、マイクをオンにした。「こちら対戦車五師団」

「現在の戦況を報告せよ。周辺敵勢力の動向、位置、および味方部隊の配置状況を含め詳細に。どうぞ」

「こちら対戦車五師団。現在の状況を報告する。味方部隊、ＡＪＤＣ１前に展開中。敵無人装甲車群、制御を失いコースを離脱、自損。新たな攻撃なし。ＡＪＤＣ１に異状なし。なお予備隊は後方五百メートルに配置済み。天候は視界良好、風速六メートル。通信状態に問題なし。どうぞ」

「了解した」先方の声がわずかに間を置いた。「……南西海域の情報を伝える。中国

「海軍艦隊、台湾周辺の第一列島線より撤退開始」

言葉を最後まできかないうちに、諜工員候補らが瞠目《どうもく》し始めていた。撤退開始、そのひとことが告げられた瞬間、凱歌《がいか》にも似た歓声があがった。顔じゅう煤《すす》と痣《あざ》だらけ、ぼろぼろの制服の二十歳前後が、みな男女の分け隔てなく抱き合い、喜びを分かち合っている。

自衛官らも鬨《とき》の声に近い叫びを発していた。周りの歓喜を耳にしながら、唯滝は深く長いため息をついた。絶えず道路の果てを見つめてきた視線が、ようやく緩やかに落ちていく。

終わった。心のなかでそうささやいた瞬間、感傷に似た思いが鋭くこみあげた。視界が涙にぼやけていく。

後ろから誰かに力強く抱きつかれた。誰なのか知らない、諜工員候補の男子が、ただ有頂天のようすで叫んでいた。「やったぞ!」

祭りか宴《うたげ》にも似た喧噪《けんそう》のなか、唯滝はしだいに顔がほころんでくるのを自覚した。目の前で喜びを交わす相手は、入れ替わり立ち替わり、特に親しくなかったり知らなかったりする者が大半だった。そんななか朝霧だけは、いつものように控えめな微笑をたたえ、唯滝と向き合った。

朝霧が唯滝の肩に手を置いた。「やったな」

唯滝は涙が頬をつたうのをとめられなかった。いま自分はきっと酷《ひど》い顔で泣いているのだろう。だがそれも悪くない。亡き両親も立派に思ってくれる。汚れ仕事《ダーティーワーク》に身を窶《やつ》そうとも、心まで失わなかった息子のことを。

34

千葉県印西市で未明に発生した、遠隔操作とおぼしき改造無人車群の暴走事件は、日本ばかりか世界を騒然とさせた。

警察では歯が立たず、陸上自衛隊が緊急出動、政府の武器使用許可を受け、実際に銃器類で暴走を食い止めた。この経緯は大きな議論を呼ぶ一方、暴走車が集中的に激突した建物が崩落寸前だったとも報じられた。自衛隊の出動は正しかったとする声が、世論の圧倒的多数を占めた。

暴走車は千葉ニュータウンのあちこちで、住民のスマホカメラによって撮影されていた。装甲板で固められた異様な外見は、単なる無人改造車の違法実験で済まされない、そう感じさせる物々しさだった。テロもしくはテロ準備だとすれば、こんなに恐ろしい事態はほかにない。まさしく日本という国において前代未聞、最も憂慮すべき一大事件にちがいなかった。

マスコミは例によって、今後どこでも起こりうる脅威だと煽《あお》り、できるだけ話題を持続させようとした。けれどもこの事件には、大衆の関心を急速に失わせる、あるひとつの普遍的な要素があった。

死者ゼロ。この国では犠牲者の有無がニュースバリューをきめる。火事から航空機事故まで、ひとりでも命を落としていれば悲劇。複数もしくは大勢なら惨劇。ただし死者ゼロであったなら、身の毛もよだつようなできごとであっても、不幸中の幸いと片付けられる。悲劇や惨劇として語り継がれねばならないという、大衆の使命感を燃えあがらせる基準は、常に死亡例のあるなしに委《ゆだ》ねられる。死人がでていれば、取《と》り沙汰《ざた》しないことはむしろ不謹慎、そんな空気がひろがる。ただし怪我人だけで済んだ場合はそのかぎりではない。

理由の半分は日本人の国民性。とはいえそれがすべてではない。残る半分は、公安調査庁や警察庁警備局による超法規的対処の賜《たまもの》だろう。霞が関の役人たちの仕事ではない。現場における諜工員の貢献に支えられている。世間は廃ビルでの激闘を知らない。そこには惨《むご》たらしい死がいくつもあった事実も。

暴走車が集中的に激突した建物が、在日米軍と自衛隊の合同データセンターだったのも、マスコミに嗅《か》ぎつけられていない。印西市萯手一丁目は、データセンターばかりが集中する特殊な区域のため、民家もマンションもなく、夜中は無人地帯だ。住宅街を駆け抜けた暴走車はスマホカメラがとらえたが、自衛隊による迎撃が繰りひろげられた戦場には、野次馬の目もなかった。NHKの取材ヘリが真っ先に飛来したときには、事態はもう沈静化していた。その後は〝有毒ガス発生の恐れあり〟と告知し、誰も近づけないようにした。

台湾周辺海域における、中国空海軍の大規模演習の終了は同時刻だったが、報道に両者を結びつける論調はなかった。

シュエメン＝ヒョルメンが中国政府もしくは人民解放軍から、なんらかの具体的な命令を受けていたかどうかはさだかではない。作戦への資金提供の有無や、実行役リーダーだった陳景瑜《チンジンユー》の上に立つ指示役が誰だったか、いまだ謎のままだ。だが公調は、これが軍事作戦だったとみている。在日米軍の出動を阻むための破壊工作。正規軍が手をだせない、日本国内での作戦行動を、シュエメン＝ヒョルメンが請け負った。結局、向こうも汚れ仕事《ダーティーワーク》は下請け任せか、華南は皮肉っぽくそう思った。

秋空は高く澄み渡っていた。雲ひとつない青一色がひろがる。日曜の朝、冷たい空気が緩やかに暖められ、やわらかな陽光が街並みを包みこむ。銀杏《いちょう》や楓《かえで》の葉が黄金いろや深紅いろに染まり、微風にさらさらと音を立てる。降り積もった落ち葉は歩を進めるたび、足もとでふわりと舞い上がる。

素朴な木造アパートの外階段を、華南は上っていった。きょうは私服のワンピースにコートを羽織っている。打ち身や捻挫《ねんざ》の痕《あと》は服の下に隠れていた。少し前までは、階段を上るにも身体をひきずるありさまだったが、もう腫《は》れや痛みはすっかり引いている。

ふたつめのドアのチャイムを鳴らしたりせず、自分の鍵《かぎ》で開けた。ここは自宅だ。華南は声をかけた。「ただいま」

靴脱ぎ場に直結する台所で、エプロン姿の母が立ち働いていた。茶を淹《い》れている最中だった。母が驚き半分に微笑した。「おかえり。きょうはずいぶん早かったのね」

「近くについでがあったから」華南は靴脱ぎ場に目を落とした。ローヒールパンプスがきちんと揃えてある。そろそろ家庭教師も終わる時間だ。

華南は台所にあがると、二間つづきの奥の部屋へ向かった。襖《ふすま》の向こうで勉強机にかじりつくのは、中三の弟、達哉だった。そのわきに座るのは家庭教師、桜澤美羽。きれいに櫛《くし》でとかした黒髪に、色白の小顔、華奢《きゃしゃ》な身体は制服でなく、清楚《せいそ》なセーターとロングスカートに包んでいる。背筋を伸ばした姿勢は、礼儀正しい女子大生で通る。本当は治療中の傷が絶えず疼《うず》くだろうが、美羽はなんら苦痛のいろを浮かべず、達哉の学習を見守っている。

美羽がこちらを見た。穏やかなまなざしが、もう時間なの、そうたずねてくる。華南は微笑とともにうなずいた。

母が盆に載せたコーヒーカップをふたつ運んできた。「桜澤先生、いつもご苦労さまです。どうぞ」

「ありがとうございます」美羽はおじぎをした。机の上にコーヒーカップが置かれる。家庭教師の終了間際、母はいつも美羽と達哉に茶をだす。美羽には本気で感謝しているのだろう。無償で達哉の勉強をみてくれるのだから。

近くに立った母が美羽にきいた。「今後もお世話になってよろしいんでしょうか。華南のバイト先の先輩っていうだけで……」

「いいんです」美羽は笑顔になった。「わたしとしても勉強になりますから。達哉君、数学の問題、また次回もつづくから」

達哉は母や姉の目があるからか、多少ぎこちなく応じた。「が、頑張ります……」

ませていると華南は思った。赤面ぎみの弟の顔に、来週も美人家庭教師と過ごせる喜びが見てとれる。中三男子となれば当然かもしれない。

母が華南に向き直った。「ゆっくりしていけばいいのに。きょうもすぐ中野に戻るの？」

「日曜だけど、午後からシフトがあるので。美羽さんと」

「寮住まいといってもバイトでしょ？　そんなに気を張らなくても」

華南は首を横に振ってみせた。「正社員をめざしてるし……」

中野にあるのはバイト先ではなく、美羽も女子大生ではなかった。母や達哉には真実を知るよしもない。バイト勤めとして不自然でない金額を、華南は月々家にいれている。特に疑いを持たれている気配はない。

機密保持の観点から、帰宅は週にいちどしか許されない。美羽が達哉の家庭教師という名目で、この家に出入りするのも、規則に基づく行動になる。諜工員候補《ちょうこういん》には身内を監視しあう義務がある。

家庭教師の時間が終わるころ、こうして美羽を迎えに立ち寄る。華南の実家帰りが毎週、その数分間に止《とど》まるのは、かならずしも規則のためばかりではない。母との会話を長引かせたくなかった。

父が死んだ本当の理由を母は知らない。舎人駅近くのＢＡＲみゆきで、不幸な事件に巻きこまれた、そう伝えられただけだ。当初、母は入院するぐらいのショックに見舞われた。いまになって母は感慨深げに回想する。あの人にも家族想いのところがあったから……。母はそういった。

記憶のなかでの美化を母は言葉にする。華南には耐えがたかった。横浜横須賀道路飲酒追突事故の加害者が誰なのか、母も弟も知らないままだ。

たしかなことがひとつだけある。もう父の暴力や蛮行に怯《おび》える必要はない。だから母は、せめて理想の家族像があった、その虚構を真実として受けとめていればいい。

「お母さん」華南はコートのポケットから小さな物をとりだした。「これ、おぼえてる？」

母が目を瞠《みは》った。「まあ……。なつかしい。華南がお父さんにプレゼントしたのよね？　どこにあったの？」

家族四人が寄り添うフエルト人形。母はうっすら涙を浮かべている。華南のなかに困惑が生じた。やはり母にとっても、これは父の家族愛の証明になりうるようだ。少なくとも事故を起こす日まで、父はこれを大事にしていた。そこに偽りはなかった、華南もそう信じるべきなのだろうか。

美羽が無言のうちに見つめてくる。憂いのいろがのぞいていた。華南も美羽を見かえした。もう帰る時間だと無言のうちに伝えた。

フエルト人形を母のもとに残し、華南は美羽とともに外にでた。静かな住宅街の路地を歩くうち、キンモクセイの香りに気づいた。甘くみずみずしい秋のにおいだった。公園から子供たちのはしゃぐ声がきこえる。

歩きながら美羽がささやいた。「お母さんの言葉を否定しなかったね」

華南はしばし黙っていた。当然のことだ、真実など告げられるわけがない。けれども美羽がいいたかったのはそういう意味ではない。華南にもわかっていた。つぶやきが自然に華南の口を衝《つ》いてでた。「世の真実にはふたつある。ひとつはまさしくこの世の現実。もうひとつは自分の信じるすべて」

「椿斗蘭施設長がよくいってる」

「父はもういません。母のなかにある父が真実でかまわないとわたしは思います。それを母が信じて、受けいれているかぎり」

「やさしいんだね」美羽の視線がわずかにさがった。「わたしを傷つけまいとしてる」

「そんなことは……」

美羽のなかにも複雑な思いがあるのだろう。華南の母や弟の監視を、週一で義務づけられている。こんな任務は美羽にとって酷にちがいない。あの家庭から父親を奪ったのが何者か、美羽は誰よりも知っているからだ。

華南は美羽の苦悩を和らげたかった。「美羽さんに会えてよかった。わたしはそう思ってます」

無言で歩を進めながらも、美羽が華南を視界の端にとらえたのがわかる。横顔に安《あん》堵《ど》のいろが垣間見《かいまみ》えた。それが華南にとっても心の救いに感じられた。この立場に置かれた者どうし、お互いに支え合いながら生きていく。たぶんこれから先もずっとそうだろう。世の欺瞞《ぎまん》を知り、真実の尊さを学ぶことで、人はみな大人になっていくのかもしれない。

ここへはバスで来ていることになっていたが、じつは近隣の駐車場に移動手段が停めてある。諜工員候補はチームで動く。駐車場近くの路地には仲間たちがまっていた。みな私服姿だった。東雲陽翔と納堂暮亜は、顔の痣《あざ》ももう消えかかっている。苧木鞠衣や神崎蒼斗、南條玲央も退院して久しい。朝霧翔真のクールなたたずまいはあいかわらずだ。唯滝駿も前より逞《たくま》しくなっている。秋の進級を経て二年生になったからだろう。

華南も同じ立場だった。諜工員候補の二年生。美羽は三年生になっている。つい先日、波戸内がこのチームを前に告げたひとことを思いだす。もう中堅だな、彼はそういった。

四年生になった東雲が駐車場へと踵《きびす》をかえした。「新入生候補の高三女子がいる」

微笑が浮かぶのを自覚しながら華南は応じた。「授業の見学ならわたしが案内します」

全員で駐車場へと向かい、数名ずつがそれぞれのクルマへと分散していく。思えばきのうまでの自分は、もうはるか彼方《かなた》に遠ざかっていた。まだ見ぬ明日が静かにまっている。そこに飛びこむことが正しいかどうかはわからない。この世の不条理ならとっくに知っている。平凡な幸せはもう望めない。それでも一歩ずつ踏みしめながら前進していくだけだ。やがて己れの成長とともに、きっと目的地へとたどり着くだろう。嘘偽りやまやかしのない、正真正銘の真実、生きている理由に。

解説

タカザワケンジ（書評家）

時代は令和。場所は中野《なかの》学校。

そして作者は松岡圭祐《まつおかけいすけ》。この組み合わせを知って期待が膨らんだ。

だが、「中野学校って何？」という読者もいるかもしれない。

私が即座に連想したのは「陸軍中野学校」。大日本帝国に実在したスパイ養成学校である。今年で太平洋《たいへいよう》戦争が終わって八十年。戦争の記憶は遠くなり、知らない読者がいるのも当然だ。

陸軍中野学校の開校は一九三八（昭和十三）年。日中戦争のさなか、太平洋戦争開戦の三年前である。欧米列強に比べて、情報戦で劣っていた日本は遅ればせながら諜《ちょう》報《ほう》員の養成を始めた。その性格上、中野学校の存在は秘匿され、一般に知られるようになったのは戦後である。

むろん、私も陸軍中野学校をリアルタイムで知るはずもなく、戦後の映画、小説、ノンフィクションでその名に親しんできたにすぎない。

一九六〇年代には中野学校ブームがあったようで、日活、東映、大映の各映画会社で中野学校を題材に映画化が相次いだ。中でも大映映画『陸軍中野学校』（一九六八）はヒットし、シリーズ作品が五作を数える。

陸軍中野学校をモデルにした小説もある。柳広司《やなぎこうじ》の『ジョーカー・ゲーム』（二〇〇八）である。「魔王」と呼ばれる奇怪な個性を持った結城《ゆうき》中佐により陸軍内につくられた「D機関」なるスパイ養成学校は中野学校を彷彿《ほうふつ》とさせる。シリーズ四巻がこれまでに刊行されている。

これらはすべて太平洋戦争の戦前、戦中を舞台にした作品だ。一方、松岡圭祐は令和における中野学校を描いている。戦争から遠く離れた現代の中野学校とはどのようなものなのか。

主人公は燈田《とうだ》華南《かな》。高校三年生の彼女は東京大学の合格発表を見るため本郷までやってきた。

残念ながら掲示板に受験番号が見当たらず、失意のうちに東大をあとにした彼女は、住宅地で強盗に押し入ろうとする男たちを目撃してしまう。持ち前の正義感から強盗を追って家に入ったものの、強盗たちから襲われそうになり、危機一髪、若い男に救われる。その男こそ令和《れいわ》中野学校の生徒、東雲陽翔《しののめはると》だった。この出会いから華南は中野学校に「入学」することになる。

令和の中野学校は公安調査庁の管轄下にある、課工員《ちょうこういん》育成のための機関だ。課工員とは超法規的対処によって、法では裁けない害悪を排除する実働要員である。公安調査庁に所属しながら、同時に公安警察の管理下にあり、状況によっては殺人も辞さない。むろんその存在は非公表。いわば国民と国家の安寧のために現場の汚れ仕事を引き受けるノンキャリアである。

課工員候補は、高校卒業後四年未満の優秀だが大学へ進学できない訳ありの若者たちから選抜され、中野学校で育成される。育成中から同世代と比べて高水準の給与が支給されるという仕組みだ。

華南が令和中野学校への入学を決めたのも、東大を受験するほどの秀才ながら、私大へ行けるほど経済的余裕がない家庭環境だからである。

華南のような若者はこの日本で稀《まれ》な存在ではない。所得が中央値の半分に届かない者の割合を相対的貧困率といい、日本は15・4％とG7（主要7カ国）の中でもっとも高い。それが明らかになったのが二〇二一年。令和でいえば三年だ。

二〇二一年は親ガチャという言葉が流行した年でもあり、いまではすっかり定着した。少子高齢化が進み、経済格差は広がるばかり。どこの家に生まれるかで人生が決まると若者たちは諦め顔だ。そんな状況を政府は改善できずにいる。それが令和の現実なのである。

松岡圭祐の小説でいつも驚かされるのは、同時代に対するアンテナの張り方と、時代の空気をつかむ力だ。

華南が中野学校に入った頃、東京二十三区内でたびたび異臭騒ぎが起きていた。現実でも異臭騒ぎは起きている。二〇二〇年頃から横浜《よこはま》、横須賀《よこすか》でたびたび異臭騒ぎが起きているのだ。ガスのような人工的な臭いがするというが、いまだに原因は判明していない。

異臭騒ぎと前後して起きるのが道路陥没事故である。この小説が刊行されるほんの数ヵ月前、二〇二五年一月に起きた埼玉県八潮《やしお》市道路陥没事故を思い出さないわけにはいかない。この事件を機に、全国で規模は小さいものの陥没事故が起きていることが報じられた。この国のインフラが老朽化し始めている現実を直視せざるをえない事故だった。

松岡はつねに「いま」を誰よりも早くすくいあげようとする。思い出すのは、江戸《えど》時代、元禄《げんろく》期を代表する浄瑠璃《じょうるり》、歌舞伎作者の近松門左衛門《ちかまつもんざえもん》だ。近松の代表作の一つ

『曾根崎心中』は、醬油問屋の手代と遊女の二人が起こした心中事件を、わずか一カ月後に人形浄瑠璃にして上演したもの。『曾根崎心中』は大ヒットし江戸に「心中ものの」ブームを巻き起こした。

近松の『曾根崎心中』が時事ネタという範疇《はんちゅう》を超えて現在まで上演され続けているのは、そこに人間の色恋の葛藤《かっとう》と階級社会の不条理が生々しく描かれているからだ。松岡の現実に起きていることを採り入れる手法も、たんに読者の興味を引くためではない。これらの事件の背後にあるものに想像をめぐらせ、緻密《ちみつ》に構築したフィクションには時代を超えた普遍性がある。令和中野学校の生徒たちがこの国の危機に挑むというフィクションは絵空事ではなく、現代に起こりえるシミュレーションとして読むべきだ。

この小説が令和の中野学校でなければならない理由はほかにもある。

戦争だ。

陸軍中野学校が日中戦争のさなか、来たるべき欧米との衝突に備えてつくられたように、令和の中野学校にも新たなる「開戦」の予感がある。

二〇二二（令和四）年の暮れに、テレビ番組「徹子の部屋」に出演したタレントのタモリが、二〇二三年の展望を聞かれ「新しい戦前になるんじゃないですかね」と述べたことが話題になった。発言が注目されたのはそう感じている国民が多いという証左である。

中国の軍備増強と台湾有事、日米安保体制のほころび、この国の防衛予算の増大など、日本が戦争に巻き込まれるのではないかという不安が漠然と社会を覆っている。私を含め、戦争など起こりっこない、と多くの日本人は思っているが、その根拠はと問われると言葉に詰まる。実際にはウクライナでもガザでも多くの人が戦争の犠牲になっている。

戦争はいつ始まるかわからない。松岡圭祐はそれを裏付けるような小説を書いている。『ウクライナにいたら戦争が始まった』(二〇二二)は、単身赴任中の父とすごすため、母と妹とウクライナに訪れていた女子高生が、ロシアによる侵攻に巻き込まれる物語である。フィクションではあるが、実際にウクライナで戦争に遭遇した日本人たちの証言をもとに現実に即して書かれている。その中で主人公はもちろん、周りの大人たちもロシアの侵攻を予感することなく日常を生きている。気がついた時には巻き込まれている。それが戦争なのだろう。

舞台が中野学校でなければならなかった理由はほかにもある。戦前・戦中の日本の若者と令和の若者とを重ねていることだ。たとえばこんなセリフがある。敵が諜工員候補に向けて放つ挑発の言葉だ。

「おまえらの世代を捨て駒にするのは、日本の大人どものお家芸だからよ」

陸軍中野学校のみならず、日本の軍隊が若者たちを過酷な戦場に送り込み、無念の死を迎えさせたのは歴史的事実である。華南たち諜工員候補たちは捨て駒になるかもしれないという不安と同時に、目の前の危機に立ち向かうことで生きる実感を得ている。捨て駒にならないためには強くなるしかない。

強くなろうと決意する華南は、松岡がこれまで描いてきた戦うヒロインたちを彷彿とさせる。たとえば、『令和中野学校』には「高校事変」シリーズのヒロイン、優莉《ゆうり》結衣《ゆい》の名前がちらっと出てくる。どうやら同じ世界線にある物語らしい。

また、令和中野学校の施設長は椿斗蘭《つばきとらん》。松岡圭祐の『タイガー田中』『続タイガー田中』に登場する田中《たなか》斗蘭その人である。この二冊はそれぞれ、あまりにも有名なスパイ小説、イアン・フレミングの『007は二度死ぬ』『007／黄金の銃をもつ男』の後日譚《ごじつたん》として書かれているが、田中斗蘭は日本の公安外事査閲局長のタイガー田中の娘であり、公安外事査閲局の現場職員である。初登場時二十五歳の彼女が八十六歳になっているのがこの『令和中野学校』なのである。

これは余談だが、斗蘭の父、タイガー田中は、映画『007は二度死ぬ』（一九六七）で丹波哲郎《たんばてつろう》が演じている。そして丹波哲郎は、東映版の陸軍中野学校ものである『陸軍諜報《ちょうほう》33』（一九六八）において陸軍中野学校を牽引《けんいん》する秋山《あきやま》少佐を演じてもいる。たんなる偶然だと思うが、『高校事変』からの流れと、『タイガー田中』からの流れが合流した地点に『令和中野学校』があることは間違いない。

『令和中野学校』には華南の家族をめぐる葛藤、華南の一年先輩の桜澤美羽《さくらざわみう》の復讐《ふくしゅう》、そして、台湾有事の兆候とそれと同時進行するかのごとき危機が国内にも訪れる。しかしまだ「新しい戦前」は始まったばかりだ。「戦前」のまま平和を保ち続けられるかどうかは、華南たち若い世代の双肩にかかっている。

華南たち令和中野学校の生徒たちがこれからどのように成長し、戦っていくのか。すでにいくつもの人気シリーズを放ってきた松岡圭祐に、また一つ続刊が楽しみなシリーズが生まれた。

本書は書き下ろしです。

令和中野学校《れいわなかのがっこう》

松岡圭祐《まつおかけいすけ》

令和7年 4月25日　初版発行

発行者●山下直久

発行●株式会社KADOKAWA
〒102-8177　東京都千代田区富士見2-13-3
電話　0570-002-301（ナビダイヤル）

角川文庫 24620

印刷所●株式会社暁印刷
製本所●本間製本株式会社

表紙画●和田三造

●お問い合わせ
https://www.kadokawa.co.jp/（「お問い合わせ」へお進みください）
※内容によっては、お答えできない場合があります。
※サポートは日本国内のみとさせていただきます。
※Japanese text only

ISBN 978-4-04-116252-1　C0193

角川文庫発刊に際して

角川源義

第二次世界大戦の敗北は、軍事力の敗北であった以上に、私たちの若い文化力の敗退であった。私たちの文化が戦争に対して如何に無力であり、単なるあだ花に過ぎなかったかを、私たちは身を以て体験し痛感した。西洋近代文化の摂取にとって、明治以後八十年の歳月は決して短かすぎたとは言えない。にもかかわらず、近代文化の伝統を確立し、自由な批判と柔軟な良識に富む文化層として自らを形成することに私たちは失敗して来た。そしてこれは、各層への文化の普及滲透を任務とする出版人の責任でもあった。

一九四五年以来、私たちは再び振出しに戻り、第一歩から踏み出すことを余儀なくされた。これは大きな不幸ではあるが、反面、これまでの混沌・未熟・歪曲の中にあった我が国の文化に秩序と確たる基礎を齎らすためには絶好の機会でもある。角川書店は、このような祖国の文化的危機にあたり、微力をも顧みず再建の礎石たるべき抱負と決意とをもって出発したが、ここに創立以来の念願を果すべく角川文庫を発刊する。これまで刊行されたあらゆる全集叢書文庫類の長所と短所とを検討し、古今東西の不朽の典籍を、良心的編集のもとに、廉価に、そして書架にふさわしい美本として、多くのひとびとに提供しようとする。しかし私たちは徒らに百科全書的な知識のジレッタントを作ることを目的とせず、あくまで祖国の文化に秩序と再建への道を示し、この文庫を角川書店の栄ある事業として、今後永久に継続発展せしめ、学芸と教養との殿堂として大成せんことを期したい。多くの読書子の愛情ある忠言と支持とによって、この希望と抱負とを完遂せしめられんことを願う。

一九四九年五月三日

高校事変
松岡圭祐

高校事変 V
松岡圭祐

高校事変 IX
松岡圭祐

高校事変 II
松岡圭祐

高校事変 VI
松岡圭祐

高校事変 X
松岡圭祐

高校事変 III
松岡圭祐

高校事変 VII
松岡圭祐

高校事変 XI
松岡圭祐

高校事変 IV
松岡圭祐

高校事変 VIII
松岡圭祐

高校事変 XII
松岡圭祐

好評既刊

高校事変 1～22／松岡圭祐

ビブリオミステリ**最高傑作**シリーズ！

角川文庫

好評既刊

écriture《エクリチュール》 新人作家・杉浦李奈の推論 Ⅰ〜Ⅺ ／松岡圭祐